· 现当代经典散文品读 ·

理性的精神

LIXING DE JINGSHEN

徐宏杰◎主编

丛书策划:汪鹏生
责任编辑:胡志恒
装帧设计:丁奕奕

图书在版编目(CIP)数据

理性的精神 / 徐宏杰主编. — 芜湖:安徽师范大学出版社,2018.7(2020.6重印)
(现当代经典散文品读)
ISBN 978 - 7 - 5676 - 2842 - 7

Ⅰ.①理… Ⅱ.①徐… Ⅲ.①散文集-中国-当代 Ⅳ.①I267

中国版本图书馆CIP数据核字(2017)第102755号

理性的精神
LIXING DE JINGSHEN   徐宏杰 主编

出版发行:安徽师范大学出版社
　　　　芜湖市九华南路189号安徽师范大学花津校区　　邮政编码:241002
网　　　址:http://www.ahnupress.com/
发 行 部:0553-3883578 5910327 5910310(传真)
印　　刷:香河利华文化发展有限公司
版　　次:2018年7月第1版
印　　次:2020年6月第2次印刷
规　　格:700 mm×1000 mm　1/16
印　　张:20.25
字　　数:262千字
书　　号:ISBN 978 - 7 - 5676 - 2842 - 7
定　　价:58.00元

写在《现当代经典散文品读》出版之际

  《现当代经典散文品读》丛书，按照内容分为10册，选入的近三百篇散文，是现当代中外优秀散文名篇，几乎可视为百年散文史的缩影。编选者视野开阔，粹取拣择中，可见出其独特的眼光。选入的文章，篇篇可读，文字优美，有发人深省的内涵。既有文学大家的名篇佳什，又有一些年轻作家的感人至深的新作，甚至包括当代一些网络作者的好文章。作者中有学养丰厚的著名人文学者，也有研究自然科学的科学家、发明家。编选者立意在知识的丰富、美好人生的发掘、伟大智慧的分享。在知识性、思想性和欣赏性等多方面，丛书都有较高的价值。读起来使人时而低徊欲泣，时而激扬蹈厉，时而心入浩茫辽阔中，时而意落清澈碧溪前。这套书可以作为在校学生课外阅读的材料，也可以作为一般读者经典阅读的进阶。

  每篇散文后所附"品读"文字，也是值得"品味"的，对帮助欣赏、理解所选文章极有帮助。篇幅一般都不短，内容丰富，不是泛泛的作者介绍，也不是说一些写作背景和特点的话，而是意在"品读"所选文章背后的价值世界。不少品读文字，更像是一篇研究作品。如《诗意的栖居》一册中所选建筑学家梁思成的《千篇一律与千变万化——音乐、绘画、建筑之间的通感》，是建筑学中的名作。它涉及艺术哲学中的一个重要原理。艺术要追求变化，这个道理很多人讲过，但这篇文字则谈重复在艺术创造中不可忽缺的价值。人们常常将重复当作一种缺点，但梁先生认为，没有重复就没有艺术。重复是音乐的灵魂。《诗经》在一定程度上也是重复的艺术，那回环往复的沓唱是《诗经》的命脉。重复也是建筑的基本语言，颐和园七百多米的长廊，人民大会堂的廊柱，因重复而体现出特别的魅力。编选者在细腻的分析中，发掘此文深长的意味，给读者以重要启发。由趣味学习，到专业学习，这套书有不可忽视的价值。

散文的重要特点之一，是用优美的语言，自由而较少拘束的形式，表达当下直接的生命感受，散文也可以说是当下生命体验的记录。因此，好的散文家，一定是对人生、自然、生命、宇宙、理想等有感觉的人，一定是对世界有"温情"的人。那种整天沉浸在琐屑利益竞逐中、对生活持漠然态度的人，不会有通灵清澈的觉悟，不会有朗然明快的理想，也写不出有感染力的文字。好的散文不是"写"出的，而是从清澈、真实的心灵中"泻"出的。我通读这套书所选的文章，仔细品味编选者的点评，丛书中无处不在的清新气息，给我极深的印象。就像本丛书所选美学家宗白华先生的《美从何处寻?》中所说的，世界充满了美，我们要有一双发现美的眼睛。美不光在外在的形式，更在那生命的潜流中。正因此，散文，不是美的文字，而在传递一种美丽的精神。人，不在于有光鲜的外表，而在于有一种光明的情怀。外在的"容"可以"整"，内在精神世界是无法通过技术性的劳作"整"好的。这套书在知识获取的同时，对提升人的精神境界、护持人的生命真性、分享生命的美好等方面，都具有独特的价值。

这套宏大的散文名篇选读丛书，是由徐宏杰先生花近十年时间独立完成的。他是当代闻名的语文特级教师，是语文教学和研究方面的权威学者，他在教学之余，投入如此心力，来完成这样的作品，为他深爱的学生，更为全国广大读者。这样的精神尤令人感佩。这套书中凝结着他三十余年教学经验和研究所得。他曾经跟我说,他是以充满敬意的心来做这项工作的。从我阅读的感受,他的确是这样做的:从选文到解说,他以敬心体会所选文章背后的温情和智慧;又以敬心斟酌自己的品读文字,力求给读者,尤其是青少年读者留下真正有价值的信息。

朱良志

2018年4月10日于北京大学

科学是人们丈量这个神秘世界的标尺。尽管和浩瀚宇宙相比,这把标尺显得渺小,但终究是让人们有了度量,有了坐标,开始解释宇宙,理解自然。浑浑噩噩的日子曾经绵亘数百万年;自从第一只类人猿抬头望向天空,与今天的距离却是快若一瞬。

理性的眼睛一旦睁开,与这大千世界的对视便能进出灿烂火花。理性的思考如同坚实的支架,支起了巍峨的大厦。孜孜不倦的探求,深入理性的思考,知晓越来越多秘密的人们正是藉此为自己负责,也担负起崇高的自然使命。『多么高贵的理性!』秉着理性的精神,便如同拥有宽大结实的翅膀,在认识世界的广袤天空,平稳地飞翔。

目 录

足

不出户知天下

◇［美］比尔·盖茨

本文选自黎先耀主编《现代人的智慧》（科学普及出版社1999年版）。比尔·盖茨，全名威廉·亨利·盖茨三世，简称比尔或盖茨。微软公司创始人之一。1955年10月28日出生于美国华盛顿州西雅图，企业家、软件工程师、慈善家，曾任微软董事长、CEO和首席软件设计师。比尔·盖茨13岁开始计算机编程设计，18岁考入哈

对信息高速公路的种种担心之一是，它将会减少人们用于社交的时间。有人担心"家"会变成舒适的娱乐提供场所，使人再也离不开它，并担心安稳地呆在我们的私人圣殿中，我们会被孤立起来。我认为这种事不会发生。关于这一点，我正在兴建的房子作了解释。

似乎在我一生的大部分时间我都在构建这所房子（并且我们好像用了更长的时间去读关于如何构建它的书）。房子里面配置了大量先进的娱乐设备，像个小电影院和点播录像系统。它应当是个有趣的居所，但我当然不打算一直呆在家里。当娱乐涌进家庭时，其他人也仍会继续去剧院，就像去公园、博

佛大学，一年后从哈佛退学。1975年与好友保罗·艾伦一起创办了微软公司。1976年11月26日，盖茨和艾伦注册了"微软"（Microsoft）商标，当时艾伦23岁，盖茨21岁。比尔·盖茨1995—2007年连续13年成为《福布斯》全球富翁榜首富，连续20年成为《福布斯》美国富翁榜首富。2000年比尔·盖茨成立比尔和梅琳达·盖茨基金会。2008年，比尔·盖茨宣布将580亿美元个人财产捐给慈善基金会。2014年，比尔·盖茨辞去董事长一职并击退卡洛斯·斯利姆重回世界首富。2014年美国当地时间9月29日，《福布斯》发布美国富豪400强榜单，微软联合创始人比尔·盖茨以810亿美元的财富，连续第21年蝉联美国首富宝座。

物馆和商店一样。正像行为主义者不断提醒我们的那样，我们是社会性动物。我们有权花更多时间呆在家里，因为信息高速公路会创造许多新选择供家庭娱乐、个人和职业性的通信，也供就业所用。尽管种种活动的组合方式有所改变，我认为人们花在家庭以外和家庭以内的时间是差不多的。

新型通信设施将使得与地理上相处遥远的亲友保持联系，比现今状况下容易做到。我们很多人都和远方的人费劲地保持一份常青的友谊。我以前常和住在另一座城市的一个女士约会。我们都在电子邮件上花了许多时间。我们找到了一种方式使得我们在某种程度上说来也算是一起看电影。我们找一部在两座城市大约在同一时间放映的电影。我们开车到各自的影院，通过我们的移动电话聊天。我们看完电影在回来的路上再用移动电话讨论电影。将来这种"仿真约会"会好些，因为看电影的过程能与电视会议连接。

我已在一个联网系统中搭桥，允许游戏者因为游戏缺一个人而查看是否有别的人对加入这一游戏有兴趣。游戏者可以选择他们想在另一位游戏者面前出现的形象：他们的性别、发型、体格等。我第一次与这个系统有联系是我急于赴桥牌约会，我没有花任何时间树立我的机上形象。在我和朋友们开始游戏后，他们都给我发来信息，说我秃顶，说我没穿衣服（腰部以上，是屏幕上显示的唯一部分）。即使这个系统还不允许有将来系统会有的那种影像和声音交流，但它所具有的允许我们在玩游戏同时把文本信息传给对方的能力，也使玩游戏变成了一场真正的热闹聚会。

信息高速公路不仅使与远方朋友联系简单多了，还能让我们找到新伙伴。通过网络形成的友谊自然会引导见面聚谈。现在我们与我们可能会喜欢的人联系的方法是很有限的，但网络会改变这种情况。我们将用不同于我们今天用的方式，来见到我们的新朋友。仅这一点就会让生活更有趣。假如你想找到一个人打桥牌，信息高速公路会帮你找到一个水平相当、住在你附近或其他城市及国家的牌友。这种让相隔甚远的参与者玩交互式游式的方式并无什么新奇之处。多少代的棋手一直在用邮件来持续这种游戏。不同之处在于运行在网络上的应用程序使棋手们容易找到情趣相投者，还能够使棋手们像面对面下棋那样以同样的速度一起下棋。

我认为计算机联网游戏会很大程度地风行起来。我们能从丰富多彩的游戏中选择，其中包括古典棋类、牌类以及冒险行动和扮演角色的游戏。将有人专为这一媒介发明新型游戏，会有有奖竞赛，时不时还会有名人和专家进入这个系统，其他人能够观看他们玩游戏，或报名要求与他们比赛。

赌博将是信息高速公路上的另一种游戏，它在拉斯维加斯、里诺和大西洋城是巨头生意，甚至几乎维持了摩纳哥这个国家。赌场获取的利润非同小可。赌博者相信尽管赌注下得于己不利，他们还是会赢的。我上大学时喜欢打扑克,我认为扑克是一种技巧性游戏。尽管我在拉斯维加斯时,有时也玩21点,但极幸运的是赌博游戏并不让我很上瘾。由于赌博是高度受限制的行业,很难预言信息高速公路上允许什么形式的赌博。

我们确信我们会利用信息高速公路独一无二的能力帮我们找到共同兴趣者的社团。现在你可能是当地滑雪俱乐部一员,你可以与其他爱滑雪的人见面,你也可以订《娱乐滑雪者》杂志,那样就可以得到最新滑雪产品的信息。它不仅能立即给你提供最及时的天气情况的信息,还会成为让你与其他爱好者保持联系的一种方式。

技术的变化将开始影响建筑。正如家庭已经变化的方式那样,建筑也会进化的。用计算机控制的不同尺寸的展览图将用于房屋设计中。在建造过程中,要安装联接各种构件的线路,要考虑到屏幕与窗子的设置关系,以便使反光和刺目感会降至最低限度。当信息装置与信息高速公路相联时,实物性东西的需要将会减少,像参考书、立体声收音机、CD盘、传真机、文件抽屉和储存记录和收据盒子。许多占据空间的小东西将转变成随时可调用的数据信息,甚至连旧照片也能够用数据储存并调到屏幕上,而不必呆在相架里。

我已对这些细节考虑了许多,因为我现在正在构建一所房子,我想尽量在这房子里面预见近期的未来。我房子的设计和建筑都有点领先于时代,但也许它预示着家庭未来的情况。

与任何盘算建房的人一样，我希望我的房子与周围环境和将要住进去的人的需要相和谐。尽管我想让它从建筑角度上吸引人，但我更希望它舒适。它将是我和家人的住所。房子是一个亲密伴侣，或用20世纪伟大的建筑家勒·考布什尔的话来说，是"为了居住的机器"。

我的房子用木材、玻璃、水泥、石头建成。它建在山坡上，大多数玻璃窗朝西，俯临通向西雅图的华盛顿湖。从那里可尽览日落和奥林匹克山的景致。

我的房子也是由硅片和软件建成的。硅片微处理器和内存条的安装以及使它们起作用的软件，使这房子接近于信息高速公路在几年内将会带入数百万家庭的那些特征。我要用的技术在现在是试验性的，但过一段时间我正在干的部分事情会被广为接受，并且价格也会降低。娱乐系统将是关于媒介如何起作用的十分接近的模拟，以至于我从中能对与多种技术生活在一起是什么滋味有所感知。

在1925年，报纸业巨头威廉·兰通夫·赫斯特搬进他的加州城堡桑西梅瓮时，他想拥有现代技术中最好的一切。那时调收音机定台是让人尴尬又浪费时间的，所以他在桑西梅瓮地下室里安了好几个收音机，每个收音机调到一个不同的台，喇叭线接到赫斯特三楼的个人套间里，被排在一个15世纪橡木壁橱里，一按电钮，赫斯特就能听到他选的台。在他那个时代这是个奇迹，而如今这已是每辆汽车收音机的标准特征。

我当然绝不是把自己的房子和桑西梅瓮相比，那是西海岸一个极其奢侈的纪念碑。我认为唯一的联系，即我脑里为我房子所想到的那些技术革新从本质上讲与赫斯特想要他房子具有的东西并没有真正的不同。我的确是这样做的。

我在80年代后期开始考虑建一幢新房子，我想要手工艺术品但不要任何浮华的饰物。我想要一所能采纳不断变化的尖端技术的房子，但其风格应是平易近人的，应当毫不含糊地显示出技术只是仆从而非主人。

如果你来参观，你沿着曲曲弯弯的车道前行，穿过一大片布满枫树和赤杨的时隐时现的树林，林间还点缀着些零星的杉树，你就开到了房前。几年前，伐木区森林地面上的腐化的木屑曾被收集起来撒在这块田产后面。现在这里长着各种有趣的植物。几十年后，当树林长成了，杉树将成为这个场地上主要的树木，就像20世纪初这个区域首次被砍伐之前，大树是主要的树木一样。

当你把车停在半圆形转车道上，即使你在门口，你也不会看到房子的大部分。那是因为你将进到屋的顶层。当你走进去时，所遇到的第一件事是有一根电子别针夹住你的衣服，这根别针把你和房子里的各种电子服务接通了。

凭你戴的电子别针房子会知道你是谁，你在哪儿，房子将用这一信息尽量满足甚至预见你的需求

——一切都尽可能以不强加的方式。有一天，取代电子别针用带视觉认知能力的照相机系统将是可能的，但那超出了现今的技术。当外面变暗时，电子别针会发出一个移动光带陪你走完这幢房子。空房子不用照明。当你沿大厅的路走时，你可能不会注意到你前面的光渐渐变得很强，你身后的光正在消失。音乐也会和你一起移动。尽管看上去，音乐无所不在，但事实上，房子里的其他人会听见完全不同的音乐，或者什么也听不到。电影或新闻将也能跟着你在房子里移动。如果你接到一个电话，只有离你最近的话机才会响。

如果你计划很快访问香港，你可以让你房间里的屏幕显示这个城市的图片。在你看来好像这些相片到处被展览，事实上仅在你走进来之前图像才会在室内墙上形成，并在你离开之后就消失。

一些幻想家正在预言在下一个十年里，将用许多机器人到处来回走动，帮我们处理各种家务事。我当然没有准备接受那种观点，因为我认为在机器人实用之前会要过许多个十年。我唯一期望能看到的，是不久将广泛应用的智力玩具。孩子们能对它们编程序来对不同场景作答复，并且甚至用喜欢的角色的声音来答复。这些玩具机器人将能用有限的方式被编成程序。他们会具有有限的视力，知道在每个方向上离墙有多远，以及时间和照明情况，并接受有限的演讲输入。我认为有一辆玩具大小的、我可以跟它讲话并为它设计程序让它按我的指令作答复的车将实在是太棒了。

如果你有规律地要光总是强或暗，房子就认为那是你多数时间需要的亮度。事实上，房子会记住它所了解的关于你嗜好的任何事。要是以前你要求过看亨利·马蒂塞的画或克利斯·约翰在《国家地理》杂志上的照片，你会发现他们的其他作品也展示在你走进的房间的墙上。如果你上次访问时听过莫扎特的小号协奏曲，当你再来的时候，你会发现这曲子又在播放了。如果你在正餐时不接电话，那么要是有找你的电话，话机也不会响。我们也能告诉房子客人喜欢什么。保罗·艾伦是吉米·亨得利克斯星迷，不管他参观哪里，都会有让人摇头晃脑的快速吉他曲跟着他。

当我们都在信息高速公路上时，同种设施会被用来对各种事情做记录并跟踪。凡玩忽职守者，记录都会给他以惩罚。现在我们可见到这种制表程序的先驱。Internet 已传递关于当地交通模式的信息，这对决定更改交通路线极有利。电视新闻节目常用直升飞机上的照相机所拍到的情况来显示交通，并同样用直升飞机估计交通高峰期高速公路上的车速。

多亏几所高校学生程序设计者，出现了一件挺小但有趣的例子。他们把硬件与软件自动售货机的空箱指示灯相连，售货机不断地在 Internet 上提供信息。这是一种不重要的工序，但每周全世界数百人可检查卡内基·迈隆大学自动售货机里是否还剩下七喜或减肥可乐。

信息高速公路能在报告自动售货机的同时,从许多公共场所给我们显示实况电视:每秒钟奖券数字,运动项目下的赌注,当前房地产抵押率,及某些种类产品的发明数字。我希望我们能从城市的各个地方调出实况图像,并要求覆盖物显示带有价码单和可以住进去的日子的出租空间、犯罪报告的计数、各地区冠军成就,以及任何其他种类的公众性或可能是公众性的信息,这些都是我们要问的。

我将是我房子里最不寻常的电子化特点的第一位使用者。这个电子产品是有一百多万静止图像的数据库,包括照片和图画的复制品。如果你是客人,你能把总统肖像,日落、飞机、大猩猩、安第斯山滑雪,以及一张珍贵的法国邮票和1965年甲壳虫乐队的照片,或者是文艺复兴时期画的复制品,调到房子里到处可见的显示屏上。

在我的商业旅行途中,我花时间去博物馆观赏一些伟大艺术的原作。我拥有的最有趣的一件"艺术品"是科学笔记本,属于16世纪初的列奥纳多·达·芬奇。我很小时就佩服列奥纳多,因为他在那么多领域里有天才,而且远远超出他的时代。尽管我拥有的一本是写作和素描笔记本,而不是一幅油画,但任何复制品都难以真正显示出它的价值。

艺术,和许多事物一样,当你对它有所了解,就更有趣。你可以在卢浮宫走几个小时欣赏至多模模糊糊有点面熟的画,但当你有些知识再去看时,那种体验就更有趣了。多媒体文件可以在家或博物馆扮演向导的角色，它能让你听到一个著名学者就一件艺术品为话题的演讲的一部分，它可以让你参照同一位作者的或同一时期的其他作品，你甚至可以拉近镜头细看。如果多媒体复制品使得人们更容易与艺术品接近，有了复制品的人就会想看原著。复制品的展示有可能提高而不是消减人们对真正艺术的崇敬，并鼓励人们走出家门，到博物馆和画廊去。

简评

1972 年，比尔·盖茨卖掉了他的第一个电脑编程作品——一个时间表格系统，买主是他的高中学校，价格是 4200 美元。巴菲特说："如果盖茨卖的不是软件而是汉堡，他也会成为世界汉堡大王。"比尔·盖茨三个理想的第一条就是让世界每个人都有一台电脑，而且都用上 WINDOWS 系统；第二是消灭艾滋病、结核病和疟疾，让每个人都有平等的医疗机会；第三条则是让穷人用上清洁、经济的电，解决日益严峻的能源问题。比尔·盖茨是一个对技术有热情、对人类有使命感的人。他有很多财富，但他自己的生活方式很简单，这种使命感是发自内心的，而不是装出来的。他一直在为自己的理想而不懈的奋斗。

1999 年，比尔·盖茨撰写了《未来时速》一书，向人们展示了计算机技术是如何以崭新的方式来解决商业问题的。这本书在超过 60 个国家以 25 种语言出版。《未来时速》赢得了广泛的赞誉，并被《纽约时报》《今日美国》《华尔街日报》等报刊列为畅销书。比尔·盖茨的上一本书，于 1995 年出版的 *The Road Ahead*（《未来之路》），曾经连续七周名列纽约时报畅销书排行榜的榜首。这两本书为我们描绘、展示了互联网、信息高速公路的美好蓝图，也是我们了解互联网和信息高速公路入门的书。

"信息高速公路"是美国政府着手进行的一项先进的网络工程,正式名称是"全国信息基础设施"(NII)。所谓"信息高速公路"就是一个高速度、大容量、多媒体的信息传输网络。其速度之快,比目前网络传输速度快1万倍;其容量之大,一条信息道就能传输大约500个电视频道或50万路电话。此外,信息来源、内容和形式也是多种多样的。网络用户可以在任何时间、任何地点以声音数据、图像或影像等多媒体方式互相传递信息。本文就是介绍"信息高速公路"各种设施产生的奇妙作用的通俗文章。作者是美国微软公司的创始人,1975年创业以来,该公司以超常的速度发展,几乎垄断了全世界个人PC软件平台,因此成为世界性传奇人物。

在文中,作者用极其朴实的笔调,以兴建一座新型的多媒体住宅为线索,生动描绘了一幅在新的网络系统中"足不出户"家庭生活的美好图景。

家庭自动化的进一步发展,利用微型计算机、传感器及各种电子电气设备实现家庭环境、生活、信息、医疗保健、家庭财务、文化娱乐等活动的全面自动控制。例如以防灾和防盗为目的的家庭安全自动化控制系统,能够控制电源、煤气和水阀。一旦家里出现火情、管道漏水或煤气泄漏等情况,自动报警装置会发出信号,同时打开灭火装置,切断电源、气源或水源。如果有"梁上君子"入室行窃,就会拍下了"不速之客"的照片,并自动打电话报警。如东京芝蒲电气公司1979年研制出的家庭控制系统,只要你打开使用开关,由计算机控制的家用机器人就会出现在你面前。你说"拉开卧室的窗帘",机器人回答是:"是!知道了。"窗帘便立即被拉开。你说"请开电灯",机器人又马上为你开灯。总之,门窗的启闭、电灯的开关以及煤气、水阀的控制等家务都已自动化了,小小的机器人成了名副其实的忠实"仆人"。

　　智能家庭，或称智慧家庭、智慧住宅，已成为人们生活的常态，在英文中常用 Smart Home。与智能家庭的含义近似的还有家庭自动化（Home Automation）、电子家庭（Electronic Home、E-home）、数字家园（Digital family）、家庭网络（Home net/Networks for Home）、网络家居（Network Home），智慧家庭/建筑（Intelligent home/building），在香港、台湾等地区还有数码家庭、数码家居等称谓。智能家庭是以住宅为平台，兼备建筑、网络通信、信息家电、设备自动化，集系统、结构、服务、管理为一体的高效、舒适、安全、便利、环保的居住环境。

　　智能家庭将给人们的居家生活带来哪些益处呢？总结起来，主要为以下几个方面：

　　1.生活环境更加安全。安全防范是家庭智能的第一需求，由防盗、防劫、防可燃气体泄漏、防火、防胁迫、紧急救援等多项功能组成，它以防盗报警为中心，监控与联动自动控制系统为手段，确保人身安全为目的，将技防与物防、人防有机地结合在一起。

　　2.家庭环境更加环保、更加节能。室内环境监测可方便地告诉人们室内环境的质量，从而可以使家庭生活环境更加环保；各种设备均采用人性化的智能控制，可根据室内光线和人们的作息时间，智能调整室内采光情况，各种新型能源被接入智慧屋，家庭耗能更加合理。

　　3.家庭信息化、自动化程度更高。所有的家用电器均有智能处理功能，可与主人进行交流，根据主人意识的需要来满足日常生活的需求。

　　4.家庭娱乐项目更加丰富。三网互联实现个性化定制服务，人们可方便地根据自己爱好定制自己喜欢的栏目，包括各种互动节目、点播节目、娱乐游戏等。

　　毫无疑问，信息高速公路、互联网正极大地改变着我们，改变着我们的生活方式以及内在和外在的价值取向。"数据分析发现，在大部分国家，人们在转入下一个网页之前浏览当前网页的时间为19~27秒，其中包括网页内容载入浏览器窗口所需的时间。德国和加拿大网民在每个网页上花费的时间大约是20秒，美国和英国网民花的时间约为21秒，印度和澳大利亚网民大约是24秒，法国网民大约是25秒。在网上，不存在气定神闲地从容浏览这回事。我们将尽可能多、尽可能快地收集信息。"（尼古拉斯·卡尔《互联网重新塑造我们的大脑》）作者绝不会是信口开河，他在这里提出了颇具挑战性的问题：当我们很难做到像阅读印在纸上的文章那样有系统地、逐行地阅读网页上的文章，我们是否觉得还真的需要阅读中的"气定神闲"？

宽

容地看待克隆技术

◇何祚庥

本文选自本书编写组《蔚蓝的思维——科学人文读本》（上海教育出版社2005年版）。何祚庥，1927年生于上海，原籍安徽望江。1980年当选为中国科学院院士。第八、九届全国政协委员，北京大学科学与社会研究中心兼职教授、科学技术哲学专业博士生导师，中国科学院理论物理研究所研究员、理论物理专业博士研究

有关克隆羊"多莉"的报道，一年多已经在国际舆论界引起了一场热热闹闹的大讨论。但新闻爆炒的焦点显然不是克隆羊本身，而是"克隆人"。由克隆羊到克隆人，在技术上恐怕还要有相当长的一段路要走。不过，新闻界是敏感的，有些具有"超前忧患"意识的"忧世之士"也是敏感的。比如某位哲学家就在中央电视台的"实话实说"节目中说，"最可怕的事情终于出现了！"奇怪的是，一些政治家，包括某些国家的领导人，也十分起劲地参与到"忧心如焚"的"忧世之士"的行列，却是我们这些科技工作者所始料不及的。

反对发展克隆技术的一个重要理由，就是如果

克隆出希特勒，那可不得了！其实这是"杞人忧天"的一种思维模式。"人"有自然性和社会性两重性质，而更重要的是人的社会性。德国之所以会出现希特勒，这既和当时德国的内部情况有关，也和二次大战前的国际政治、经济情况有关。一些生物学家认为，即使对"生物的人"而言，克隆技术充其量也只能制造出类似的复制品，而绝对不可能不走样地"拷贝"出与供核亲本各个方面都惟妙惟肖的人体，因为最初的核外环境的差异、子宫内和整个母体的环境和生理条件、核外遗传因素等，都影响着发育中的克隆，这种影响甚至可能是决定性的。所以，克隆希特勒是不可能的，克隆 10 个乔丹，恐怕也只能是妄想。具有同样遗传结构的同卵双生子，其性格以及所走道路都可以迥然不同，这已是不争的事实。

反对发展克隆技术的另一个理由，是认为通过无性繁殖复制的人体，将彻底搞乱世代关系的概念。他们与细胞核的供体既不是亲子关系，也不是兄弟姐妹的同胞关系；他们类似于"一卵多胎同胞"，但又存在代间年龄差。这将造成伦理道德上和法律的继承关系上的无法定位。所以"要防止复制人的工作，我们中国科学家决不能做这方面的事"。

我以为这是真正的"因噎废食"。其实在伦理学上提出新问题的，首先是"试管婴儿"。因为这带来了"遗传母亲、孕育母亲和养育母亲"以及"遗传父亲和养育父亲"家庭关系的复杂性。但是据报载，自 1978 年 9 月英国第一例试管婴儿路易·布朗降生以

生导师，中国自然辩证法研究会副理事长，中国无神论学会副理事长。近些年主要从事于揭批伪科学方面的探索。

来，到 1985 年试管婴儿的总数已超过 700 万人。虽然已出现了某些伦理纠纷，但并没有出现对社会发展造成严重障碍的伦理纠纷。我们的伦理学家也没有感到这些纠纷是不能解决的。更何况，"克隆婴儿"与试管婴儿相比，其家庭关系的复杂性还有所降低，因为他们或者只有"遗传母亲"，或者只有"遗传父亲"。难道我们的伦理学家们竟然笨拙到没有能力来解决这些伦理问题吗?!

反对发展克隆技术的又一理由，是说克隆技术仅是"复制"生物的遗传信息和机体，而有性繁殖将出现基因的新组合，因而克隆技术将终止人类多样性进化的可能，也就终止了人类社会的发展，最终导致人类自身的毁灭。

其实，在"进化"式"发展"的概念中，有两重含义：基因的重组，的确会出现多样性的变异，但是这种变异不一定是正向变异，也可以是逆向变异。所以，生物包括人类的进化还要通过选择，即筛选出有利于生存发展的变异。过去，这种筛选是在自然选择压力下，通过生存竞争实现的；而现在的基因改造，可以通过克隆技术来促进人类向更有利的方向发展。所以，这并不会妨碍人类多样性进化，更不会出现某些耸人听闻的危言，像什么"最终将导致人类自身的毁灭"等。

为什么在西方各国，对克隆人问题竟然会掀起如此的轩然大波？我以为问题的实质在于克隆技术尤其是克隆人，的确对上帝的权威提出了挑战。本来人的祖先是由神在伊甸园里制造的，人类的繁衍必须要有亚当和夏娃，而克隆人的亲本却只要亚当或夏娃中的一位，难道上帝的意志也是可以被违背的吗？在某些宗教的律令里，是明确规定不得用非自然手段来制造生命的。但是，我们能够因为某些意识形态的偏见而阻碍科技的进步吗？

作为一位理论物理学家，我可以向社会公众指出，经过相当长的时期以后，太阳会膨胀而演化为红巨星，其体积之大，可以把地球也包含在内。在此以前，地球将变得不再适合于人类居住，人类需要迁移到别的星球上去，甚至还要对人类自身进行遗传性能的改造，以适应未来环境的变迁。所以，对人类基因的种种性能的研究是不可避免的，而且是必要的。无性繁殖就可能为基因性能的研究，提供多个基因结构相同的个体。

从理论上讲，只要人的基因结构相同，应该可能发育出和亲本高度相近的复制品。但这仅仅是理论，完全可能的是，在核移植的过程中，遗传物质很难丝毫不受到损伤，导致发育出来的后代是有重大缺陷的个体。所以，我的担心，并不是技术进步将可能出现什么"最可怕的事情"，而是担心由于技术不够进步而制造出许多畸形儿。但是，技术不够进步的问题，只能由发展技术，亦即通过实验来解决。所以，我不赞成禁止克隆人的研究，但的确要慎重地对待这类研究，至少要有足够多的动物试验作为先导。

克隆技术的出现，是生命科学研究中的重大突破,有些人甚至将之与物理学里原子能的发现相提并论。科学的重大发现和发明,应该激起人类的欣喜,我们应该庆幸人类又掌握了可以为人类谋取幸福的一种新技术。但是,克隆技术的出现,却引来一连串"天将要掉下来"的担忧。支持这种怪论的不仅有宗教界人士、哲学家、某些缺乏远见卓识的政治家,甚至还包括某些生物学家、医学家以及某些行政管理人员。这才是真正的咄咄怪事!

究其原因,在于在某些西方国家中,的确存在并广泛传播着一种"反科学主义"思潮。在这些人看来,科技的进步对于人类的生存和发展是危险的事情,最好是倒退到那种"清静无为"的原始时代去!产生这种思潮的原因,在于人类对某些科学技术成果用之不当,产生了对人类的危害;有些技术的发展,既有正面的效应,同时又会由于技术还不够发达而带来许多负面的影响。但是,反科学主义思潮的鼓吹者却对产生这些问题的原因不加分析,笼统地归咎于技术的进步,而看不见有些问题的出现,是由于某些统治者努力使科学进步服务于少数人,甚至是极少数人的利益而产生的,如核武器的垄断等;另一些问题的出现,则是由于一时还没能找到消除这些负面影响的有效技术。这就造成既有这一技术的受益者,也有这一技术的受害者的结果。

解决这类问题的办法,一是人类要学会控制自己,如抑制战争狂人,但不是抑制科技的进步;二是要进一步发展科学技术,从而做到既充分发挥科技进步的正面效应，又使由于技术的不完善而出现的负面影响得以消除。

遗憾的是，从克隆问题所引发的大讨论中，人们不难发现，反科学主义思潮已经渗透到一部分生命科学工作者之中！生命科学家们，还是勇敢地向上帝的权威挑战吧！

简评

何祚庥先生长期以来从事粒子物理及各种应用性问题的研究，早期从事粒子理论、原子弹和氢弹理论的研究，曾获"国家自然科学二等奖"及多种不同层次的奖励。近十几年，在进行科学研究之外，又以极大的热情来关注社会现实中的问题，曾就科技政策、教育政策、文艺理论等若干理论问题以及当代经济建设所应关注的重大科学技术问题发表文章，如倡导磁悬浮列车技术、电动汽车技术、锂离子电池技术等。在这些工作中，以科学的态度来积极参加捍卫科学尊严、揭露和反对伪科学等活动，并做出重要贡献。在这些活动中，关注克隆人研究问题，有较大社会影响。克隆技术对于科学和生物医学研究具有极为重要的意义。发展这一技术将大大有利于人类的健康和福祉。从理论上说，人类细胞系的克隆，可产生单克隆抗体来诊断和研究疾病；同时，动物的克隆可有利于保存和发展具有优良性状的动物品种，抢救濒危动物。

克隆技术也许是有史以来对现存的人类伦理和秩序最有颠覆性的科技成果，我们看到的更多的是科学家、伦理学家、人文学者对此忧心忡忡，而中科院院士何祚庥却有不同看法。他认为悲观和反科学毫无道理，科学带来的问题归根到底要靠科学发展来解决，而不能因噎废食。人类对于自己的信心是建立在科学真正发展的基础之上的。本文一开始作者就写道："由克隆羊到克隆人，在技术上恐怕还要有相当长

宽容地看待克隆技术

的一段路要走。不过，新闻界是敏感的，有些具有'超前忧患'意识的'忧世之士'也是敏感的。比如某位哲学家就在中央电视台的'实话实说'节目中说，'最可怕的事情终于出现了！'奇怪的是，一些政治家，包括某些国家的领导人，也十分起劲地参与到'忧心如焚'的'忧世之士'的行列，却是我们这些科技工作者所始料不及的。"明确地表明了自己对克隆技术的观点。

有人认为，克隆，像世界上所有事物一样，有利也有弊，而且是两极分化。说起克隆的"利"，有人说得很清楚：克隆可以延长人的寿命，可以培养高附加值的牲畜，可以挽救濒临灭绝的珍稀动物，可以提高农业方面的产量……就当代科学技术而言，器官移植中的排斥反应仍是最令人头痛的事。如果把"克隆人"的器官提供给"原版人"，那么就不会有任何顾虑。所以"克隆"对医学是很有帮助的。

但是，克隆的弊端也是存在的。可以列举出三个"层面"的问题：一是生态层面，克隆技术导致的基因复制，会威胁基因多样性的保持，生物的演化将出现一个逆向的颠倒过程，即由复杂走向简单，这对生物的生存是极为不利的。二是文化层面，克隆人是对自然生殖的替代和否定，打破了生物演进的自律性，带有典型的反自然性质。三是哲学层面，通过克隆技术实现人的自我复制和自我再现之后，可能导致人的身心关系的紊乱。人的不可重复性和不可替代性的个性规定，因大量复制而丧失了唯一性，丧失了自我及其个性特征的自然基础和生物学前提。由克隆技术一般性弊端，作者通俗地抽象出了两种反对的理由：一是如果克隆出希特勒那可不得了；二是认为通过无性繁殖复制的人体，将会彻底搞乱伦理的概念。关于第一点，作者认为："'人'有自然性和社会性两重性质，而更重要的是人的社会性。德国之所以会出现希特勒，这既和当时德国的内部情况有关，也和二次大战前的国际政治、经济状况有关。"所以这种担心可谓是"杞人忧天"，更何况从生物学的角度,也绝对不可能"拷贝"人体。至于因"搞乱世代关系的概念"而反对克隆技术,这是"因噎废食",试管婴儿的大量出现,也没有让人觉得会产生不能解决的伦理纠纷。

尤其是克隆技术涉及的伦理问题,引起了更加广泛的普遍关注。胚胎克隆实验,在许多国家是被立法禁止的,但也有一些国家包括我国在内,对胚胎实验则采取严格管理下的审慎支持态度。"解决这类问题的办法,一是人类要学会控制自己,如抑制战争狂人,但不是抑制科技的进步;二是要进一步发展科学技术,从而做到既充分发挥科技进步的正面效应,又使由于技术的不完善而出现的负面影响得以消除。"这是作者在全面、深入、细致分析的基础上提出的。

毋庸讳言,人的克隆面临着严峻的技术难关,就是个体细胞核移植后如何重新编程(reprogramming),在一些克隆技术关键问题尚未解决的情况下,有的人就贸然主张将克隆作为人类繁衍的一种方式,让有缺陷的克隆人出现于我们社会,置人类安全于不顾,这种行为应受到伦理上的和克隆技术本身的质疑,是完全可以理解的。所以,有学者不无担心地认为:"克隆人的问题再一次说明,在技术上有可能做的不一定就是在伦理学上应该做的。虽然克隆人在技术上有可能做,但在伦理学上不应该做。没有充分的理由来为克隆人的行为在伦理上进行辩护。因而,发展克隆技术、不要克隆人的方针是正确的。"(邱仁宗《克隆技术的含义》)这种审慎的科学态度值得引起我们的关注和重视。

基因密码与不死药

◇雷抒雁

本文选自《杂文选刊(上半月版)》2000年第10期。后收入《蔚蓝的思维——科学人文读本》(上海教育出版社2005年版)。雷抒雁(1942—2013),陕西泾阳人,当代诗人、作家。1967年毕业于西北大学中文系。曾任《诗刊》副主编,鲁迅文学院常务副院长,中国作家协会全国委员会委员。2012年4月25日在中国诗歌学会第

2000年6月26日注定成为人类发展史上的一个里程碑。因为这一天,全人类都听见了作为"基因工程",自己的"基因密码"被破译成功的伟大声音。人们把它和人类登上月球的行动作了相似的评价。人类为自己了不起的发现而自豪,甚至沾沾自喜。

这当然是了不起的事件。在人类对包括宇宙在内的外部世界探秘殆尽时,却常惶愧于对自身认识的浅薄。关于人的许多秘密,诸如生老病死、智愚善恶、美丑高矮,等等,往往总难有深切的认识和把握。于是,一切都归于造物主,冥冥之中似乎有一个命运之手掌握着人类。如今,人类可以自豪地说:上帝就是我们自己,基因密码,就是生命的图谱。

依照基因密码，人类可以"保养""修补"和"关闭"系统，抑制疾病、减缓衰老。显然，这是无疑的。可是如同以往每一个科学发现宣布之后会激发人们许多压抑着的欲望一样，这次，同样激活了许多了不起的想象力。比如，今后可以"按图索骥"，依照愿望生男生女、生智生愚、生美生丑；比如，人类的寿命平均可以达到1200岁，甚至可以研发"不死人"。断言这些想象的无边际，固然太早；但是明白无误的就信这些预言，似乎也太早。

只说生死。

大约是因为人的生命只有一次，且"生"即注定了"死"，自古以来，人就对死产生着恐惧感。长命乃至不死，既是人们的期望，更是一种祝愿和想象。

嫦娥奔月，是中国人家喻户晓的故事。这女子正是吃了丈夫搞到的"不死药"升到月亮上去，照耀着中华民族几千年的梦幻。

生命可以不死，延续生命的大约只有吃药。秦始皇派了徐福率童男童女去东海寻"长生不老"之药。没等到那药草到来，便耐不住操劳奔波之苦，秦皇先一命呜呼了。徐福却不知到何处去逍遥了。

出于对财富、权力、奢欲的贪恋，皇帝是第一位不想死的人。汉武帝崇仙重道，亦是想使生命不朽。无数的术士骗子，因此而得到了好处。成仙得道，说是吃了灵芝草的有，说是吃了云母片的也有。稀奇古怪的故事，成了中国神仙志怪的一部奇特文化。所谓"山中方一日，人间数百年"；所谓"烂柯"的

三次全国会员代表大会上当选为会长。

其成名作是为纪念张志新而写的长诗《小草在歌唱》。雷抒雁出版有诗集《沙海军歌》《漫长的边境线》《云雀》《春神》《绿色的交响乐》《跨世纪的桥》《掌上的心》《时间在惊醒》《雷抒雁抒情诗百首》《小草在歌唱》《父母之河》《踏尘而过》《激情编年1979—2008》等，散文集《悬肠草》《秋思》《写意人生》《丝织的灵魂》《与风擦肩而过》《雷抒雁散文随笔》《分香散玉》《舌苔上的记忆》《答问》等14种。史学研究著作有《还原诗经》《国风》等。获得过多种文学创作奖，并有多种文字翻译诗作发表于国外。

传说，那樵夫吃了一枚仙药，一局棋未了，斧柄已朽成木灰。

长命的故事也有。彭祖据说活了800岁，只因对幼妻说了不死的秘密，被阎王老爷朱笔勾了名字。

长命的故事不只中国有，外国也有。打开一部《圣经》读读，让你吃惊。亚当活了930岁，130岁上生了儿子塞特，之后又活了800岁。他的儿子塞特在807岁时还生儿育女，前后活了912岁。

事实上，在人类的长寿史上，虽也偶闻有活到一百四五十岁的，多数也不超过这120年的大限。

现在只一夜间，猛然要把人们寿命极限乘以十，仿佛是谁冲过"喷火的剑"真的摘来了生命树上的果子。那果子在《西游记》里被描写成蟠桃模样，吃了延年益寿，偷吃了果子的孙猴子竟缘此而不死。

"基因密码"果真打开了生命之锁，或一笔从字典里抹去了"死亡"二字，依我愚想，先是一喜，之后又惊出一身汗来。

当然，宋代的大诗人苏轼写过一本笔记《东坡养生集》，记过一段故事"三老言年"。说有三位老人相遇，问起年龄，一位说："我的年龄记不住了，只记得小时和盘古交往很深。"另一位说："每次海水变桑田时，我都用一根竹棍记着，现在这竹棍差不多堆满十间房子了。"第三位说："我吃蟠桃时，总把桃核扔在昆仑山下，如今那桃核堆得都跟昆仑山一样高了。"这三老吹嘘得不轻。可在东坡眼里，不过是三位"牛皮匠"，说他们其实不过是"蜉蝣朝菌"而已。

如果那时东坡先生说的不过是个笑话，"基因密码"打开之后，听这等老人说古，大概就不会取笑了。试想想，中国有文字的历史不过5000年，上溯1200年，我们可能会看见李白、杜甫；至于苏氏父子，穿开裆裤的情景怕也逃不出眼睛。

　　且因为修补残损"基因"的及时，我们会发不斑，齿不摇，皮不皱，我们的子孙虽说小我们几十岁，大家坐在一起，真正是"爷爷孙子老弟兄"了，谁分得清谁。这世界原本喜剧就不少，如今益发喜剧连台了。

　　不过，修补基因，大约不会人人都有权利。先修补、先长寿的该是哪一层人？是权力主宰者，是富翁，还是俊男靓女？依我私想，应该先是掌握修补技术的医生、技术人员及家族，叫"近水楼台先得月"。若是他早厌弃了那"糟糠"之妻，不愿与她共度千年，悄悄弄损老婆的基因数据，也会轻易得手。

　　这个世界或许更不可爱了，什么时候干部开始"退休"呢？权力争斗的延续，比人的生命长得多，熊掌难熟，接班的急切，会使争权斗争更激烈。

　　其实，这些都是杞人之忧。科学需要想象，毕竟科学不是文学。从人的物质本源寻找到长寿密码，不等于世界就容忍这长寿的实现。生存环境的日益恶化，正在动摇着生命的根基。极端长寿，乃至"不死"，作为一种向往和幻想，大约还得煎熬我们无数年。

简评

雷抒雁先生从1979年到2012年持续33年的诗歌文学创作,与中国改革开放的伟大历史相互映照,产生共鸣,展现了中国改革开放的伟大历史在一个当代诗人心灵中激起的思想和情感的强度、深度和广度,形成了当代诗坛上一道独特的风景。要言之,雷抒雁先生的创作以诗性的语言刻画着这个时代人的们关注生命、生存、忧思、智慧和知性的思索。比如说,人类初步破译"基因密码"是件科学界大事,它对了解人类生存秘密,延长人的寿命,是大有裨益的;但由此就推断我们可以掌握长生不老的秘诀,完全按人类的意愿无止限地活下去,那为时尚早。人类早就顽强地追逐着长生,即是中外文艺作品中的反映就使人感觉到不胜枚举、生动有趣。雷抒雁先生的散文《基因密码与不死药》则表现出了高度冷静的科学态度。

长生不死一直是人类的执着追求与向往,为此,人间早就有长生的神话传说了。关于长生不死的神话传说很多很多,中国古代曾经就有这样一段传闻,神农时期有个叫赤松子的人,服用了一种名叫"冰玉散"的长生不死药,于是他可以入火而不化,随风雨上天入地,后来成了掌管祈雨的神。在西方人的《圣经》中更多,书中有大量神话般的介绍:亚当活了930岁,130岁时还生了儿子塞特,之后又活了800岁;他的儿子塞特在807岁时还生儿育女,前后活了912岁。传说终究是传说,所以长生不死在古代人心目中一直就只是一件缥缈而神秘的事情。人的生物学历程,有生必有死,长活世上是不可能的。

人的衰老一直是一道迈不过的门槛。"纵有千年铁门槛,终须一个土馒头",这是古人一种无可奈何的达观。雷抒雁先生的头脑是很清醒的,他说:"'基因密码'果真打开了生命之锁,或一笔从字典里抹去了'死亡'二字,依我愚想,先是一喜,之后又惊出一身汗来。"只生不死的后果是不堪设想的。其实,依照基因密码,人类可以"保养""修补"和"关闭"系统,抑制疾病、减缓衰老。显然,这是无疑的。这只是"人们许多被压抑的欲望"被激活一样,单就基因的修补来说,"大约不会人人都有权利"。严格地说,我们事实上并不了解衰老究竟是怎么一回事。在我们看来,当我们变老时身体也会自然而然地跟着衰老。然而,事实并不是这样。在我们生命的头20年中,我们的身体日益结实强壮,身体机能日渐高效,抗病能力日益增强。可为什么在后面的日子中,一切都会变得截然相反呢?

这就是本文提到的"基因密码"。接下来便是基因密码与生命预测的问题了,也就是所谓"不死药"。"嫦娥应悔偷灵药,碧海青天夜夜心"。这不过是"照耀着中华民族几千年的梦幻"。——"生命可以不死,延续生命的大约只有吃药。秦始皇派了徐福率童男童女去东海寻求'长生不老'之药。没等到那药草到来,便耐不住操劳奔波之苦,秦皇先一命呜呼了。徐福却不知到何处去逍遥了。"美国哈佛大学里夫教授对世界著名长寿村——南美洲厄瓜多尔的尔卡巴巴、巴基斯坦的芬萨和苏联高加索进行了调查,日本学者近滕正二对世界第一长寿国日本2000名百岁以上老人的调查,其共同的结论是:"长寿老人一生嗜爱的食物都是核酸含量很高的食品。"科学家的研究证明,真正的长寿是不可能靠吃药的,恰恰是看似寻常的饮食,何况还远不能说"长生不老"。

基因是表现其遗传性状的物质基础。如不同人种之间头发、肤色、眼睛、鼻子等不同,是基因差异所在。种瓜得瓜,种豆得豆,决定一个物种之所以是这个物种,是由它的遗传信息决定的。影响人类健康长寿的主要原因是疾病。人类疾病种类繁多,尽管各种疾病的表现不同,但其具有共同的根源。美国1987年诺贝尔奖医学生理学奖获得者利根川进指出:"人类所有疾病都与基因受损有关。"1998年8月第18届国际遗传学大会在北京召开,与会科学家取得共识:"人类的正常衰老与死亡也受基因控制。因此，不论防病治病还是延缓衰老，都可以在基因这个层次上研究解决问题。"中国"人类基因组计划"重大项目秘书长杨焕明教授指出："人类所有疾病，都直接、间接与基因有关。"可以说，千病万病都是基因病。有关资料记载，基因病可分为三大类：第一类为单基因病，已发现6000余种。第二类为多基因病，涉及两个以上基因结构或表达调控的改变。第三类为获得性基因病，由病原微生物通过感染将其基因入侵到宿主的基因引起。这一切都是有科学依据的。

由于历史的原因，我们对基因一直采取拒绝承认的态度。直到上个世纪70年代，经过科学家的努力，"基因"二字才得以被写进了科教书籍。现在基因已经被世界各国接受，人类基因组计划与曼哈顿原子弹、阿波罗登月计划并称为人类自然科学史上的"三大计划"。基因的发现，是现代科学第一次向人类宣告了生命预测的可能性。长期以来困扰人类的生命预测不再是神话，可以说破译了生命基因也就破译了生命的全过程。但是，"从人的物质本源寻找到长寿密码，不等于世界就容忍这长寿的实现。"我们生活的世界上还有许多长寿过程中亟待解决的问题。延长人的生命的"钥匙"在于人类本身，还是在于科学的无穷魔力？作者认为，对这个问题的回答，恐怕"还得煎熬我们无数年"。

生

命的对话

◇郑千里

作为地球万物的灵长,应该值得骄傲的是,人类有自己丰富的语言,可以和同类沟通,充分表达自己的情感,交流自己的思想。

动物也有自己的语言,相比之下,鸟儿的语言大概是比较丰富的。《诗经·小雅》作了这样的描述:"伐木丁丁,鸟鸣嘤嘤,出自幽谷,迁于乔木。嘤其鸣矣,求其友声。"

鸟儿为什么而鸣?科学家对其奥秘进行了探索,科学家把鸟类的叫声大致归纳成两种:鸟类的"鸣啭"大都只在其繁殖期,和它们的求偶有关系;鸟类的"叙鸣"则包有警戒、恐怖、求援等较多的语言词汇,鸟群经常靠"叙鸣"的叫声和呼应来保持彼此密

本文选自《中国科学院记事:郑千里新闻通讯选》(科学出版社2009年版)。郑千里,1954年生于福建省仙游县,2004年8月至2008年8月任中国科学报社副总编辑。曾出版新闻通讯选《星的轨迹是椭圆》《走进中国科学院》等著作。从1976年开始,发表有中短篇小说、散文、诗歌等文学作品,以及大量的小品和杂文。社会

职务为中国科技大学客座教授、厦门大学兼职教授、中国科普作协理事。

切的联系。虎啸,狮吼,马嘶,狼嚎,羊咩,狗吠,猫咪……这些,都可以看作是动物的语言,它们藉此与同类交流,也藉此想和包括人类在内的所有生命对话。

生命群体不仅用声音作为彼此沟通的语言,那些看来没有发音系统的生命还用光线、颜色以及身上分泌的化学物质等等来作为语言信息的载体。

蚂蚁的团结互爱精神让我们惊叹。蚂蚁出行时,腹部能分泌出一种化学物质,它一路爬,一路滴下这种踪迹信息素,成为浩浩荡荡的蚂蚁大军的行动语言。相形之下,我们人类则要逊色得多。人类太过于自私自利,话不投机半句多,连家庭这个社会的细胞也在逐步破裂,越来越小;婚姻解体,单亲家庭越来越多。现代社会的信息虽然面临着爆炸,但已没有哪一种语言有足够号召力,可以让大家齐心协力,共同行动。

和人类一样,动物也有自己的形体语言。蜜蜂会在蜂巢前跳起舞蹈,用"圆舞""镰舞""摆尾舞"等不同的舞姿,报告它所发现的蜜源的不同位置;燕子在求偶时,雄燕会围绕着雌燕,在空中作出与众不同的独特飞行姿势,决不会张冠李戴,抛错绣球……

人类听不懂大千世界里各种动物的丰富语言。科学家虽然为破译动物的语言作出了不懈的巨大努力,但是目前能了解并掌握到的它们的语言词汇毕竟有限。

在19世纪末年,人类曾对20世纪的世界进行过许多大胆的预测。最近,美国的一本科学杂志公布了写于1900年初的一篇预测文章。其中，预测的图像电话、高速列车等十几项都已完全实现或基本实现，不幸的是，惟独"人兽自由对话"这项不但没有如预期的那样到来，甚至可以说是发生了完全的历史倒退！在20世纪行将结束的时候，许多世界珍稀动物，包括人类的近亲——四种类人猿，都难逃被人类屠尽杀绝的劫难，猩猩和大猩猩在本世纪已濒临灭种。

古代的人们比现今的我们懂得和生命对话。白居易写过一只"能言鸟"，称之为"耳聪心慧舌端巧，鸟语人言无不通"。司马迁的《史记》里记载，有位能人叫秦仲，他能够"知百鸟之音"，而瞿灏的《通俗编》里记载，孔子的学生公冶长最懂得鸟语，可以与鸟类倾心交谈。可惜《史记》和《通俗编》历经千百载都流传下来了，鸟语研究却没有为我们所继承发扬。

动物愿意和人类对话，动物也愿意将它们的信息传递给人类。骏马、猎狗等动物忠心救主的事例并不鲜见。世间许多灾难都是有征兆的，这方面，动物甚至比我们还要敏感，比如有些地震之前，地下的老鼠等动物会发出吱吱喳喳的怪叫，遗憾的是人类不愿意和动物对话，妄自尊大，动物的这些语言，这些语言所包含的信息和所提示的警告都被人类忽略了，以致造成许多无可挽回的灾难损失。

瞧瞧本世纪内我们人类都干了一些什么。人类似乎已经堕落得连禽兽都不如，有些人干脆就是衣冠禽兽，"一个个像乌眼鸡似的，恨不得我吃了你，你吃了我"。人类自己都不愿意平等地坐下来对话。超级大国在世界舞台上也不愿意和弱小国家对话，弱小国家如要对话，首先非得自己也拥有了飞鱼导弹和鹞式战斗机，拥有了对话的政治和军事实力，否则，只能老老实实地听人家挥舞着大棒的训话。

人的语言在本世纪内不可谓不丰富。为了有国际平等而又通用的语言，由柴门霍夫首创，我们发明出了世界语。为了方便地掌握各种各样的外国语，我们研究开发了机器翻译系统，有了袖珍便携的"快译通""好译通"。我们在计算机技术应用的基础上加以发展，已经可以做到"人机对话"：计算机不仅可以应用我们打入的程序指令，还可以直接听我们的话音，服从我们的话音指令。

人可以与没有生命的机器对话，惟独不情愿与包括人类自己在内所有生命对话。

《诗经·小雅》说："相彼鸟矣，犹求其声。矧伊人矣，不求友生。神之听之，终和且平。"鸟儿虽然还在到处为寻找朋友而"鸣嘤""叙鸣"，然而，因为人类与它们的不对话，不理解，也因为人类对它们的捕杀导致它们种群的减少，它们的"鸣嘤"和"叙鸣"比以往任何时候都强烈，都急迫。世界人口在不断骤增，但是"伊人"似乎越来越少，长此以往，难道人类不需要朋友，不必找朋友，"不求友生"了？

世界真是变得寂寞了。人类本世纪内对几乎所有动物的残忍虐杀，已造成了地球从恐龙时代至今的最大一次动物灭绝浪潮，且不说"食野之苹"已没有了"呦呦鹿鸣","在河之洲"已没有了"关关雎鸠",人不但正在毁灭大地的绿色植被,而且贪婪的血盆大口连蝎子和蚱蜢也敢吃,怕是"喓喓草虫""趯趯阜螽"(《诗经·召南》)也要在芳草地里消失了!

或许真是世界变得寂寞,而人类又不甘心于寂寞,一方面人类对地球上的生命熟视无睹,坚决不与生命对话,而且继续在捕杀美丽的丹顶鹤和白天鹅;一方面人类却热衷于到遥远的星球上去发现生命,寻求外星生命的赏识和对话。早在1977年,美国就发射了"旅行者号"星际探测器,向未知的外星生命抛出表示交往诚意的第一张名片。生怕外星生命不懂自己的语言,还费尽心机地在特制的唱片里灌录了地球上的60多种语言和问候词,唱片足可以在宇宙环境里保存10亿年。而在世纪末即将到来的1996年,探索火星上生命更成了当年的世界科技十大新闻之一,美国先是宣布从一块来自火星的陨石上发现了可预示原始生命存在的化学物质,接着又迫不及待地发射了"火星探路号"飞船,将于1997年7月在火星着陆。

火星上有没有生命或许并不重要,重要的是人类会不会和火星上的生命对话,能不能善待火星上的生命。因为一个明显的事实是,人类和地球上包括自己同类在内的生命都不愿意对话,不能善待地球上的生命,这样的舍近求远、本末倒置实在是不可思议。

简评

凡生命皆有语言，有语言就有对话。生命的对话是永恒的。

人与动物都是高等生灵，都会通过各种方式来传递信息、表达感情，尽管人和动物的语言表达方式不同，层次也有高低。于是，这个世界便充满了生命的对话？人与人、人与动物、动物与动物……即使一些低等动物，也会借助特殊的"哑语"和其他形式来交流信息。通过对话相互理解，相互协调，取得共识，获得沟通。人与人的对话是一门高深的艺术。然而，文章列举的大量事实都说明万物之灵长的人类许多行为是匪夷所思的，作者呼吁在这个问题上，人类应该深思。科学的发展要以人类的良好生存为指归。

诺贝尔说过：生命，那是自然给人类去雕琢的宝石。所以说，生命是最宝贵的，人人都应珍爱生命，生命值得敬畏和礼赞。雕琢是生命进化不可缺的。同时生命又是脆弱的，又是顽强的。我们应该尊重生命，敬畏自然。人类应与大自然中的所有生命和谐共处。我们要呼吁全人类，重视尊重生命的伦理。这种伦理，反对将所有的生物分为有价值的与没有价值的、高等的与低等的。这种伦理否定这些分别，因为评断生物当中何者较有普遍适当性所根据的标准，是以人类对于生物亲疏远近的观感为出发点的。而否定这种伦理的直接后果，就是"人类似乎已经堕落得连禽兽都不如，有些人干脆就是衣冠禽兽"。

不要看人类现在已经把自己的触角伸向了太空，伸向了遥远的星球邻居，以极大的热情找寻生命的同伴。譬如火星，以现在的人类的某些行为来看，火星上到底是否有"生命"或许并不重要，重要的是人类会不会和火星上的生命平等对话，能不能善待火星上的生命？如果以地球上的某些法则来处理宇宙星际之间的相互关系，会不会重演地球今天一直在上演的种种悲剧？地球人的前途实在难以预料。

郑千里先生的《生命的对话》认为,更使人不可思议的是:"瞧瞧本世纪内我们人类都干了一些什么。人类似乎已经堕落得连禽兽都不如,有些人干脆就是衣冠禽兽,'一个个像乌眼鸡似的,恨不得我吃了你,你吃了我'。人类自己都不愿意平等地坐下来对话。"这里缺的是什么?缺的是对生命的尊重。宋代大文学家苏东坡有一首诗是这样的:"钩帘归乳燕,穴牖出痴蝇。爱鼠常留饭,怜蛾不点灯。"(见苏轼《次韵定慧钦长老见寄八首》)诗中对生命的尊重给现代人应该有所启示。在很多人的意识中,包括一些哲学家和诗人,一些科学家,都认为生命的来源是神秘的,生命是神圣的。泰戈尔有一句诗:"我的主,你的世纪,一个接着一个,来完成一朵小小的野花。"他表达的就是生命神秘的感觉,无论多么微小的生命,它的来源都是神秘的。人的生命当然更是如此,实际上大自然不知道运作了多少个世纪才产生了我这么一个"人"。当然不仅仅是我,每一个人,地球上的每一个生命,都是这样,都是我们不知道的某种生命。尊重生命的价值,包括尊重自己的生命和尊重地球上的所有生命。

生命的对话是一个复杂的命题。"作为地球万物的灵长,应该值得骄傲的是,人类有自己丰富语言,可以和同类沟通,充分表达自己的情感,交流自己的思想。"不仅仅如此,更为神奇的是:"生命群体不仅用声音作为彼此沟通的语言,那些看来没有发音系统的生命还用光线、颜色以及身上分泌的化学物质等等来作为语言信息的载体。"纵观世界上所有的生命对话的过程,第一条就应该是尊重生命的价值。为什么呢?因为生命是最基本的价值,是生命其他一切价值的前提和基础。对于每一个个体的生命来说,生命本身是最珍贵的,没有了生命什么都谈不上。这个道理应该说是不言而喻的。

还是美国大诗人惠特曼说得好:我觉得一片草叶的功德不亚于星辰的运行。

万物渺小或者宏大，微观世界或者宏观世界，都是一个世界。人哪，当你有了微观和宏观随时转换的眼界时，你就想开了许多事情，不计较许多事情。你会发现自己不过是大宏观世界的花朵上的一只蚂蚁。当你意识到万物和自己的欢乐与痛苦时，你就会宽容与满足，不会计较那小小的利益得失了，你就会心平气和地面对世界上一切生命了。

花的奥秘

◇ 黎先耀

花是什么,这是自然界美的象征,辞典上释为"被子植物的繁殖器官"。

鲁迅先生曾戏做《新秋》古诗:"野菊性官下,鸣蛩在悬肘。"用来讽刺唯美派诗人,因为译成新诗"在野菊的生殖器下面,蟋蟀在吊膀子",似乎就不雅了。

一朵典型的花,从外到内依次可分为花萼、花冠、生长花粉的雄蕊和以后将发育成果实和种子的雌蕊。花的这些部分,都按不同方式着生在花托上。地球上25万种被子植物,没有哪一种花式是相同的。最早深入研究花的,是瑞典的大植物学家林耐。我在乌普萨拉大学的校园里,瞻仰过林耐的铜像。他生前患有眼疾,因此铜像的造型,是林耐正在

本文选自黎先耀《莼鲈之思》(湖南教育出版社1999年版)。黎先耀(1926—2009),1926年生于浙江杭州。诗人,科普作家。其作品《鸟的乐章》《大自然的召唤》《神奇的发现》《现代人的智慧》等,被评为优秀图书。著有《黎先耀散文选》,随笔及科学小品集《鱼游春水》《观音水仙》《莼鲈之思》《缪斯之恋》,新诗集《夜路》等;

主编《人与自然精品文库》《科学随笔经典丛书》《世界博物馆大观》《中国博物馆总览》（中、日、英文）、《百年人文随笔》（中国卷、外国卷）等。

俯首审视手中的花朵。花的形态比较稳定，是最不易受外界影响的器官，林耐创造了根据花的结构来进行植物分类的方法，因此，据以鉴定被子植物标本，必须有花有果。如果不是看到它们的蝶形花，你能相信蚕豆、花生、甘草、藤萝、洋槐、紫荆和紫檀同属豆科植物吗？你看到过它们之间形态相似的钟状、舌状、管状、漏斗状或喇叭状的花朵，也许也猜到：辣椒、烟草、马铃薯同茄子，番薯、蕹菜同牵牛花，莴苣、茼蒿、向日葵同菊花，是亲缘关系很近的家族。

花儿为什么姹紫嫣红，有各种姿色？难道是为了供人欣赏吗？当然不是。当花在大地上最初出现的时候，离人类的诞生还早得很呢！花香鸟语春光好，蜂忙蝶舞百花放。被子植物是同昆虫，还有鸟儿，一起相互依存，共同发展起来的。花有各种颜色和姿态，是为了吸引不同的昆虫和鸟来采蜜，为它们传播花粉。蜜蜂偏好粉红色、紫色和蓝色的花。蝴蝶辨别红色的本领最高，一般喜爱红色和黄色的花。我在内蒙古草原上，曾采集到一种俗称"干枝梅"的暗黄色的花，因为苍蝇喜欢麇集其上，当地牧民叫它"苍蝇花"。南美有些仙人掌花，花瓣长而深，只有蜂鸟的长喙才能啄食到花蜜。我曾为一幅"蜂鸟与火焰花"的摄影作品题了首小诗：

你是鸟中精灵，她是花中美魂。只有勇敢地抽出你的舌剑，不怕烈火的烧淬，才能斩获爱情的硕果。

还有些花靠蛾类传粉，蛾类一般夜间活动，那些花一般为白色，有的还有浓郁的香味。以风为媒的植物，常是先花后叶，便于凭借风力传粉。

花的不同颜色都有其物质基础。红色的花细胞中都含花青素，细胞液呈酸性时为红色，呈碱性时则为蓝色。万紫千红，都是花青素在不同酸碱度反应中所显示出来的不同颜色。黄色的花则含胡萝卜素。如月季、茶花中，很少含胡萝卜素，所以黄色花显得十分珍贵，如黄和平、金花茶等。由于细胞液酸碱度的变化，所以会出现变色花，最著名的就是木芙蓉，早上白色，午间淡红，下午变为深红，人称"娇容三变"。我曾在武夷山采了一束白色芙蓉花，带到赤石，献于上饶集中营暴动烈士纪念碑前时，竟变成了血色。白色的花，细胞里不含色素，但含有空气，会把光波全部反射出来，故梨花胜雪。

花呈各种颜色，是有花植物在进化过程中自然选择的结果，其中昆虫起了重要的作用。凤蝶的幼虫专以芸香科植物为食，所以柑橘林里常见美丽的凤蝶。在热带和亚热带，开大红花的植物种类较多，它们还靠鸟类传播花粉。中美和南美有蜂鸟，我国南部和西南部有太阳鸟，它们的视觉器官比昆虫发达得多，也能为花传粉。

有花植物在地球上的空前繁荣，是和花的"双受精"作用分不开的。雄蕊产生的花粉萌发后，进入雌蕊的柱头到达胚珠。此时，两个精子从花粉管输送到胚囊之中，其中一个精子与卵结合受精，发育成胚，另一个精子则与核结合，发育成胚乳。因为作为胚发育和种子萌发养料的胚乳，也是由受精作用形成的，具有双亲的遗传性。这样的后代当然更富有活力，更易产生变异，也更能适应环境。"双受精"可说是花的奥秘中的奥秘。

五彩缤纷、琳琅满目的花儿，最后还得归功于人类。人工选择大大加快了花的变异。如牡丹，野生原种花是单瓣的，花色也只有粉红一种。经过人工栽培，仅北宋中叶，几十年功夫，就培育出了多叶、千叶(重瓣)、楼子(花心突起)、并蒂、深红、肉红、紫色、墨紫、黄色、白色等几十个品种，魏紫、姚黄为其中的名品，当时欧阳修所撰《洛阳牡丹记》中就有叙释。如今，经过我国人民长期辛勤的培育，牡丹已达到一百几十个品种，通称"三类、六型、八大色"。三类即：单瓣、重瓣和千瓣。六型即：葵花、荷花、玫瑰、平头、皇冠和绣球。八大色即：黄、红、蓝、白、黑、绿、紫、粉。绿牡丹和黑牡丹是其中翘楚。

金花茶，是我国一级保护植物，人称"花中的熊猫"。我国的园艺专家正在为培育出重瓣大花的金色"茶族皇后"而努力。

简评

这是一篇关于花的小品文，用文学的语言释读了花的奥秘。

作者黎先耀先生曾任北京自然博物馆副馆长，创办并主编《大自然》杂志，创作并选编了许多科学小品文集，被评为新中国有突出贡献的科普作家。读黎先耀先生的科普作品，我们首先觉得他是一位诗人。黎先耀的科学小品，融合科学与人文两大领域，知识丰富，风格清新，特别关注环境保护。他的作品不但能增加人们维持生态平衡的科学知识，还能培养人们热爱大自然的高尚情操。他的科学小品集《鱼游春水》深得钱学森先生赞赏。他的大自然小品集《莼鲈之思》，风格清新，知识渊博，拥有大量的读者。黎先耀在担任北京自然博物馆副馆长期间，从事自然科学方面的研究工作，并在此基础上，写起科学与文学联姻的科学小品，得心应手，当然科学与文学并茂了。黎先耀的一些脍炙人口的科普作品，继承了高士其、顾均正的童话寓言式的科学小品的传统，发扬了周建人、贾祖璋的抒情散文的风格，并且在此基础上有了新的拓展。例如，《莼鲈之思》是一本关于环境保护方面的既有益又有趣的科学文艺书籍，不但能增加人们维持生态平衡的科学知识，还能培养人们热爱大自然的高尚情操。

花是天地灵秀之所钟，花是美的化身。赏花，在于悦其姿色而知其神骨，如此方能遨游在每一种花的独特韵味中，而深得其中情趣。如古人所言："梅标清骨，兰挺幽芳，茶呈雅韵，李谢弄妆，杏娇疏丽，菊傲严霜，水仙冰肌玉肤，牡丹国色天香，玉树亭亭皆砌，金莲冉冉池塘，丹桂飘香月球，芙蓉冷艳寒江。"深得花之神韵，赋花以人的精神，我们读到的是人格。

作者从专业的角度，描述了被子植物与昆虫、鸟儿相依相存，花的传粉也靠风的作用。花的奥秘蕴含了"姹紫嫣红"生物学的知识告诉我们，自然界中谁也少不了谁，动植物更有生死相连的关系。推而广之，人类也只有依靠大自然才能生存下去，一旦破坏了这个平衡，到头来人类自会遭到无情的报复。作者在文中以科学的态度和文学的笔法写出一个奥妙无穷的花的世界，其用意也就在这里。我们会从以下几个方面受到启示：

首先，作者要告诉我们一个生物多样性问题。生物多样性是生物及其环境形成的生态复合体以及与此相关的各种生态过程的总和。它包括数以百万计的动物、植物、微生物和它们所拥有的基因以及它们与生存环境形成的复杂的生态系统。没有人确切知道全球共有多少种动植物，粗略估计介于1 000万至5 000万种。至今，科学家只为150万种生物命了名和分类，包括为人熟悉、鲜为人知乃至新发现的物种。我国生物资源无论种类和数量都在世界上占据重要地位。以植物区系的种类数目看，我国约有30000种，仅次于马来西亚和巴西，居世界第三位。

其次，保护生物多样性的重大意义。野生动植物在维护生态平衡中起巨大作用；世界上的生物普遍存在，人类生活难免与他们有关系，所有人不论身处何方，都离不开多种多样的生物资源。同时，不仅野生动植物的经济价值和旅游资源价值，而且野生动植物给人们以丰富的美的享受。

再次，"花儿为什么姹紫嫣红，有各种姿色？难道是为了供人欣赏吗？当然不是。"作者告诉我们，这是大自然的选择。高山雪原的极端环境使得植物本来就很少，而颜色深的花朵很容易被非肉食性动物发现，这样颜色清淡的花反而因该保护色，在竞争中保留了下来。相反，热带本就适宜植物生长，颜色鲜艳的花朵更容易吸引动物们为其授粉，很大程度上提高了自身的竞争力，通过进化选择，最后保留的大多花朵是浓烈鲜艳的。

另外，虽然花朵是美丽的，但是，由于人类的原因，物种灭绝速率急剧上升。据估计，目前世界上平均每天有一个物种消失，是物种自然灭绝率的1000倍。这种物种灭绝速率的上升使生物多样性受到严重威胁。在人类上千万年的演化和发展过程中，野生生物一直是人类生存的伙伴，在人类社会的发展中起着不可替代的作用。地球上的每一个物种都是独一无二的基因库，具有无法估量的现实和潜在价值，保护野生生物就是保护人类自己，保护野生生物资源就是保护人类自己的资源，这是全社会的责任。

应该承认，日常生活中的人对花乃至自然界的各种生命的体验是有时间性的。善于感受和深思的人，对于偶然的巧合，绝不会轻易错过，往往伴随着一种自我意识的觉醒。诺贝尔文学奖获得者川端康成被誉为"日本传统的现代探索者"，他的思想饱含着浓厚的日本文学美学的传统。他的散文《花未眠》中曾有过这样体验生命的文字：从"凌晨四点醒来，发现海棠花未眠"这一微不足道的小事，却生发出这样感慨："自然的美是无限的，人感受到的美却是有限的。"这里面包含着对自然永恒的敬畏与对个体生命短暂的哀叹。面对一朵夜间盛放的海棠花，"我""更觉得它美极了。它盛放，含有一种哀伤的美"。"物哀"是日本传统文学的审美情趣，它指日本文学常借自然界的风花雪月哀叹人生的盛衰无常。在看似闲情雅趣、赏心乐事中，却抒发了一份浪漫的情怀，川端康成对未眠之花的解读，披露出人与自然如何才算真正达到精神敞开的境界。倘若人类对自然的感悟达到这种境界，那时就不仅仅限于对花的解读了。

"春来百花齐放，这是自然界生命和美的象征。"为了人类自己，每个人都要做护花的人。

科学是美丽的

◇ [美] 沈致远

本文选自沈致远《科学是美丽的——科学艺术与人文思维》（上海教育出版社2002年版）。沈致远（1929— ），江苏溧阳人。著名物理学家。主要专业著作有：1979年由国防工业出版社出版的《微波技术》，为国内高等学校有关专业长期用作教材；1993年由美国出版的《高温超导微波电路》是该领域唯一的专著，并为美

　　在常人心目中，科学是深奥的、严格的、艰难的、枯燥的……提到科学家，眼前就浮现出爱因斯坦的形象——白发怒张、皱纹满面。科学怎么会是美丽的呢？不可思议！

　　事实是：科学不仅是美丽的，而且是旷世奇美，美不胜收。常人为什么没有感受到呢？责任在科学家，他们浸沉于科学美中其乐融融，忘记了与大众分享。但也有例外，李政道近年来频频撰文著书，极力提倡科学美。他还请了著名画家李可染、吴作人、吴冠中等作画描绘物理世界的内禀美。这些作品最近结集成书，名为《科学与艺术》，引起了科学界和艺术界的注目。

乍看图中那位载歌载舞的女郎,可能以为是当红的歌星,其实她是旧金山大学的天文物理学家琳达·威廉斯(Lynda Williams)。她从小爱好歌舞,进入大学攻读天文物理学,为科学大千世界中的奇瑰美景所吸引,决定利用业余时间传播科学美。威廉斯对《纽约时报》记者说:"天文物理是最美丽的。还有什么比宇宙的诞生更美丽? 还有什么比黑洞、多重宇宙和交响共鸣着宇宙流更美丽?"威廉斯说得好! 让我们继续下去:还有什么比原子中"云深不知处"的电子云更具朦胧美? 还有什么比生命之源叶绿素中的"绿色秘密"更具神秘美? 还有什么比"生命之梯"DNA回旋曲折的双螺旋更具活力美? 还有什么比"纳米"世界中用原子砌成的纤巧结构更具精致美? ……科学之美,美不胜收!

威廉斯为科学美所启迪,开始写科学题材的诗。《纽约时报》于2000年6月4日发表了她的一组科学诗,我将其中两首译成中文发表在《诗刊》2000年11月号,下面是其中一首《碳是女孩之最爱》:

碳是女孩之最爱

黄金确实很宝贵

但不会燃起你心中之火

也不会使火车长啸飞驰

碳是地球上一切生命之源

它来自太空的陨石

构成一切有机物质

国哥伦比亚大学及中国清华大学等校选作博士研究生教材。1998年应邀在《文汇报》副刊《笔会》上开辟了《天趣园》专栏,专门发表他的科学散文及科学随笔。这些文章结集为《科学是美丽的:科学艺术与人文思维》,好评如潮,对科学散文创作起了一定的推动作用。其中《说数》选入高中语文课本。

在大气层中循环往复

钻石 煤炭 石油

总有一天会用完

能构成一切的将是碳纳米管

碳是女孩之最爱

　　"钻石是女孩之最爱"是美国流行的谚语,钻石
是碳元素的一种特殊的结晶形态,威廉斯从科学观
点将该谚语扩其意而用之,由钻石推广到碳的各种
形态,写出了这首诗。较之原谚语,这是艺术的升
华,意境大为提升。女孩爱钻石,无非是爱钻石首饰
之光华夺目、价值连城,用以炫耀自己雍容华贵的外
表美。威廉斯以诗的语言,赞美各种形态碳的实用
价值及其对生命循环的重要性,表现的是内涵美。
　　威廉斯科学诗的题材还包括瑰丽的天文奇景、
玄妙的基本粒子以及生命科学,等等。她的诗充满
着感情,例如一首小诗《爱之力》:

物理学家发现宇宙有四种力

强力 弱力 引力 电磁力

但我发现了一种新的力凌驾一切

我谨向你提议

爱的统一理论

　　爱之力凌驾一切! 这种跨越科学和艺术的浪漫
情怀大概是女科学家的专长。

吟之不尽,继之以歌舞。威廉斯将自己的科学诗配曲后,载歌载舞登台表演。加州理工学院举行的一次天文物理学国际会议上,她在霍金、惠勒、索恩等科学大师面前,演唱了自己作词并按英国著名的甲虫乐队《黑鸟之歌》调子谱曲的《黑洞之歌》:

　　黑洞在死寂的夜空中旋转

　　转着转着逸出了视线

　　直到发生了碰撞

　　我们正等待着你的引力波出现

　　这次会议是庆祝黑洞理论和引力波探测先驱索恩教授60华诞,威廉斯对流行歌曲《黑鸟之歌》作一字之改,不是很风趣而又切题吗?

　　威廉斯还专为中学生作科学歌舞表演,她关切地说:"十几岁的女孩们为了吸引男孩,不顾一切放弃学业,这很危险,尤其在这高科技时代。"为此她编了一支歌,题为《物质化女孩》:

　　男孩们只知吻我拥抱我

　　我认为他们跟不上时代

　　如果他们不懂得谈论量子力学

　　我就从他们身旁走开

　　她在舞台上手持话筒边唱边跳,背后天幕上灯光映出20世纪的50位著名女科学家的肖像。威廉斯说:"我希望女孩们会从这些杰出女性得到启发。"

威廉斯的科学歌舞生涯也并非一帆风顺。她曾向"物理学中的女性"会议的组织者要求安排一场科学歌舞表演,却被拒绝,理由是"不合适"。她失望地说:"我想呼喊:嗨!女士们!为我们所进行的革命添加一点幽默感。"威廉斯曾在一次有上千人参加的高能物理国际会议上表演,其中有些人不谙英语,不能领会她表演中的幽默,因而中场离席。幸亏有俄国科学家捧场,上台给威廉斯献花。

她在天文学家集会上的表演则完全是另一番景象,与会者和着威廉斯的歌声一起尽情欢唱,并且跃上座椅翩翩起舞。威廉斯说:"作为天文学家,你必须具有幻想和好奇心。"其实何止是天文学家,不具有幻想和好奇心的人根本不可能成为有创意的科学家。有创意的科学家和优秀的艺术家具有相同的气质——反传统,求新求异。

不仅物理学是美丽的,数学也是非常美丽的。早在古希腊和罗马时代,艺术家就发现了人体的曲线美。现代派的雕塑家和画家以他们的作品表现了几何形体的视觉美,在毕加索晚期作品中频频出现的"怪异"人像——两个鼻子、三只眼睛等等,据说其灵感来自数学中超越现实三维空间的抽象高维空间。数学家以叠代方程在复数平面上产生的"分形"图案之千变万化、奇幻迷离,使艺术家也叹为观止。

科学追求真理,揭示宇宙万物的真相及其运动变化的规律。真正的科学家都懂得:真理是简单的,而且越是深层次的适用范围越是普遍的真理就越简单。简单、深刻、普遍三位一体,这就是科学美之源泉。

科学家在追求真理的过程中,锲而不舍,孜孜以求。常人往往认为是苦,其实他们虽然辛苦却乐在其中。科学家顿悟和突破后的快感乃先睹为快——享受前人从未见过的瑰丽美景。

希望经过科学家和艺术家的通力合作,使科学的瑰丽美景能为更多人所共享。

科学是美丽的。你同意吗?

简评

沈致远先生在微波技术、微波应用及高温超导应用等领域中有多项发明,现在手中尚握有十项美国专利。作为科学家的沈致远先生,在科学领域之外,他还致力于提倡科学文艺。1998年应邀在《文汇报》副刊《笔会》上开辟了《天趣园》专栏,专门发表他的科学散文及科学随笔,题材涉及数学、物理、生物、环保、天文、信息、电脑、网络、经济等方面。这些文章结集为《科学是美丽的——科学艺术与人文思维》,问世后好评如潮。沈致远的科学散文正证明了法国艺术家罗丹所说的大师不同于常人的地方:"所谓大师,就是用自己的眼睛看别人见过的东西,在别人司空见惯的东西上发现出美来。"沈致远自己也说过:"在常人心目中,科学是深奥的、艰难的、枯燥的……提到科学家,眼前就浮现出爱因斯坦的形象——白发怒张、皱纹满面。科学怎么会是美丽的呢? 不可思议!"事实不是这样的,"科学不仅是美丽的,而且是旷世奇美,美不胜收。常人为什么没有感受到呢?"这恐怕与科学家本身有一定的关系吧,也许是他们沉浸于科学美中,自得其乐,忘记与大众分享了。作为科学家的沈致远先生同样热爱文学、喜欢创作,并很好地把科学与文学熔于一炉。

文中"钻石是女孩之最爱"是美国流行的谚语,威廉斯扩其意而用之,从碳元素的一种特殊结晶形态——钻石,推广到碳的各种形态。女孩爱钻石,无非是爱钻石首饰之光华夺目价值连城,用以炫耀自己雍容华贵的外表美。威廉斯以诗意的语言,赞美碳的实用价值及其对生命循环的重要性,表现的是内涵美。较之原谚语,这是艺术的升华,意蕴更为丰富。不仅物理学是美丽的,数学也是非常美丽的。文中,作者不但尽情称赞了天文物理学家琳达·威廉斯的科学诗"碳是女孩之最爱",而且还引申她的讲话,以抒情笔法倾吐了对科学美的多彩情思:还有什么比原子中"云深不知处"的电子云更具朦胧美?还有什么比生命之源叶绿素中的绿色秘密更具神秘美?还有什么比生命之梯DNA回旋曲折的双螺旋更具活力美?还有什么比纳米世界中用原子砌成的纤巧结构更具精致美?……科学之美,美不胜收!作者发现并赞颂了科学之美,因而他的文章也是美的,值得我们反复阅读体会本文的文章之美。

50年代美苏宇宙空间技术竞争中,苏联于1957年11月把人类第一颗人造卫星送上天。美国一直自认为是20世纪科学技术第一超级大国,这一下举国感到耻辱,各部门首先指责教育界,教育部门也觉得对不住大家,认真反省。10年后,一些教育家提出这样的观点:美国的科学教育是先进的,但艺术教育落后。也即两国科技人员不同的艺术素养导致了美国空间技术的落后,一些相关专家甚至认为,从19世纪到20世纪初,俄罗斯文学艺术达到了世界顶峰才是问题的关键。这就有了后来政府行为的"零点行动"。苏联人也说:他们仅仅贡献出一个列夫·托尔斯泰,19世纪的俄国人就无愧于全世界。何况他们还有屠格涅夫、契诃夫、普希金……科学是美丽的。创造性的劳动会取得令人惊讶的成就,享受胜利的喜悦的过程,实质上是一种享受美的过程。科学家是创造美的拓荒者,他们是美丽的天使。创造美的过程,离不开科学技术,离不开先进的工艺手段。科学为人们创造美、展现美、获得美的享受创造了条件,所以科学本身也就是美的化身。之所以说科学是很美丽的,因为科学研究宇宙、研究大自然,而宇宙和大自然有很多的规律,那些规律如果你认识它以后,就会感到它的美。中国古代的屈原创作的《天问》,是屈原被罢黜以后,到处流浪、行吟,然后昂首问天才写出来的。但是,据李政道博士考据,在屈原的诗歌中是包含了天文学知识的,屈原已经在创作中写到了地球是圆的,以及地球和天之间的关系。李政道博士是用科学的观念,来阐述屈原诗歌当中的一部分内容,可以说屈原在两千年以前的文学创作中已经具备了一定的科学知识,当然他当时自己不一定认识到,直到两千年以后,才由李政道先生才把它写出来。

同样,在西方,古希腊有很多学者也是把科学和艺术结合起来的,比如,毕达哥拉斯就主张一切皆数。他举的例子就是音乐,他说音乐里存在的和声就是数的关系。实际上,通过我们近代对音乐的研讨,也发现所谓和声、对频、八度,每一个八度音,频率就高一倍,有一个很规则的关系。那么可以说,音乐的美也是建立在科学的基础之上。

不过,要真正认识到科学的美也不是简单的事,在常人心目中,科学是深奥的、艰难的、枯燥的。科学怎么会是美丽的呢?不可思议!殊不知,科学求真,真中含美;一如艺术唯美,美不离真。认识到科学之美的一个比较好的典范,即为沈致远先生一支多彩的散文笔触向我们展示出科学的美丽,作者旨在以科学大千世界之旷世奇美,来启迪我们认真思考科学。"思维是地球上最美丽的花朵",而探索精神是其中最灿烂的一枝。千百年来,人类用孜孜不倦的求索精神,不断扩展着对大自然、对奇妙的科学以及对人类自身的认识。在永不停顿地对未知领域的探究中,人类必定会建构起一个多姿多彩的科学世界。

诗人说：美丽的科学，它是开在人类心灵之旷野的一朵玫瑰，是闪烁在广袤宇宙的一颗明星，是航行在人类脑海之中的一叶扁舟，是飞峙在人类历史长空的绚丽彩虹！

科学是美丽的。

生命之水

◇航鹰

酷热的八月，连续几天都发生奇怪的事情——一些蜜蜂总在我家门外飞舞，开门关门不小心，就会有蜜蜂飞进来，随时可能被蜇，煞是吓人。我住在天津著名的"五大道"——一座砖木结构的老楼房里，门口有水泥台阶通向院子，却没有养花。察看房檐廊厦，也未见新筑的蜂巢。全家人里里外外寻找原因，百思不得其解。

这一天午后，我冒着40℃高温外出办完事回到家。一路上汗水把衣服全湿透了，喉咙干渴得冒了烟儿，最大的愿望是逃回有冷气的房间喝一杯凉白开水，再去洗个淋浴。刚走上台阶要打开家门，眼前的景象令我惊呆了——门外墙上架着的冷气机伸出

本文选自《大自然与大生命——10年人与自然散文精品》（百花文艺出版社2003年版）。航鹰（1944—），原名刘航英，生于天津，祖籍山东省平原县。天津市作家协会副主席，中国戏剧家协会天津分会理事，文学创作一级。1970年开始发表作品。1983年加入中国作家协会。著有中短篇小说集《倾斜的阁楼》《航鹰中短

篇小说集》，喜剧剧本《计划计划》，歌剧剧本《喜事的烦恼》，电影文学剧本《婚礼》《金鹿儿》《明姑娘》（均已拍摄发行），报告文学《飓风中的葬礼》《盲人浴在光明中》。

来的塑料管口流出水滴，几只蜜蜂围着管口在抢水喝！

我忘记了室外难耐的高温，没有马上开门逃进冷气房间，呆呆地望着抢水喝的蜜蜂们出神。炎炎烈日下整座城市成了一口炙烤的干锅，夏季本该生机勃勃的树叶蔫答答地低垂着。架设冷气机的墙体因为有廊厦遮阳，从管口流出的小小水滴才没有立即蒸发掉。水滴落到烫脚的水泥台阶上，立即化作了一缕白烟。我想，如果水滴落到土地上，它连蒸发的时间都没有，就会被焦渴龟裂的土地一口吞下肚去了。

可钦可叹可怜的小蜜蜂啊，你们竟能找到这个工业文明制造的"泉水"来维持生命！是连续几年的高温大旱，逼得你们这些大自然的小精灵来做机器的降兵？这么说，你们在其他地方再也找不到水了？天空失去了雨水，花草失去了露水，枝叶失去了绿汁，河流近乎干涸，市区勉强流淌的臭河也挟带着太多的污染……

呜呼，这可是在昔日闻名的北方水乡泽国天津啊！

关于天津城名的缘起，其中一说即因天上的银河别名"天津"；另有一说"天津"乃星官名，又称"天潢"，属天鹅座。《晋书·天文志》载："天津九星，横河中，一曰天汉，一曰天江。"所有这些名字，都是多水的意思。

昔日的天津河流多。此处是我国华北地区最大水系海河的五大支流——潮白河、永定河、大清河、子牙河、卫河交汇入海之地，再加上另外四条河号称"九河下梢"，若再加上后来引入天津的滦河，就是十条河了。如今，那些澎湃大河的水都哪儿去了呢？

昔日的天津郊区"沽"多。海河古名沽水、沽河，所以其入海口名曰大沽口。市郊有数不清的小片湖泊和水洼，因此地名多为团泊洼、青泊洼、咸水沽、葛沽、塘沽、汉沽、大直沽……曾有"七十二沽"之多，薮泽罗布，水稻苇荡，鱼鸟繁生，水汽氤氲。如今，那些沽洼沼泽中的水都哪儿去了呢？

昔日的天津周边"淀"多。"淀"为浅水湖泊，京津地区最大的淀就是白洋淀了。1716年乾隆皇帝巡览淀海，自赵北口乘船出发，经过天津，沿途考察水文环境，那时已有"九十九淀"之说。乾隆御制淀神祠碑文："畿南之地，广衍多隰，众水所钟，翕之渟之，呀然成渊，而以输壑者惟淀……"另有一首赞叹芦台水泽的诗词："我击鼓兮潭如，神之来兮七十二沽。我牲牢兮既荐，神之去兮九十九淀。"如今，那翕之渟之呀然成渊的水都哪儿去了呢？

是人类自己把自己的生命之水快折腾没了。

海河水系五大河源出燕山、太行山、五台山、恒山和黄土高原。上游过量砍伐树木，植被破坏，水土流失，春旱夏涝，恶性循环。从乾隆皇帝巡览淀海算起，时隔不到300年，京津地区的酷暑高温早已把"四大火炉"重庆、武汉、南昌、吐鲁番远远地抛在后面。沙漠已逼近北京城郊，沙尘暴蔽日遮天已成了家常便饭。破坏环境的愚蠢行动照这么再折腾下去，不用多少年就会来一个"春风不度津门关"了!

这几年北京人天津人最关心什么? 不是政治不是经济不是物价不是工资不是子女上学也不是住房问题,是气象预报! 每到春夏,我们全家人每天都要看早中晚三次气象预报。人们见了面或打电话头一句话就问:"看气象预报了吗? 有雨吗?""看气象预报了吗? 明天有冷空气南下吗?"中央电视台海选一些优秀主持人,其实观众心中最看重的是"气象先生""气象女士""气象小姐",只有他们的金口玉言才能抚慰一颗颗求雨盼凉风儿的焦渴心灵。

我比任何时候都更加熟悉我国版图了,每晚"新闻联播"后就伸着脖子等待"公鸡报雨"。我比任何时候都更加痛切地知道京津地区正卡在"鸡脖子"的位置。尽管咽喉最干渴,积雨云却越来越难以光顾了。一旦沙尘暴终年缠住了"鸡脖子",说北京、天津会变成沙漠中的楼兰古城遗址,并非危言耸听。

忧思忡忡,浮想翩翩,呆立久了自己快成了烤炉里的鱼干。我逃进家门,在有冷气的房间略事梳洗歇息,又情不自禁地隔窗观看贪恋生命之水的小蜜蜂。

无独有偶,新华社曾以专电报道伊朗大旱奇观《野猪进村抢水,居民落荒而逃》:"由于伊朗今年大旱,干渴难耐的野猪冲入城乡寻找饮水……有时一大群野猪一窝蜂闯入一座村庄,吓得当地村民落荒而逃,造成一片混乱。"同一篇文章还报道:"鳄鱼也因同样原因光顾伊朗的这一地区,也曾使当地居民吃惊不小。"

我倍觉庆幸,目前家门口还只有抢水的一窝蜂,而不是野猪和鳄鱼!

动物与人抢夺生命之水尚不足怯,人与人抢夺生命之水将是更大的灾祸。

有人发出可怕的预言:20世纪的许多战争都是因石油而起;而21世纪水将成为引发战争的根源。

在干旱的中东地区,近半个世纪以来几乎每一场战争,双方都以摧毁敌人的供水系统和水源作为首要战略目标。和阿拉法特共获诺贝尔和平奖的以色列已故总理拉宾也发出过警告:"如果我们解决了中东的所有其他问题,但是却没有令人满意地解决水的问题,那么,我们的地区将要爆炸。"

以色列和周边阿拉伯国家之间的战争,其中一个主要因素是争夺约旦河水源。戈兰高地堪称"中东水塔",约旦河的源头在此,其归属问题已争吵了三十多年。

非洲是全球水危机最厉害的地区,尼罗河流经10个国家,各方面都在争水,其中埃及及苏丹的矛盾尤其尖锐。

按理说地处南亚的亚热带、热带国家应该是气候湿润雨量充足,但随着全球环境恶化,旱情日益严重。印度、孟加拉国加起来十几亿人口的生命之水都指望着恒河,因水而发生战争的阴影笼罩着恒河。

沙漠逼近京津,令人想到中东;酷热逼近京津,令人想到印度。幸亏我们的长江、黄河、淮河、海河、松花江……都流经一个祖国，短期内尚无战争之虞。然而，充斥报端的新闻连篇累牍：北京持续干旱，缺水范围扩大，程度不断加剧，百余城市被迫限水……天津市主要水源潘家口水库仍在死水位以下……北京地区密云水库蓄水严重不足……上海人均水资源不足200立方米……山西省较大的河流中一半以上已经断流，有27座大中型水库和560座小型水库干涸……哈尔滨有20万人口只能吃"夜来水"……长春实行定时限额供水……山东省各城市180多万人出现用水危机……陕西省有26个县城每天缺水20万吨以上……

人类与大自然之间的战争，必将以人类的毁灭告终。

徐剑、陈昌本合著的《水患中国》一书中有两段振聋发聩的警句："历史上当黄沙逼近古楼兰国的城郭，国王才发出最后通牒文告——'砍伐一棵树，杀头。'""人类的最后一滴水，将是自己因破坏环境而悔恨的泪。"

窗外冷气机管口积蓄的水滴在阳光下闪闪发光，一轮又一轮的蜜蜂像采花蜜那样吸吮着生命之水。"一滴水见大千世界"，这是自幼常见的一句话。不料，如今却成了"一滴水见干旱的大千世界"，"一滴水见环境遭到破坏和污染的大千世界"。

真想大哭一场，趁着眼睛还有泪水的时候。

简评

　　散文《生命之水》的作者航鹰女士是电影、电视、小说三栖作家，创作了一大批深受欢迎的剧本（含电影）和小说。这些剧本、小说细腻地描述了年轻一代的美好素质，有较强的艺术感染力，结构严密，情节动人。她的作品颇受欢迎，产生了很好的社会效应。《生命之水》以水在生活中的不可或缺为中心，把一个关于"水"的故事叙说得生动感人。"是人类自己把自己的生命之水快折腾没了。"——"海河水系五大河源出燕山、太行山、五台山、恒山和黄土高原。上游过量砍伐树木，植被破坏，水土流失，春旱夏涝，恶性循环。从乾隆皇帝巡览淀海算起，时隔不到300年，京津地区的酷暑高温早已把'四大火炉'重庆、武汉、南昌、吐鲁番远远地抛在后面。沙漠已逼近北京城郊，沙尘暴蔽日遮天已成了家常便饭。破坏环境的愚蠢行动照这么再折腾下去，不用多少年就会来一个'春风不度津门关'了！"就目前一些让人揪心的状况绝非骇人听闻！自然环境的恶化还在继续，作者说到的"沙尘暴蔽日"现在在很多地方已升级为"雾霾肆虐"了。

　　生命诞生于水，水是哺育人类的乳汁。没有水的哺育，就没有生命的繁衍；没有水的世界，将是死亡的世界。地球上因为有了水，才变得生机勃勃。然而，由于种种原因，一方面人类对水的需求与日俱增，另一方面人为的浪费，还有就是人类对水资源的污染，使水资源不断枯竭。水资源危机将成为21世纪人类面临的最为严峻的现实问题之一。据相关统计，地球上水的储量很大，但淡水只占2.5%，其中供人类使用的淡水不足1%。据专家最新估计，全球陆地上可更新的淡水资源约42.75万亿立方米，其中易于使用的约12.5万亿~14.5万亿立方米。按1995年人口统计，全球人均淡水资源约7450立方米，其中易于使用的淡水人均约2180~2440立方米。可见，地球上的淡水资源是有限

生命之水

的。人类社会面临的水资源危机，不能不说是人类社会生存和发展的一个沉重的包袱。

相关资料显示，水资源这个生命攸关的问题越来越突出地摆在中国人面前：某些不科学的水利建设、滥采滥用、过度用水、水污染等一系列问题，导致水资源已经或正在出现严重的危机。不少地方，尤其是在那些大型城市和北方降水少、缺水的地区，工业、农业和生活用水都遇到了极大的压力。正如有识之士所指出，对于我国今后的发展而言，水资源的缺乏可能是比石油等能源的缺乏更为严重的问题，水危机滋生了日益恶化的生存环境和日趋严重的生态危机。有一位知名的作家曾把杜甫诗句"国破山河在"改为"国在山河破"，读了让人心痛：山河破败，哪里还有国啊？千年华夏，山河壮丽，山水之美，无水则无灵气。等到成一堆黄土之后才痛心疾首，等到一滴水面对干旱的大千世界，那只能是悔恨的泪水！那最后的一滴水，莫非真是英国作家拉加托斯在《一滴水》中所说："你别小看了它。它，一滴水，本身简直就是宇宙的缩影。"

水——养育了人类的文明。但愿作者"真想大哭一场，趁着眼睛还有泪水的时候"，是所谓的"杞人忧天"！

从
『死亡陷阱』到『生命之泉』
——难忘的人类输血史

◇ 徐文

本文最初发表于《大众健康》2000年第12期。后收入陈建国等主编《高中起点〈语文〉教程（第三版）》（华东师范大学出版社2004年版；根据教育部最新成人考试大纲修订）。徐文，简历不详。

鲜红的血液是"生命之泉"，在全身一刻不停地循环流动，维持新陈代谢，调节生命活动。当由于受伤或生病，人体血容量减少到一定数量时，生理活动便受到干扰，甚至面临死亡的威胁。及时而适当的输血，可使生命之树枯木逢春，生机勃发。在人类文明的历史长河中，为了输血，前人曾经在黑暗中长期摸索，做出了巨大牺牲。

15世纪初，罗马教皇英诺圣特病危，群医束手无策。当时，意大利米兰有个名叫卡鲁达斯的医生提出，直接给教皇输入人血，可以救治。他残酷地割开三个男童的动脉血管，让血液流入铜质器皿，再加入名贵草药，用手工制造的粗大注射针头，将血液输入教皇血管中。三个孩子放血后抽搐着死去,教皇输血后也立即感到胸闷窒息,很快死亡。这次输血,断送了四条人命。

1665 年,英国科学家查得·罗尔将一只狗的血管接到另一只奄奄一息的狗的血管上,进行输血,使后者死而复生。但当时未引起人们的重视。

17 世纪,法国医生采用羊血输入人体来治病,因为当时人们认为羊血最为圣洁。从 17 世纪保存下来的油画上,可以看到用羊血给人输血的情景:一头健壮的公羊被缚在凳子上,颈部的毛被剃光,割破的颈动脉内插有一根管道,另一头较细,连接于病人腕部血管,羊血经管道直接流向病人体内。但病人输入羊血后,血液凝结,病人窒息,往往和羊一起死亡。由于如此危险,故当时输血前,病人都要立下自愿书,表示一旦死去,与医生无关。由于越来越多的人因为输血而死亡,引起社会震惊,巴黎宗教法庭不得不出面干预,发布命令,禁止输血。

大约 100 年后,1875 年,朗特亚医生通过显微镜观察到,血液的主要成分是血清、血细胞和血小板,而血细胞又有红细胞和白细胞之分。不同动物的血液混在一起,可促使红细胞凝结,从而揭开了羊血杀人的秘密。

1900 年,生理学家肖特克和郎特斯脱发现了血型。根据红细胞所含"抗原"的不同,将人的血型分成三型,即 A 型、B 型、O 型。人对人输血,血型一定要适应,否则,红细胞就会凝结,致人死命。这一发现恢复了人类之间的输血。

1908年，外科医生亚历克西斯·卡勒尔将一位父亲的动脉和他女儿正在出血的血管相通，让父亲的血和女儿的血混合在一起，从而挽救了女孩的生命。这件事的成功，引起社会注目，成为当时的特大新闻。

1910年，科学家强斯基和莫斯又发现了AB血型。后来又发现MN、P、RH等十余种血型，隐藏在血液中更多的秘密被陆续揭开。

20世纪初，产科医生詹姆斯·布兰德尔使用人的血液来补充妇女分娩时的失血，确立了输血在医学界的地位，开始了实用、安全输血的新时代。

经过近一个世纪的不断改进，输血技术日臻完善，新方法不断涌现，人类进入输血的自由王国。

为了减少发热、过敏等输血并发症，现在提出，配血除了红细胞"型号"相同外，白细胞"型号"也要尽量相似。更有人提出去除供血红细胞血型抗原，使其失去A、B、O血型特点，便可以随时输给任何病人，以利抢救，预防溶血反应。之后，成分输血被大力推广，用先进技术将血液中的各种成分分离出来，病人缺少什么就补充什么。比如外科手术失血过多，输入浓缩红细胞，以改善运送氧的功能。缺少血小板的病人，就光给他们输血小板。这样做，可以充分利用日趋紧张的血源，并减少不良反应。国外和国内有些地方，已经建立"血液银行"，在手术前一段时间先抽取一些病人的血贮存起来，手术时再输回；

也可将手术时没有污染的血液收集起来,经过过滤等措施,回输给病人。

1978年2月,人造血液在日本制造成功,并于1979年4月在临床手术中实际应用。我国也于1979年研制成功,于1981年开始应用。人造血制剂主要有两种,即全氟荼烷与全氟三丙胺的混合乳剂和全氟三丁胺乳剂,目前主要应用于器官移植。最近,1997年培育出轰动世界的多利羊的英国科学家宣布,他们正在研究通过遗传工程技术制造人血。用培育多利羊的技术饲养的牛和羊长大后,其奶中将含有人类血浆的主要成分。

可以相信,随着现代科学技术的飞速发展,输血技术将不断进步,过去的幻想将逐渐成为现实,为人类的健康造福。

简 评

文章一开始作者就扼要地介绍了"难忘的人类输血史"的滥觞:

"鲜红的血液是生命之泉",在全身一刻不停地循环流动,维持新陈代谢,调节生命活动。当由于受伤或生病,人体血容量减少到一定数量时,生理活动便受到干扰,甚至面临死亡的威胁。及时而适当的输血,可使生命之树枯木逢春,重又生机勃发。在人类文明的历史长河中,为了输血,前人曾经在黑暗中长期摸索,做出了巨大牺牲。"15世纪初,罗马教皇英诺圣特病危,群医束手无策。当时,意大利米兰有个名叫卡鲁达斯的医生提出,直接给教皇输入人血,可以救治。他残酷地割开三个男童的动脉血管,让血液流入铜质器皿,再加入名贵草药,用手工制造的粗大注射针头,将血液输入教皇血管中。三个孩子放血后抽搐着死去,教皇输血后也立即感到胸闷窒息,很快死亡。这次输血,断送了四条人命。"

20世纪初,产科医生詹姆斯•布兰德尔使用他人的血液来补充妇女分娩时的失血,确立了输血在医学界的地位,开始了实用、安全输血的新时代。经过近一个世纪的不断改进,输血技术日臻完善,新方法不断涌现,人类进入输血的自由王国。从15世纪的罗马时代起,到人类"进入输血的自由王国",人类实实在在地付出了"血"的代价。

人体内的血液,就像一条长流不息的长河,在我们的身体内日夜不停地流动。如果说人体是一棵生命之树,那么血液就是滋润这棵大树的生命之水,没有血液就没有生命,更不会有生命的延续。当战争、灾祸、外伤等各种意外导致伤员大量失血时,为了挽救生命,输血往往是最直接、最有效的抢救措施。可是,你可知道,人类探索安全输血长达400年的历程中,从英国劳维尔医生开始,经过几代科学家的努力,其中付出了无数生命和血的代价,才建立起今天安全输血的方法和技术。事实上,这一研究探索的过程还远没有结束,科学输血的技术还在不断地发展和完善中。

作为一篇传播科学知识的小品文,本文体现了"朴素就是美,简单就是力量"的写作美学。作者在文中用大量的事实揭示了这样一个颠扑不破的真理:科学发展的每一步,都是在无知的黑暗中痛苦摸索,而且不可避免地要付出惨痛的代价。一部漫长的人类输血史,明明白白地告诉我们这个"血"的事实。文章的结构非常清晰明了,以时间为序陈述人类输血史上几件具有划时代意义的大事,而人类艰辛的恐怖的牺牲和前赴后继无畏的探索就体现在其中,读过这篇散文之后,现代人就一定会形象地认识到人类"血"战前行的历史。

读
沧海
◇ 刘再复

本文选自刘再复散文、诗歌集《读沧海》（福建教育出版社2009年版）。刘再复，1941年生于福建南安，1963年毕业于厦门大学中文系，曾任中国社会科学院研究员、文学研究所所长，《文学评论》主编，中国作家协会理事。他既从事学术研究又从事文学创作。

一

我又来到海滨了，又亲吻着海的蔚蓝色。

这是北方的海岸，烟台山迷人的夏天。我坐在花间的岩石上，贪婪地读着沧海——展示在天与地之间的书籍，远古与今天的启示录，我心中不朽的大自然的经典。

我带着千里奔波的饥渴，带着长岁月久久思慕的饥渴，我读着浪花，读着波光，读着迷蒙的烟涛，读着从天外滚滚而来的蓝色的文字，发出雷一样响声的白色的标点。我敞开胸襟，呼吸着海香很浓的风，开始领略书本里汹涌的内容,澎湃的情思,伟大而深邃的哲理。

打开海蓝色的封面,我进入了书中的境界。隐约地,我听到了太阳清脆的铃声、海底朦胧的音乐。乐声中,我眼前出现了神奇的海景。我看到了安徒生童话里天鹅洁白的舞姿,我看到罗马大将安东尼和埃及女王克莉奥特佩拉在海战中爱与恨交融的戏剧,看到灵魂复苏的精卫鸟化作大群的银鸥在寻找当年投入海中的树枝,看到徐悲鸿的马群在这蓝色的大草原上仰天长啸,看到舒伯特的琴键像星星在浪尖上跳动……

就在此时此刻,我感到一种神奇的变动在我身上发生,一种无法言说的谜在我胸中跃动:一种曾经背叛过我自己但是非常美好的东西复归了,而另一种我曾想摆脱而无法摆脱的东西消失了。我感到身上好像减少了很多,又增加了很多,只是减少了些什么和增加了些什么,说不出来。只感到自己的世界在扩大,胸脯在奇异地伸延,一直伸延到无穷的远方,伸延到海天的相接处。我觉得自己的心,同天,同海,同躲藏的星月连成了一片。也就在这个时候,喜悦像突然涌上海面的潜流,突然滚过我的胸脯。生活多么好呵!这大海拥载着的土地,这土地拥载着的生活,多么值得我爱恋呵!

我不能解释自己身上所发生的一切,然而,我仿佛听到蔚蓝色的启示录在对我说,你知道什么是幸福吗?你如果要赢得它,请你继续敞开你的胸襟,体

后旅居美国,先后在芝加哥大学、斯德哥尔摩大学、科罗拉多大学任教,现任香港城市大学中国文化中心荣誉教授。著作有《性格组合论》《文学的反思》《论中国文学》《鲁迅传》《鲁迅美学思想论稿》《传统与中国人》《罪与文学》(与林岗合著)、《放逐诸神》,以及与李泽厚先生合著的长篇学术对话《告别革命》。还出版有散文、诗歌集《读沧海》《太阳·土地·人》《人间·慈母·爱》《洁白的灯心草》《寻找的悲歌》等以及散文集《漂流手记》(十卷)、《人论二十五种》等。还有《红楼四书》(四卷)等四十几部学术论著和散文集。

验着海,体验着自由,体验着无边无际的壮阔,体验着无穷无尽的渊深。

二

我读着海。我知道海是古老的书籍,很古老很古老了,古老得不可思议。

原始海洋没有水,为了积蓄成大海,造化曾经用了整整十亿年。造化天才的杰作呵,十亿年的积累,十亿年的构思,十亿年吮吸天空与大地的乳汁。雄伟的横贯天地的巨卷呵,谁能在自己的一生中读尽你的丰富而博大的内涵呢?

有人在你身上读到豪壮,有人在你身上读到寂寞,有人在你心中读到爱情,也有人在你心中读到仇恨,有人在你身边寻找生,有人在你身边寻找死。那些蹈海的英雄,那些自沉海底的失败的改革者,那些越过怒浪向彼岸进取的冒险家,那些潜入深海发掘古化石的学者,那些耳边飘忽着丝绸带子的水兵,那些驾着风帆顽强地表现自身强大本质的运动健将,还有那些仰仗着你的豪强铤而走险的海盗,都在你这里集合过,把你作为人生拼搏的舞台。

你,伟大的双重结构的生命,兼收并蓄的胸怀:悲剧与喜剧,壮剧与闹剧,正与反,潮与汐,深与浅,珊瑚与礁石,洪涛与微波,浪花与泡沫,火山与水泉,巨鲸与幼鱼,狂暴与温柔,明朗与朦胧,清新与混浊,怒吼与低唱,日出与日落,诞生与死亡,都在你身上冲突着，交织着。

哦！雨果所说的"大自然的双面像"，你不就是典型吗？

在颤抖的长岁月中，不知道有多少江河带着黄土染污你的蔚蓝，也不知道有多少狂风带着大陆的尘埃挑衅你的壮丽，也不知道多少巨鲸与群鲨的尸体毒化你的芬芳，然而，你还是你，海浪还是那样活泼，波光还是那样明艳，阳光下，海水还是那样清。不是吗？我明明读到浅海的海底，明明读到沙，读到礁石，读到飘动的海带。

呵，我的书籍，不被污染的伟大的篇章，不会衰老的雄奇的文采！我终于读到书魂——一种伟大的力量，一种比海上的风暴更伟大的力量，这是举世无双的沉淀力与排除力，这是自我克服与自我战胜的蔚蓝色的奇观。

三

我读着海，从浅海读到深海，从海平面读到海底我神往的世界。但我困惑了，在我的视线未能穿透的海底，伟大书籍最深的层次，有我读不懂的大深奥。

我知道许多智勇双全的科学家、工程师和探险家，也在读着深海，他们的眼光像一团炬火正在越过黑色的深渊去照明海底的黄昏。全人类都在读海，世界皱着眉头在钻研着海的学问。海底的水晶宫在哪里？海底的大森林在哪里？海底火山与石油的故乡在哪里？古生代怎样开始生物繁衍的故事？寒武纪发生过怎样惊天动地的浮沉与沧桑？奥陶纪和志留纪经历过怎样扣人心扉的生存与死灭？海里有机界的演化又有过怎样波澜壮阔的革命的飞跃？

我读着我不懂的深奥，于是，在花间的岩石上，我对着浪花，发出一串串的海问，从我起伏的热血中涌流出来的海问。我知道人类一旦解开了海谜，读懂这不朽的书卷，开拓这伟大的存在，人类将有更伟大的生活，世界将三倍地富有。

我有我读不懂的大深奥。然而，我知道今天的海，是曾经化为桑田的海，是曾经被圆锥形的动物统治过的海，是曾经被凶猛的海蛇和海龙霸占过的海。而今天，这荒凉的波涛世界变成了另一个繁忙的人世间。我读着海，读着眼前驰骋的七彩风帆，读着威武的舰队，读着层楼似的庞大的轮船，读着海滩上那些红白相间的帐篷，和刚刚拥抱过海而倒卧在沙地上沐浴着阳光的男人与女人。我相信，二十年后的海，被人类读不懂其深奥的海，又会是另一种壮观，另一种七彩，另一种海与人和谐的世界。

伟大的书籍，你时时在更新，在丰富，在进化，一刻也不静止。我曾经千百次地索思，大海，你为什么能够终古常新，为什么拥有这样永远不会消失的气魂。而今天，我读懂了：因为你自身是强大的，自身健康的，自身是倔强地流动着的。

别了，大海，我心中伟大的启示录，不朽的大自然的经典。今天,我在你身上体验到自由,体验到伟力,体验到丰富与深渊。也体验到我的愚昧,我的贫乏,我的弱小。然而,我将追随你滔滔的寒流与暖流,驰向前方,驰向深处,去寻找新的活力和新的未知数,去充实我的生命,更新我的灵魂!

简评

　　刘再复先生说:"王国维的《红楼梦评论》以老子的话为开篇。老子曰:'人之大患,在我有身'。因为有身,所以就有欲望,就有痛苦。我们也许可补充说,因为有身有欲望,便用尽生存技巧与生存策略,就更加痛苦。"从这一段话似乎可以读出刘再复心中深藏着的自己不平凡的生活经历。思想文化界有一个看法:刘再复先生是当代中国社会变动、社会转型时期的一个文化标本。他是上一个世纪后半叶历史的亲历者和见证者,他身在时代的潮流之中,但心却在潮流之外,虽然也当过弄潮儿,但大体上是超越潮流的冷观者与思想者,思考中蕴含着担当。国际知名文化研究学者、香港中文大学教授李欧梵先生说:"我对祖国也关心,也思考,但是没有刘再复这种负荷感,更没有使命感。"正是因为生活的沧桑教会了刘再复先生冷静地思考自己,热情地向往祖国,所以,刘再复其人、其文长期以来仍然留在读者的记忆中。

　　新加坡《联合早报》曾发文称:"刘再复、李泽厚、余秋雨都是中国当代才华横溢、思想闪光的学者,三人的文章风格有显著差异,李泽厚的文章理性色彩浓厚,余秋雨则是文采斑斓,刘再复似是介于两者之间。"诚然,刘再复是一位充满火一样热情的诗人,更准确地说,他还是一位有着冷静、深邃思考的评论家,而且在社会科学学科研究方面硕果累累的著作中,他以科学家的冷峻和诗人般的热烈,熔哲理、思辨与抒情于一炉，思考品位之高，情感负荷之大，风格之庄重深沉，语言之空灵隽美，格外受到广大读者的青睐。读他的散文《读沧海》，我们强烈地感受到了作者字里行间汹涌澎湃的诗情，开阔博大的胸襟，深邃精辟的哲理，仿佛使我们听到一个生活强者的心声，看到了一个高尚的魂灵，在沧海中升腾！

　　《读沧海》是刘再复先生的散文名篇，作者将深邃的哲思和奔放的热情熔为一炉，形成了别具特色的散文诗风格。以其精深丰厚的思想内容，娴熟高超的艺术技巧，展现了大海的壮观，抒写了作者灵魂深处的感受，表现出俯仰天地之间的阔达胸襟，使读者为之感动，为之拍案，显示强烈的审美效果。作者笔下伟大神奇的海，既是"天与地之间的书籍，远古与今天的启示录"，又是作者心中"大自然的不朽的经典"。作者敞开胸怀，"体验着海，体验着自由，体验着无边无际的壮阔，体验着无穷无尽的深渊"，于是，领悟到了生活的广阔，人生的丰富，生命的奇异，大自然的健康与强大。我们在阅读时仿佛能感受到字里行间涌来的阵阵激情撞击着我们的心灵。魏武帝曹操"东临碣石，以观沧海"，留下了磅礴的诗句："日月之行，若出其中；星汉灿烂，若出其里"（曹操《观沧海》）。大海往往以其博大幽深，与骚人墨客结下了不解之缘。曹操诗中的海，表现了吞吐日月的伟大力量；雨果笔下的海，则又显示了骇人的自然雄威；世界诗歌史上的名篇，普希金的《致大海》更是一首反抗暴政，反对独裁，追求光明，讴歌自由的政治抒情诗。《读沧海》以大海为知音，以自由为旨归，以倾诉为形式，多角度多侧面描绘自己追求自由的心路历程，感情凝重深沉而富于变化，格调雄浑奔放而激动人心。——这些都在读者心中留下了难以磨灭的印迹。谈起《读沧海》的写作，刘再复先生说：20世纪80年代前期、中期，我的心境特别好。有一次我和一些好友如林兴宅、杨春时在山东烟台开会，每天都面对大海高谈阔论，内心与大海相似，常有写作的冲动。我从小就爱海，在读高中的时候，不知朗诵了多少遍普希金的《致大海》。普希金称大海为"自由的元素"，我则把大海视为伟大的书籍，并觉得，唯有大海酷似自己的内心，这也许就是人们常说的"浪漫的磅礴的情怀"。

刘再复先生的散文诗《读沧海》，在布局谋篇上特色鲜明，作者的艺术构思具有很强的层次感，即从海面、浅海、海底三个层面一层深一层地来表现开来。由于刘再复的这篇散文诗具有音乐美和画面美，我们不妨把它看作一首"海的交响乐章"来读：第一段为第一乐章，作者从全新的角度，把大海借喻为"书籍""启示录""经典"，这奠定了全篇的基调和核心。接着，很自然地引出对大海情景的描写：浪花，波光，迷蒙的烟涛，从天外滚滚而来的蓝色的文字，发出雷一样响声的白色的标点……这一段清新、隽永的文字，构成了散文诗特有的意境和氛围，给人一种立体感的画面，并使人产生一种美好的情思和联想。第二段为第二乐章，是一个充满抒情的气息和畅想的乐章，抒情和议论相得益彰，笔调和前一章形成鲜明的对照。第三段为第三乐章，在这个乐章中，描写了诗人渴望海洋与人类的和谐世界，同时使诗的主题得到了新的升华；在这个乐章中，我们似乎听到作者心灵的呼唤："去寻找新的力和新的未知数，去充实我的生命，更新我的灵魂！"《读沧海》虽篇幅不长，但它的容量非常阔大，上至宇宙太空，下至世间风俗，从古代文明到现代文明，从自然到社会，从国内到国外，诗篇融入了海洋学、地质学、天文学、历史学、民俗学、文艺学、音乐艺术等诸方面的知识，表现了一个学者的探索，一个诗人的情怀，一个哲人的沉思。

2009年9月1日—9月28日，长江出版传媒集团与腾讯读书频道联合举办了"新中国60年我最喜爱10部文学作品"调查。刘再复先生的散文诗《又读沧海》，在百万网友极大的热情投票中，入选"我最喜爱的新中国60年文学作品"。或许是抒情诗章的深邃的思想征服了百万网友。刘再复先生自己也说："我常把自己界定为思想者，和年轻时的自我期待有些不同。我对我自己的一生,敢说满意的只有一点,就是始终处于积极奋斗的状态与思索状态,按照歌德《浮士德》的说法,是始终不停顿的状态,在与魔鬼的赌博中,始终未被魔鬼俘虏。"《读沧海》《又读沧海》应该是作者那一个时期"思想者"的手记,两篇"读沧海"的散文留下了一条完整的思想轨迹。因此,我们有必要把这两篇袒露作者思想轨迹的散文放在一起来读。

下面我们再补充阅读《又读沧海》:

又读沧海

一

又是迷人的夏天,又是北方的海岸。又是无边的神秘,又是无底的深渊。又是望不尽的蓝幽幽,又是读不完的白茫茫。

圆月缺了,缺月圆了。已读破了许多圆月,已读圆了许多缺月。

全都写在碧波之上,愤怒与惆怅的文字,思念与告别的文字,绝望与希望的文字。全都写在浪花之上,欢乐与悲凉的乐章,战斗与寂寞的乐章,谴责与忏悔的乐章。

大自然的史诗,千姿万态。透明与混浊的交替,墨黑与柔蓝的转换,放歌与低诉的和谐,全部聚汇在你巨大的生命之上。

是谁赋予你这史诗般的生命呢?大海。

在遥深的底层,在邈远的上空,有谁调动着你,主宰着你,规范着你呢?在缥缈的天涯一角里,真的有一位满头银须的洞察一切的神灵吗?在宇宙的无尽顶端,在万物万有生死转移的冥冥之中,你是否和一颗全知全能的心灵相连呢?

二

我翻阅你的每一页,每一行,细读你字里行间那些蓝色的奥秘与白色的幽微,但我从未读过上帝与魔鬼留下的踪迹。

我只读到你自己，只读到那深蓝色的海心和紫绛色的海魂，那热烈的血与冷峻的血，那主宰着你自己也主宰着一切的强大的汹涌与澎湃。

云间已撒下无数次的风雨雷霆，但你照样展示你的万丈波澜，海底已爆发过无数次的火山熔岩，而你依旧是从容不迫，辽阔无边。你随时可歌，随时可舞，随时可沉默，随时可爆发。刚刚还是圆月下的沉默，沉默得像安详的、熟睡的母亲，瞬息间又是沉默中的爆发，爆发得像狂醉的、疯癫的酒神。然而，几个时辰过去，又是一派玛瑙似的透明，一脉绸缎似的蔚蓝。大海，你愤怒时如此长啸，悲伤时又如此动情。你的高歌与呜咽，你的纯情与傲眼，你的豪放与婉约，都使我壮怀激烈，也使我头颅低垂。

没有一种力量能剥夺你的雄浑与豪强，所有想剥夺你的，都被你所剥夺，所有想吞没你的，都被你所吞没。浪尖上，波峰上，礁石上，沙滩上，全记载着，记载着你的浩浩荡荡的灵魂和不可征服的尊严。

三

大海，我心爱的大书卷。我已读破你的经籍般的渊深，史诗般的广袤，而你的蓝色的眼光，是否也穿越我的躯壳，读着我呢？——读着我的身内的大海，那些日夜动荡着的激流，朝夕变幻着的文字，那些已展示和未展示的篇章，带着海的咸味与海的苦味的波澜。

唯有你，变幻无穷的海，可以和人类身内的宇宙相比，唯有你，酷似我心中的世界：一部没有逻辑的诗,一部充满偶然、充满荒谬、充满圣洁的小说,一部在狂暴与温顺、喧哗与缄默、放浪与严肃中不断摆动的戏剧,一部让岸边聪颖的思索与狡黠的思索永远思索不尽、烦恼不尽的故事。

你读到我的海了吗?你读到这些激荡着的诗文和跳跃着的故事了吗?你读到我的轻漾的暖流和纵立的怒涛了吗?你读到我的紫色的沉思与白色的爆发了吗?请你也如我一样多情,请你常常徘徊在我的岸边,我的沙滩,我的岩角。在我的海里,有温柔的水草,也有刚毅的礁石,还有很美的海村和很美的海市,海村里有太阳的明艳和镰月的朦胧,海市里有浅白的天街和深绿的灯火。还有许多飘动的海旗、海树和疾翔的海鸥,这一切,这一切都是我灵魂的家园,都是我的深藏着的文字和深藏着的生活。

四

大海,我曾多次地走到你面前。我见到了你,但你未必见到我。我不倦地阅读你的浪涛,但你未必发现我的烟波。

我不怪你,我的壮丽而浑厚的朋友。

因为我的海,曾是冻僵的海,曾是干涸的海,曾是垂死的海。

因为我的海,曾是沙漠,被横扫一切的风暴席卷过的沙漠。没有花草,没有森林,没有飞翔的大雁,没有旋转的泉流,只有被风沙打击得非常模糊的、凄凉的脚印。

因为我的海,曾是旱湖,被九个太阳晒干了柔蓝的干湖。失落了碧波,失落了浪花,失落了喧嚣与骚动,失落了海燕与风帆,只留下沉入海底的恐龙的化石和其他古生物的残骸。

因为我的海,曾是废墟,被我自己的火焰烧焦了生命的废墟。没有生机,没有活泼,没有潮汐与春秋,只有断垣、颓壁与荒丘。

这海,连我自己也不认识的海,连我自己也不愿意阅读的乏味的书籍,吸引不了你的蔚蓝色的眼睛,我不怪你。

五

死过的海复活了。沉睡过的海醒了。僵冷的大书舒展了新的一页。

我已重生。我已拥有我的大海,拥有海的脉搏,海的呼吸。我已拥有海的温柔与粗暴,海的愤怒与忧伤,海的妩媚与豪放。

我已重新获得我的海魂,洋溢着尊严、力量和美的海魂,拥有奔驰的自由与翻卷的自由的海魂。一切,都已打下海魂的烙印。黑暗,是渊深的黑暗;光明,是坚韧的光明;忧伤,是崇高的忧伤;奋发,是雄伟的奋发。

大海,你感受到我的复活了吗? 你感受到我那丢失的海魂已艰难地回归到我的蓝土地和蓝家园了吗? 你感受到我身内的书籍已务去陈腐的语言与陈腐的逻辑了吗? 你感受到岸边新月似的眼睛和投射到你身上的新曙般的光芒了吗?

今夜,我带着复活了的眼睛,在星辉抚摸的海堤

读沧海

077

上，重新阅读了沧海，重新阅读你的雄奇与神韵，我将有许多新的领悟。我将用我被风暴打击得更加粗糙的灵魂，去消化你这伟大书籍的艰深，我将用我在痛苦的寻找中变得冷峻的目光，穿越浓雾与阴影，进入你更深邃的底层。我相信我的海和你一样，有强大的胃，能消化掉一切乌云与风暴，重新赢得健康，重新赢得高傲，重新赢得浩瀚。

我不再彷徨，只要你在我眼前，我就不会虚空，我就有望不尽的蓝幽幽，读不完的白茫茫……

简评

在《又读沧海》中，作者又在这里敞开辽阔胸襟，字句间激荡于胸怀的是作者的万丈豪情，给人留下强烈的视觉冲击，同时把汹涌着宇宙的情思融真善美于一身，他那博大、壮阔、高远、深厚、凝重的情怀和艺术氛围，将读者引入一个壮丽浩渺、激荡不息的灵魂世界，大气磅礴，意境高远，震撼心灵。沧海，横贯天地的巨幅画卷在诗人面前又一次铺展开来，也在读者面前铺展开来，面对辽阔的沧海，诗人只能惊叹，惊叹"大自然的史诗，千姿百态"，惊叹又是"望不尽的蓝幽幽，读不完的白茫茫"。

经历了丰富的生活，诗人又读大海而高呼"我已重生。我已拥有我的大海，拥有海的脉搏，海的呼吸。我已拥有海的温柔与粗暴，海的愤怒与忧伤，海的妩媚与豪放"。重获海魂的喜悦在文章的最后洋溢着奔驰的自由与雄浑。"今夜，我带着复活了的眼睛，在星辉抚摸的海堤上，重新阅读了沧海，重新阅读你的雄奇与神韵，我将有许多新的领悟。"这些领悟是时间的海所赐予的，时间磨砺出觉醒后的大彻大悟。

诗人最后以"我不再彷徨，只要你在我眼前，我就不会空虚，我就有望不尽的蓝幽幽,读不完的白茫茫",赤裸裸地表达了自己的心迹。文中的"诗意般思索"(屠格涅夫语)《又读沧海》(当然也包括《读沧海》)再一次深刻表现了一个学者的思索,一个诗人的情思。看到大海这一伟大力量与气魄,诗人予以高度颂扬"不被污染的伟大篇章,不会衰朽的雄久奇彩"。诗人从沧海中悟到真谛,认为"这是举世无双的沉淀力与排除力,这是自我克服与自我战胜"。是啊,要能摒弃生活中的假、丑、恶,人生才能更有价值,生活才能更美好。诗人从沧海中悟到了人生的真谛,更体会到爱因斯坦的名言:"一个人的真正价值首先决定于他在什么程度上和什么意义上自我解放出来"。

从浅海到深海,从海平面到海底,不朽的经典洗刷了时间的足迹,伟大的启示录唤醒诗者的灵魂。作者期待与海共鸣,期待心中的海与面前的海的共鸣,期待大海"请你也如我一样多情,请你常常徘徊在我的岸边,我的沙滩,我的岩角"。这是一种期许,也是一种与海的心灵的相融。所以作者写"大海,我曾多次走到你面前。我见到了你,但你未必见到我。我不倦地阅读你的浪涛,但你未必发现我的烟波",因为我的海"连我自己也不认识的海,连我自己也不愿意阅读的乏味的书籍,吸引不了你的蔚蓝色的眼睛,我不怪你"。这是大海的歌者对自己流逝的过去而深深地自责与反省。

人生的道路怎么走,作者读着沧海,寻觅着答卷。

附一:

作者手记:三十年前,我写了《读沧海》和《又读沧海》,再无续篇。三十年后,金庸先生为我的书舍命名题签,郑重写下"读海居"。二〇一四年,贾平凹兄又从陕西寄了巨幅书法诗联赠我:"沧海何曾断地脉,风号大树中天立。"之后,莫言到香港时又为我题了"读沧海"。三位聪慧友人不约而同,把我的名字与沧海相连,终于激发了我的情思,于是便欣然命笔,作此

《三读沧海》。

二〇一五年五月十六日 于美国读海居

三读沧海

（一）

寂寞的时候，我就看着海。它与时间一样孤独。我的学生名叫阳子，她沉吟海时，如此写道。

我回应阳子。此刻我也看着海。因为寂寞，所以从海边看到空中，从地上看到天上。地上看的时候，用的是"人眼"；空中看的时候，用的是"天眼"；后者是释迦牟尼与爱因斯坦的宇宙极境眼睛。

我是谁？我是海的儿子。曾在泉州湾角书写，曾在清源山上吟哦，曾在波罗的海水畔歌哭，曾在太平洋与大西洋里游思。此时痴痴地看着伟大的父亲，这个苦恋蓝天的谜一样的伟大存在。当年鲁迅先生把儿子命名为海婴，我是海的儿子，也如此自我命名，算是字号。海婴与时间一样孤独，与父亲一样心性浩荡。

我又来到海滨了。往昔是少年的沙滩，现在是长者的海岸。当年是酒神与激浪共舞，今岁是日神冷观涛来涛往。此次读海，是道谢，是告别，是向父亲作灵魂的诉说。

（二）

我来道谢。到地球走一遭，绝无后悔，因为父亲总是滋养着我。即使身处孤岛，父亲也用强健的胸脯拥抱我和抚慰我。我的人生，不仅仰仗书本的泽溉，而且仰仗大地与大海的滋养。大地用它的苦难，大海用她的辽阔。两者都是需要的。它们都导致我的渊深。

感谢父亲的灵魂时时陪伴着我。白天里，黑夜里；清醒时，睡梦中。醒时翻卷着苦涩，梦时洋溢着甜美，行进时带着风鸣风号，写作时呼吸着大节奏与大气魄。海边，海边永远是我重生与复活的地方。风浪，风浪永远是我疗治消沉与颓废的药物。当年辞别故土的时候，幸而得到天风海涛的启迪，然后才得以开始新一番的生命轮回。我称它为第二人生，父亲称它为第二次潮涨潮落。

没有人知道我的生命密码。到"地球"来一回如同到"地狱"来一回。千辛万苦中，我所以能在"地狱"中独立不移，知行不二，全仰仗父亲壮阔的教诲，那是海的哲学，海的思辨，海的逻辑。

没有人知道我生命情结全是恋父的情结。这是海婴儿的混沌，这是弄潮儿的天真天籁，这是踏浪儿的刚毅勇敢。我为什么如此热爱生活？生命中为什么总是蒸腾着"积极"？血液里为什么总是翻卷着"奋发"？全因为我来自大海，全因为我是海的儿子，浑身都是海的基因。为什么那样蔑视高头讲章？为什么那样拒绝巧言令色？为什么摈弃那些矫揉造作？为什么嘲笑那么多老套新招？为什么不敢说大话？为什么不敢信诳语？为什么不满俗气潮流？为什么不会抛却良心底线？就因为总是面对父亲伟大而真实的存在，就因为耳边总是响彻着沧海豪爽而正直的呼声。那些关于洪荒、关于沧桑、关于壮丽、关于永恒的一切思辨；那些关于大气、关于正气、关于底气、关于奇气的一切逻辑，还有那些关于精神、关于价值、关于格调、关于境界的一切讨论，全是海的哲学，父亲的形而上品质。我是海的儿子，也是海哲学的儿子。谢谢您，伟大的父亲，谢谢您雄伟而壮阔的哲学，让我远离猥琐、远离心机、远离纸醉金迷、远离小伎俩与小格局，远离人间的一切不道德与不光明。

三

我是海的婴儿，也是海的知音。在我之前，父亲也有一个知音，那是俄罗斯大旷野里的诗人普希金，他那一首如同天乐的《致大海》，道破了父亲的本质：大海，自由的元素！美极了，对极了！父亲的名字就叫做自由。他不仅是自由的元素，而且就是自由本身。他的一波一浪，一吞一吐，一声一响，全是蔚蓝色的自由本体论。在天地之间，唯有父亲代表着大自由与大自在。父亲的名字，是自由的第一符号和第一代表。世上没有任何锁链能困住伟大的海洋，也没有任何牢狱可以关住浪涛的汹涌澎湃。

从洪荒时代一直到今天，父亲都是大自在。自由地汹涌，自由地跃动；一切都是自然，一切都是自发。不知道迎合，不知道俯就，不知道追逐。或高举浪花，或低吟波语，或轻抚砂石，或挑战岩岸，全都出自海心，出自海底那万类竞生的深处。

一切都是海心的自然跳动，没有目的，没有企图，没有动机，没有他者的指使与摆布，也没有自我的执迷与妄念。

我与友人谈论父亲。说父亲的伟大在于它是"无目的"的存在。它不求"道"，因为它本身就是"道"；它不求"荣"，因为它本身就是无上的"光荣"；它不求掌声与鲜花，因为它本身就拥有天下无与伦比的大音与大美。因为无目的，所以它自由；因为无奢望，所以它健康；因为无所求，所以无敌于天下。它曾"求败"，但总是不败。它曾"告退"，但总是前进不息。从洪荒年代开始，它就经历过无数次的兴亡沧桑，如今它已看遍荣华富贵的浮沉起落。历史常在海里发生。它亲眼看到，黄金化作泡沫，白银化作泥沙，只是一刹那。七十年里，我天天读海的故事，年年岁岁听海的传说，结果，神奇的效应产生了，我变得憨实、厚重与干净：身上没有轻薄，心中没有卑污，笔下没有游词与媚语。那些奴才般的谄笑，那些鸡犬般的伪作，都远离了我。父亲，谢谢您，要说大自在的楷模，大生命的典范，那就是您。向沧海学习！一直是我内心雷鸣般的口号。

四

今天，我向父亲告别，说着谢词，但不是巧语；唱着赞歌，但非虚言。再伟大的英雄，也有它的弱点。说您无边无际时，我分明看到您的局限。只不过，您的局限也是深刻的局限。

此时此刻，我悬搁海婴的"肉眼"，借用释迦牟尼的"天眼"看着您。《金刚经》说"恒河沙数,沙数恒河"。天眼之下,当然也是沧海沙数,沙数沧海。是的,在星际缥缈中,您只是一滴水,一粒沙,一颗小玉米。在苍天体系中,您只是一闪念,一飞光,一缕跃动的烟云。宇宙的伟大旗手爱因斯坦早就说过,从高远的宇宙顶端俯下看,地球不过是一粒尘埃。您,大海,地球的一部分,当然也是一粒尘埃。面对太阳系,面对银河系,面对莽莽苍苍的黑洞和浩浩茫茫的大宇宙,您没有奇迹,没有惊涛,没有巨澜。也许您有先验的灵犀,所以在您潜意识的深层,早已知道自己很小很小。冥冥之中那位以光速计算行程的神秘使者,早已告知:您并非无限。还有那颗一千年才出现一次的彗星也早已提示:您不过也是宇宙之一粟,时空之一念。因为您有自知之明,所以总是把自己放得很低。因此您没有"我相",永远只有谦卑;因此您没有"人相",永远只有神韵;因此您没有"众生相",永远只有尊严;因此您没有"寿者相",永远只有自然的永恒与片刻。大海,父亲,因为您无言无相的教导,所以我才知道:山外有山,海外有海,天外有天,辽阔之外还有辽阔,浩瀚之外还有浩瀚,雄浑之外还有雄浑,伟大之外还有伟大。时间那么孤独,空间又如此高傲,叫我怎能停止思索、猜想与前行?

五

父亲,我来告别,来向您作灵魂的倾诉。

我来地球走一回,感觉是幸福的。虽然我没有找到上帝,但我找到了沧海。虽然我没有看见天边那位传说中的白发飘忽的圣者,但与穿越亿万年的父亲相逢。能与伟大的灵魂伟大的存在相逢,就是至欢至乐至喜至悦。对于我,眷恋人生,就是眷恋海,眷恋海所明示与暗示的美,亮丽、广阔、宽厚、恢宏,还有兼收八方冷暖的包容,乘风破浪的航行。我向父亲倾诉,一次,再次,如今是第三次。一次比一次真实,一次比一次靠近您的心灵。此次我看着您,也看着您所背靠的星空。在无限之中,我虽然深知海婴的微弱,但并不悲观。因为海婴与海一起,已进入了星际的大循环之中。它虽然是一粒尘埃,但它又是一粒加入伟大行列的尘埃。尘埃虽小,但它在宇宙的结构中运行,海婴虽会死,但星空不会死,伟大的行列不会死。在悠久的天演历史中,小小的一粒、一滴、一笔、一划,也创造着意义,那是没有"小目的"又合生存延续"大目的"的无穷无尽的诗意。

二〇一五年五月十五日　美国 科罗拉多

附二:

刘再复先生回忆:我的童年尤其是少年时期,一直处于极端的贫穷之中。1948年父亲去世时,我才7岁,当时母亲(叶锦芳)才27岁,除了我,母亲还必须抚养两个弟弟,最小的弟弟才生下两个月。母亲和我们三兄弟在父亲去世后即从厦门搬到我父亲的故家南安县刘林乡高山村,我随之进入高山小学。那时我父亲名下只有一两亩地,母亲不会干农活,只能租给人家。但她是非常要强的人，东讨西借还变卖自己的一些衣服首饰（我外祖父是印尼华侨，母亲嫁到刘家时带来的），竟然撑了好几年。但她无法给我交学费，幸而我的小学有一制度，凡期末考试全班第一名的学生，下学期可以免学费。母亲给我的要求是非考第一名不可。有一学期的期中考得了第二名，我不仅自己痛哭，还被母亲用竹枝狠狠地打了一顿。

人
脑
和
电
脑

◇
戴君惕

最精巧的计算机——大脑

1946年,在美国科学家艾克特和毛里利的指导下,第一架大型电子计算机问世了。人们从世界各地络绎不绝地来参观这个占地6个房间的面积,重达30吨的庞然大物。这台电子计算机叫做"埃尼阿克",机内使用了1800个电子管、7000个电阻、10000个电容器和6000个继电器,造价为1亿美元。它的运算速度是每秒5000次,比人算快20万倍,比当时最好的手摇计算机快1000倍。人们看到它轻而易举地计算着各种繁难的数学题,无不大为赞叹。

选自戴君惕《奇异的仿生学》(湖南教育出版社1997年版)。戴君惕,简历不详。

操纵"埃尼阿克"当然是件无尚光荣的事。所以，年轻的计算机专家在白天紧张的工作后，仍舍不得离开。他们想利用计算器的空余时间做一项有趣的尝试——打破计算"π"的小数点后数字的世界纪录。

"π"即圆周率，是自然界最重要的无理数之一，远在1500年前，我国伟大的数学家祖冲之就精确测算出π的数值到小数点后第7位，即π值在3.1415926到3.1415927之间。西方数学家在1100多年后才得到这个数值。

从这以后，许多数学家耗费了大量精力来计算更精确的π值。1593年，法国数学家韦达把π值计算到17位小数，德国的鲁尔道夫算到了小数点后35位。1717年，英国的夏普超过鲁尔道夫，把π算到了小数点后72位。到了19世纪，威加、达斯、雷歇分别把π算到了小数点后第140、200和500位。最后在1873年，谢克斯花了整整15年时间来计算π值，终于求得了小数点后707位数值，这个世界纪录一直保持到20世纪40年代。

现在，操纵计算机的小伙子们编好了一个计算π的无穷级数的程序，把它输入"埃尼阿克"。结果，计算机只算了70多个小时，竟把π值计算到小数点后2035位！

使人们大为震惊的是在第五百几十位的地方，计算机专家发现谢克斯的数值有一个错误。这样，谢克斯的π值从这位数后100多个数位便全部出了错,这就把可怜的谢克斯的15年努力全都一笔勾销了!

电子计算机真是人类的伟大发明。在运算速度方面,它有着人所无法相比的优越性。我国制成的"银河"巨型计算机,每秒钟能进行10亿次运算,利用它可以解决那些要花费成千上万人的一生才能精确计算的极为复杂的问题。同时,也只有利用计算机才能控制各种快速运动的复杂系统。但是,在以计算机为核心的现代控制系统里,人仍然是最重要的环节,这是因为人体具有一台世界上最完善的"天然计算机"——大脑。

人脑,一般大约只有1500克重,体积只有1500毫升左右。大脑在活动时所需能量不到2.5瓦,但却有140亿到150亿个细胞,这个数目是全世界人口总数的3倍。目前,最好的电子计算机——巨型机比人脑要重上万倍,消耗的电能也要多上万倍。但它的"记忆"和"思考"能力却远不及人脑,可靠性也比人脑差得多。

人脑有很强的记忆力,并且善于思考。人类在解决问题时,能够联想和回忆,能够一边思索旧问题,一边解答新问题;遇到出乎意料的情况时,人能够随机应变,妥善处理,电子计算机就缺乏这种创造性思维。至于人脑能利用视、听、味、触等感觉器官的信息,综合地感知外界的复杂情况,作出相应的处理,更是电子计算机所望尘莫及的。

为了进一步发现计算机和自动机的新的设计原

理，仿生学家和电子学家正致力于生物脑思维和记忆机制的研究。当然，事情得由易到难，首先应研究昆虫和蠕虫的简单的脑。目前科学家已研制出一种"人工脑"模型，它不但具有复杂的计算机程序，还有简单的"思考"能力。将来，把这种"人工脑"装在机器人身上，就有可能制造具有较高"智能"的机器人。

一代胜过一代的电脑

第一台电子计算机诞生于1946年，但它"衰老"得很快。1955年，这台每秒只能运算5000次的巨人就被停止使用了。到1957年，12岁的"埃尼阿克"已被人们拆得七零八落，正式进入了坟墓。但它的子孙却一代胜过一代，在地球上迅速地繁衍起来。1956年第二代电子计算机问世了。它的元件不再是电子管，而是体积小得多、性能好得多的晶体管。晶体管计算机的体积仅是电子管计算机体积的1/1000，但效率和寿命却提高了1000倍!

1958年美国人吉尔比把晶体管、二极管、电阻、电容、电感等分立的电子元件做在一块硅片上，制成了世界上第一块集成电路。不久，第三代电子计算机——集成电路计算机制成，它的体积比第二代计算机又明显缩小。

1971年，英国霍夫把2250个晶体管微化到一粒米大小的硅片上，制成了第一块大规模集成电路。1975年，以大规模集成电路为元件的第四代电脑问世。这一代电脑向着两个方向发展：一个方向是每秒计算几亿次甚至几十、几百亿次的巨型机；另一个方向是体积很小的微电脑。短短几年内，微电脑一跃而成为计算机和自动化科学的最大热门。从第一代计算机到最小的微型电脑，重量已从几十吨减轻到几十克，体积已从几个大房间缩小到一个香烟盒那么大；耗电量已从几百千瓦下降到几十瓦；而计算机性能却提高了上百万倍，价格却降低到原来的万分之一，这是多么了不起的成就啊！

可是，与生物的脑相比，计算机还存在很大的差距。人们还得赶紧研制更新式的计算机。

1978年美国沃尔夫发明了超大规模集成电路。两年后，采用沃尔夫的办法制造出能集成60万个晶体管的微型硅片。尔后，一家公司造出含1048000个信息单位的微型集成电路片，近年又有4兆个信息单位的储存芯片问世。在这基础上，第五代电脑已经研究成功。

第五代电脑在微型化方面已经可以与生物脑相媲美了。但是，这仍然是没有思维能力的机器。要更逼真地模仿人脑，从现在起就得着手研究第六代、第七代电子计算机。

人类的智慧真是无穷无尽。现在，第六代计算机的研制方案已经提出来了，这就是利用活的"生物集成电路"的生物电子计算机。

拟议中的生物电子计算机，不用现行的硅集成块组装，而是用系列生物分子构成。这种"生物集成电路",可以是涂有单层蛋白质的平面型集成电路玻璃片,也可以将活性极强的蛋白质组成的立体分子阵列,植入生物细胞内,让它像集成电路一样指导电流脉冲。现今硅片上存储一个信息量单位的地区仍包含数以亿计的原子数,而生物集成电路里,一个分子便能存储一个信息单位。这样,计算机就能再缩减千万倍,其运算速度要比目前最先进的微电脑快一百万倍!

最近,科学家们又设计一种新型的生物电子计算机——DNA分子计算机。DNA是脱氧核糖核酸的简称,它是最重要的生物物质之一,负责贮存和传递遗传信息。DNA上有4种生物碱基,它们的不同排列构成基因的遗传密码。而在DNA大分子中,4种碱基的不同排列是一个天文数字,因此可以贮存大量的信息。在某种酶的作用下,DNA分子之间可在瞬间完成生物化学反应,从一种基因代码变成另一种基因代码。利用这一特点可制造DNA计算机。科学家预计到2000年,DNA计算机可能问世。那时,DNA计算机运算几天相当于从计算机问世以来全世界所生产的电子计算机运算量的总和。1立方米的DNA溶液可存储1万亿亿位的数据,而消耗的能量却只有一台普通电脑的10亿分之一。

除运算快和耗能低外,生物计算机最吸引人的还是它的可思维性,它具有类似人脑的功能,即在平行水平上同时处理众多的信号脉冲。这种第六代电脑制成后对人类社会的巨大影响,是怎么估计也不会过分的!

神通广大的机器人

机器人,这是人们在科幻电影中常常见到的英雄,看过科幻卡通片《变形金刚》的,无不对神通广大的汽车人有这深刻的印象。

人类幻想制造机器人来减轻自己的劳动已经有几千年的历史了。传说鲁班曾经制造了一个木人,它"机关备具",能在路上自动行走并能驾御"木车马",这可以说是世界上最早的机器人。到了工业革命时代,由于生产发展的需要,特别是要进行高温、高压、高真空或放射性等危险条件下的生产,机器人的制作提到了议事日程,日益受到人们的重视。

最初的机器人其实只是机械手或操作器,它是模拟人手功能的技术装置。机械手就像一只巨大的手,它的手臂能上下左右转动和伸缩,腕关节也能弯曲和转动,因此能使手指部分自由定向。机械手在宇宙空间、深海、燃烧室、放射性室、核反应堆等对人体有危险的区域有着十分广泛的应用。机械手的进一步发展是遥控操作器,它是带有"人造眼"——传真电视机的操作器与电子计算机联用,并由人进行控制的人—机系统。这种操作器工作时,它的手指触觉信号和传真电视机的视觉信号传给遥控计算机,此计算机像人脑一样将信息加工后发到地面控制室里,操作员可直接在显示屏上看见操作器的工作情况，并通过控制器和地面计算机控制操作器的下一步行动。

遥控操作器已经有成百上千种，它们在各种危险区域执行着各种各样的任务。1967年，一台遥控操作器登上了月球，它在地球上人的遥控下，挖掘了月球表面46厘米深处的土壤样品，并对样品进行初步分析，以确定土壤的硬度和重量等，俨然是一位在行的土壤学家。

据统计，目前世界上共有30万个工业机器人在流水线旁，日夜不停地从事焊接、油漆、抛光、安装等简单重复的机械性操作。在巴黎地铁车站内，一队机器清洁工天天在打扫卫生，它们用履带行走，还可以上下楼梯。在德国法兰克福机场，一个名叫"全天候清洁工"的机器人为汉莎航空公司擦洗远航归来的飞机，它可以在两小时之内把一架波音747大型客机擦洗得一干二净，这项工作原先由16个清洁工干上10个小时才能完成。在日本，机器人在建筑行业大显身手，高楼机器人用它们脚下的吸盘牢牢地"站"在大楼的玻璃墙面上，进行擦玻璃窗的危险工作。在美国，机器护士小姐已经在医院里代替护理人员从事各种各样的服务性工作，如送衣、送饭、送药、送病人及护理人员需要的一切东西。更神奇的是侦探机器人。它体积极小，行动方便，简直可以无孔不入。它嗅觉灵敏，不仅能嗅到埋藏于地下的炸弹，还能发现核技术装置的位置，在特别紧急的情况下，它还能带上摄像机，深入敌巢或有放射性物质的建筑中,向远在安全地带的人传送图像及情报。在德国、日本和美国,还制造出了一些会走路、看书、写字、听话和说话的机器佣人。它们能认识自己的主人,早晨主人起床时,它会礼貌地问安,然后送上早点,主人不在家时它能按主人的吩咐熟练地料理各种家务,主人回来时,又有礼貌地迎接,殷勤地为主人做这做那,真像一个忠心耿耿又聪明乖巧的仆人。

　　但是,无论机器人怎么聪明,它的智慧都是人类编好程序输入它的电子脑袋的,人类永远是机器人的主人!

简评

　　本文是通俗的科普文章。从说明文的角度说,可视为写作的典范。文中我们可以接受电脑研制、开发的历程,展望"生物电子计算机"的发展前景等大量的信息,更为可贵的是启示我们笃信"人类永远是机器人的主人"这一颠扑不破的真理。值得注意的是,作者掌握了有关计算机和生命科学方面的大量资料,并在行文中作了有针对性的对比,以阐明人脑所独具的无可替代的优势和价值。作为科学小品文,将带领我们走进神奇的计算机世界,了解电脑与人脑的区别。同时,从计算机日益变化发展的过程中领略人类无穷的智慧。作者恰当地运用了作比较、举例子、列数字等说明方法,把原本让人以为极为刻板深奥的科学知识介绍得既准确细致又通俗晓畅,体现了科学小品文融知识性、科学性和趣味性于一体的特征。

　　自从人由动物界脱颖而出,人类就开始模仿自然界中生物的形态、构造和机能,来制造各式各样的生产和生活工具。到了20世纪60年代,随着科学技术和生产的飞跃发展,一门研究如何模仿生物系统的原理来建造技术系统的科学应运而生了。这门科学叫做仿生学,它诞生不过30多年，就已经揭示出生物的许多奥秘，并模仿生物的长处制造了许多具有特殊性能的新设备、新工具。今天，仿生学已成为当代最引人注意的尖端科学之一，军事仿生、交通仿生、建筑仿生、农业仿生、医学仿生及智能机器仿生等各个领域的新成果不断涌现，在现代工业、农业、国防和科学技术发展中起着重要的作用。"据统计，目前世界上共有数十万个工业机器人在流水线旁，日夜不停地从事焊接、油漆、抛光、安装等简单重复的机械性操作。在巴黎地铁车站内，一队机器清洁工天天在打扫卫生，它们用履带行走，还可以上下楼梯。""在德国、日本和美国，还制造出了一些会走路、看书、写字、听话和说话的机器佣人。它们能认识自己的主人，早晨主人起床时，它会礼貌地问安，然后送上早点，主人不在家时它能按主人的吩咐熟练地料理各种家务，主人回来时，又有礼貌地迎接，殷勤地为主人做这做那，真像一个忠心耿耿又聪明乖巧的仆人。"

20世纪90年代初，各国都在为发展仿生学这门交叉学科的基础研究作了精心长期的计划准备：

美国有一项优先发展先进制造、先进材料以及先进军事装备研究等领域的长期计划。

德国的研究与技术部已就"21世纪的技术"为题在适应电子技术、纳米技术、富勒碳材料、光子学、仿生材料、生物传感器等领域投入了相当大的财力和人力。

英国政府也早在1993年5月就发表了科学大臣沃尔德格雷夫主持撰写的科技白皮书，题为《运用我们的潜力——科学、工程和技术战略》。

日本、俄罗斯以及韩国等国都有相应的中长期计划，在先进制造、材料、生物技术、高性能计算与通信计划等领域开展基础性研究。

这是一场在仿生科学技术研究领域内展开源头研究的全球性竞

争,以便在21世纪的世界市场上占有主动地位。但是人脑所具有的巨大威力是任何再先进的仿生技术无法匹敌的。首先,人脑是自然界进化的产物,是生物性质的,而电脑是人脑设计的产物,不是生物性质的。其次,人脑可以自然产生思想、感情、思维等心理过程,同时兼备个性倾向性(性格等)。人脑产生的智慧和思想是无限的,而电脑离不开事先设定的程序,程序里没有的不会自觉产生。没有程序,电脑只是一些电子元件。更不要说自我学习,观察,理解,感情,性格等这些高等功能了。

西方的技术乐观主义者认为,科技万能,只要技术高精尖,即可以立于永久不败之地。很快,又冒出了截然相反的技术悲观主义,他们认为,是技术压抑、束缚了人,技术越是发达,人的解放越是没有希望。从一个极端走向另一个极端,这种担心完全没有必要。所以说,电脑和人脑有着本质的区别。所以用电脑完全模仿是不现实的,尽管有人做出了"学习机"之类的东西,充其量只是一种"模拟"。比如让电脑和人下象棋。电脑能学会人类的思路,但学不会人类的思维。思路是解决问题的方法而思维是用来创造思路的。电脑之所以能和人下象棋,是因为人类传授给了电脑所有象棋中可能有的思路,所以凭借电脑的"精确"性,有时电脑会战胜人脑。但电脑和人下围棋就不行,因为人目前还无法传授给电脑围棋中所有的思路,电脑自己是无法思考出解决问题的办法的。思维是教不会的。所以说人类是高智商动物,而电脑根本没有智商可言。2016年3月,AlphaGo与韩国棋手李世石对决,五盘四胜,以AlphaGo的胜利而告终。人工智能真的将统治地球?这远不是问题的结局。请注意两个细节:1.刚刚开局AlphaGo的白12碰就令观战的职业棋手们感叹它惊人的学习能力。中国围棋队总教练俞斌说,这是职业棋界最近流行的一手棋,"没想到电脑这么快就掌握了。"2.人类棋手李世石在比赛中一再强调:"我不能代表人类,这次失败是我李世石的失败。"正如本文结尾所说:"无论机器人怎么聪明,它的智慧都是人类编好程序输入它的电子脑袋的,人类永远是机器人的主人。"计算机制造的巨头之一,IBM公司的霍佩尔曼教授曾说过一段意味深长的话:"你不能期望电脑懂事,因为同电脑相比,人是天才,翻译又快又好,是竞争中的一个优势。人们往往低估了这一点。"懂得了这个道理,我们在生活中看到那些鼓吹无所不能的"袖珍翻译机器"的时候,对它的所谓"人工智能"要持谨慎的态度。

世事沧桑话青蛙

◇ 毛琦

不久前，一则科技新闻颇引人注目，某国科学家成功地进行了一次将青蛙悬浮在空中的试验。联想到这个曾被美国人射入轨道做太空旅行疾病实验的小小生灵，又一次为科学研究建立了新功，不禁由衷赞叹。

青蛙是最早而且可以肯定说是先于人类出现在宇宙洪荒中的小生灵。能够想象得到它是太古时期最先替洪荒万类奏响生命摇篮曲的歌手。在那遥远的岁月里，我们的祖先称青蛙为蝼蝈、为蛤鱼，后来就通称它为虾蟆（有时已涵盖蟾蜍），再后来或因其坐姿、或因其美味等种种缘由，又赐给它田鸡、水鸡、坐鱼、土鸭、长股、立针、海马等一系列美名和雅号。

本文选自"新课标·阅读系列"《走进语文新阅读（高三）》（上海交通大学出版社2011年版）。毛琦，1932年生，陕西咸阳人。诗人、散文家、杂文家。中华诗词学会理事，中国散文学会理事，陕西省文史馆馆员、省杂文学会会长。还担任西北工业大学等单位的文学顾问。著有诗集《春华初集》（合作）、《云帆集》，散文集《听雪记》《黄河揽胜》，杂文随笔集《北窗散笔》《种金坪闲话》，报告文学《世界第八奇迹发现记》《昆虫学家传奇》等。曾主编《杂文萃录》《秦风》两本杂文集。

无疑最初引起先民注意的还是它那高八度的鸣声，如《礼记·月令》所记"孟夏之月……蝼蝈鸣"。渐渐地它被视为一种能测天时、卜丰歉的祥瑞动物，恰如唐代诗人章孝标一首诗所说的："田家无五行，水旱卜蛙声"。宋代诗人刘克庄也有《听蛙亭》诗；清代诗人汪琬的"乳燕飞飞蛙阁阁，楚萍谢絮满池塘"和倪瑞璿的"草绿清池水面宽，终朝阁阁叫平安"，都是咏蛙的名句。当代最有意思的当是齐白石画的墨蛙和丰子恺有关蛙的散文，前者栩栩如生，作跃动之姿态；后者天趣横生，谓青蛙的鸣声是孩子们在叫"哥哥"呢。他们不啻是青蛙的知音。

青蛙不仅在我国享有厚爱和清誉，在古希腊，它被誉为能预示天时，保持水流洁净的智慧动物，传说还进入过荷马的诗；在埃及，它"象征着太阳和光明，灯多以青蛙的形象出现"；在法国，它又被用来象征藏金和宝库，孩子们用的扑满，每以青蛙造型；在美国以及其他一些资本主义发达国家，青蛙作为最理想的实验动物，正受到科学家的青睐。美国也有组织青蛙作跳高跳远比赛的。时下一些科普读物里所介绍的"青蛙一般可跳3.25米，最高纪录5.29米"，就是美国人测定出来的。

这个不起眼的动物有多种本领，入水善泳，触陆能爬，且会攀援上树，适应力极强，堪称护身有方。它的生殖能力惊人，据科学家说"一只雌蛙一春要产卵一千至四千枚"。也许正是缘于这两点，它才在目睹了恐龙等一些庞然大物的兴亡之后而依然于今健在。

生物学家维克托·赫德可能对人类食蛙的历史不怎么熟悉,曾慨叹说"尽管蛙类由来已古,有益人类,但在当今这时代却遭了殃。"殊不知人类用五脏刀斧来对付这类生灵的冷酷由来已久。当古代犹太族的法老只知道油炸青蛙好吃的时候,我国百越(即今之江浙闽粤一带)的普通老百姓即会用小芋拌蛙烹煮,做出美名曰"抱芋羹"的佳肴。后来又发展到活剥青蛙皮后再粘裹精豆粉,做出什么"雪婴儿""豆英贴"等诸多名堂的美馔,给所谓的唐宋饮食文化平添了罕见的一笔。至于巴黎和布鲁塞尔的餐馆将蛙肉之美味"赞为上馔",北美人狠吃癞虾蟆的朵颐大快,是后来才"迎头赶上"的。只是因为随着科学文化的日益昌明,人类逐渐发现青蛙不仅能测天时、卜丰歉,可食用且又有药用、工业用、科学实验用的多种价值,更为切实的是它消灭农田害虫(一只青蛙一年能吃掉一万多只昆虫,大多都是害虫)法力无边,是农家功德无量的灭虫助手。由此保护青蛙的呼声才日益强烈,有的国家还为此制订相应的法律,总算给蛙类世界带来一线希望和福音。

然而并非从此天下太平,也并非在所有的地方都出现了"池塘水满蛙成市"(宋方岳《农谣》)的可喜现象。从全球范围看,不少地方青蛙的生态环境恶化,不科学、无选择地滥肆捕捞现象也日趋严重。似乎被不少国家引进的人工饲养专供食用的古巴牛蛙,还不能满足那些老饕们的牙祭,非得有大量的野生青蛙佐餐而后快。于是你以"生猛"为上选,我以"鲜活"为最佳。也不管它是有益还是无益,有尾还是无尾,反正天下鳞介虫鱼尽"入吾彀中矣"。这可真应了一句俗话:"龙王欲斩有尾族,虾蟆皆哭。"只可惜这次是万物之灵长——人类,大开杀戒,想必是虾蟆也是欲哭无泪的了!

近两年,在市场暴利的驱动下,我国有些地方滥捕野生青蛙的情况,亦时有所闻。笔者某日去菜市,就目睹一野贩子系一大网刚从稻田里捕来的青蛙,旁若无人地叫卖,简直让人目不忍睹,忧心如焚。说来恰恰是与此同时,从国外却传来两则发人深省的报道:一则是悉尼的一项奥运会场址,工程施工中发现一群(数以百计)濒临绝种的青蛙,他们不仅立即改变施工计划,并花40万元设立保护措施,为青蛙保留了它们的家园。一则是韩国为了保护本国的青蛙和维持生态平衡,已开始对前些年从北美引进的牛蛙大肆宣战。原因是这些牛蛙有的已转化为野生,大量捕食个头只有其1/5甚至1/7的当地青蛙,严重地威胁着当地原有的生态平衡。故而他们不得不采取壮士断腕的果断措施,号召尽快捕杀这些喧宾夺主的家伙。

《诗·小雅》有云:"他山之石,可以为错。"看来在保护青蛙方面,我们确实得借用人家的两块粗石,来磨磨我们自己已多少生有苔斑的"玉石"了。如果漠然无视生态平衡,还只是一味地在"爆炒蛙皮丝"和"玉珠蛙肉"之类的烹调上花样翻新,我们就不怕有一天这个智慧动物灵性复现,当着餐桌反问:"你们整天说要保护野生动物,难道就只会用牙齿关爱我们这些弱小的生灵吗?"届时,恐怕吃者的眼睛比被吃者的眼睛还要瞪得大。愧疚在心,夫复何言?

人们啊,用实际行动爱护青蛙吧!

简评

著名作家杜鹏程先生曾评价本文作者毛琦先生"能操多种笔墨"。确实,毛琦先生的杂文中有一种诗人气质和情感色彩的渗入,呼唤真善美,鞭挞假丑恶,热烈率真、忧国忧民,把知识性、可读性、趣味性和诗情、哲理、意蕴有机地统一起来。毛琦先生很重视人品与文品的一致性。他认为一个杂文作者做人和为文都应该是严肃的,思想修养和情操的锻炼应该是第一位的。就是这一篇《世事沧桑话青蛙》的科学小品文也可以读出作者的磊落情怀。"从全球范围看,不少地方青蛙的生态环境恶化,不科学、无选择地滥肆捕捞现象也日趋严重。似乎被不少国家引进的人工饲养专供食用的古巴牛蛙,还不能满足那些老饕们的铺排牙祭,非得有大量的野生青蛙佐餐而后快。于是你以'生猛'为上选,我以'鲜活'为最佳。也不管它是有益还是无益,有尾还是无尾,反正天下鳞介虫鱼尽'入吾彀中矣'。这可真应了一句俗话:'龙王欲斩有尾族,虾蟆皆哭。'只可惜这次是万物之灵长——人类,大开杀戒,想必是虾蟆也是欲哭无泪的了!"字里行间我们可以读出作者为人类、为青蛙的忧心忡忡,可说是青蛙们的命运真正地牵动了作者的心。

本文介绍蛙类是最早从水里进化到陆地上生活的脊椎动物。据相关资料记载,在地球上还没有出现飞禽、走兽与人类的时候,它就已经出现了。100多年前,在法国巴黎郊区,一个采油工人从一块石头里

世事沧桑话青蛙

103

找出了4只活着的小蛙,而这里的岩层则是在几百万年以前形成的。《华盛顿邮报》曾报道一条消息说,多米尼加共和国在一块大琥珀中发现了将近4000万年前的青蛙化石,化石保存完好。这比人类发展第一阶段的古猿出现时代还早得多。

青蛙种类繁多,从外观上可以说奇形怪状。世界上的蛙类大约有2600个品种,我国共有180多个品种。世界上最大的青蛙,身长0.9米,体重超过3千克;最小的"矮蛙",只有手指甲那样大;"弹琴蛙",它鸣声悦耳,有若弹琴;还有生活在树上的"树蛙";用嘴和胃育卵的"食子蛙";能吞食蛇、蜥蜴和蝙蝠的"烟蛙";随时会变色的"变色蛙";鼻子如鸟嘴的"鸟嘴蛙";唇上布满"胡子"的"胡子蛙";遇敌逃命时,后腿红光闪闪,非常耀眼,使敌人望而却步的"红腿蛙",等等,真是无奇不有。但是,再多的青蛙面临人的威胁也是可怕的。根据联合国一份报告,目前物种灭绝的速度由大致每天一种加快到每小时一种,比以前快了近1000倍,比新物种的形成速度快了近100万倍。即使根据最保守的估计,地球上也有至少10%的物种正在面临生存的威胁。当我们在菜场、在餐桌上看到野生青蛙被剥皮的惨状,作为人类的个体,我们每个人能为保护生物的多样性做点什么呢?至少我们可以不再吃珍稀野生动物,少吃肉类多吃素食。

在漫长的人类历史上,青蛙曾经有过至高无上的地位。作者搜集的丰富的资料足以使那些残害青蛙的人汗颜:"青蛙不仅在我国享有厚爱清誉,在希腊,它被誉为能预示天时,保持水流洁净的智慧动物,传说还进入过荷马的诗;在埃及,它'象征着太阳和光明,灯多以青蛙的形象出现';在法国,它又被用来象征藏金和宝库,孩子们用的扑满,每以青蛙造型;在美国以及其他一些资本主义发达国家,青蛙作为最理想的实验动物,正受到科学家的青睐。"但是,青蛙真是命运多舛,近年来遭受人类滥捕滥杀,手段极其残忍,目的极其猥琐,为的就是成为餐桌上微不足道的一味佳肴。于是，最直接的恶果，田地里少了能唱歌的捕虫能手；连锁反应，人们不得不依赖农药来灭虫，喷洒在粮食、蔬菜上的残留农药，将会吃进人的肚子里，贻害无穷。"稻花香里说丰年，听取蛙声一片"的诗意现在变得几近于凄凉。青蛙的身影少了，这是蛙族的悲剧，这悲剧是人造成的，最终必将是人的悲剧。

据有人统计，一只青蛙一昼夜可捕虫70多只，一年若以七八个月计算，则可捕虫15000多只。而且它捕的多是果花虫、蝗虫、螟虫、稻飞虱、浮尘子、象鼻虫、天牛、蝼蛄等有害于庄稼和果树的害虫。用青蛙消灭害虫，既不花钱、不出力，又不污染环境。我国大部分地区都有青蛙，这千千万万的青蛙都在帮助我们消灭害虫。青蛙这种惊人的捕捉害虫的能力，自然会很好地控制农田害虫，大大提高农作物的产量；同时减少化学农药的使用，达到生物防治，保护生态环境的特殊效果。保护青蛙也就是保护生物多样性。生物多样性是珍贵的自然遗产，是人类赖以生存的条件，这是一个很浅显的道理。保护青蛙，也就是保护食物链和食物网，维持生态系统的平衡。归根结底，爱护生物，爱护生命，爱护环境，就是爱护我们人类自己。

当然，我们也应该看到，在有些人凶残捕杀青蛙的同时，世界上毕竟还存在爱护青蛙、保护青蛙的传统意识和做法。有些国家就明文作出保护青蛙的规定。如：在联邦德国经常可见到这样的交通警示牌：绿色的三角形中画着一只大青蛙。这是提醒驾驶员，在行车中要注意马路上的青蛙，别把它辗死；荷兰和瑞士的农村，为了给青蛙让路，甚至规定车辆从下午5时到凌晨5时改道行驶；国际间还召开过"青蛙穿越铁路、公路讨论会"；有的国家相关政府和部门还确定了"拯救青蛙行动日"。

爱护青蛙，势在必行；只要我们真的去做，前景是乐观的。

道

德科学原理

◇ 钮维新

本文选自《时文阅读》(最新版·高一上)(上海教育出版社2012年版)。钮维新,简历不详。

当今人类使命:完善道德

道德,关系国家安定、民族兴衰,紧系社会安定、人民幸福,是国家社会一桩十分重要的大事。

《左传》说:"德,国家之基也。"管子疾呼:"四维不张,国乃灭亡。"(四维,即礼义廉耻)儒家谆谆告诫:"从天子到普通百姓,都要以提高自身的品行修养为根本。"孙中山曾说:"有了很好的道德,国家才能长治久安。"法国启蒙思想家孟德斯鸠说:"在一个人民的国家中,还要有一种推动的枢纽,这就是美德。"

他们都道出了一条共同的真理：治国平天下的根本在道德。

不论国家、社会、家庭、个人，都应以道德建设为中心，要把树立高尚道德作为立国、立身之本。

我们看历史，一个朝代的崩溃，一个国家的灭亡，一个社会的腐败，乃至一个政府的垮台，是什么原因所致？无它，只是道德沦丧，丧失民心。秦朝、隋朝都曾强盛一时，然到二代就腐败、堕落，激起民众反抗而瞬间灭亡。

再环顾全球：西方世界虽然科技发达，物质生活便捷，但因轻视人文教育，世风日下，致使社会家庭动荡分裂，危机重重，阶级、民族、种族矛盾加剧，恐怖活动频繁，世界战火不息，全球生态恶化，人类生存正面临日益严重的威胁。

如何拯救悬崖边的人类？

世界文学大师列夫·托尔斯泰说："人类的使命，在于力求道德完善。"——这句名言，今天乃是拯救人类，指引人类走向新未来的光明路标。

人类唯有以道德为指针，使天下人从一味片面追求物质的歧路回头，转向寻求高尚美德的大道，人类才能真正获得光明幸福的未来。

人和他的社会＝母与子

正如伟大的科学家爱因斯坦所说——

"我们吃别人种的粮食，穿别人做的衣服，住别人造的房子，我们大部分知识和信仰都通过别人所创造的语言，由别人传授给我们。"

"人之所以成为个人，以及他的生存之所以有意义，与其说是靠他个人的力量，不如说是由于他是伟大人类社会的一个成员。"

我们不论从事何种职业，取得何等成绩，都是靠着每一餐饭给予我们的温饱和能量，才获得的呀。任何英雄伟人，没有农民给予的粮食，他都一无所能，只能饿以待毙。

农民和工人是国家一切人的伟大母亲。

我们怎能不对社会，对人民，报以无限感恩之情啊！

你、我、他——都是同样的人

我们大家从茫茫宇宙的生命之海中来，诞生在地球上，原本生命都是一样的。

后来，由于各人家庭环境不同，遗传因子各异，所受教育不同，逐渐产生差别。由于各人的大脑接触不同环境，输入不同的"软件"，使得各人的心灵、思想、品质、个性，各不相同，区别就在这里。而各人的"硬件"——人体结构、生理规律基本上还是一样的，都是由60亿个细胞组成的。

所以，你、我、他本质上都是一样的，尽管容貌不一，姓氏不同，但都有同样的人体，都有一颗心灵，都是大自然之子。

如果天下人都能确认这一真理,平等相待,爱人如我,那么人际关系就会调和,社会就会祥和。

心灵——人的真正生命

人的认识常有一个误区:就是把人的肉体看做是自己惟一的生命。

其实人的生命有两部分:一是肉体(物质),二是心灵(精神)。肉体仅是生命的载体,心灵才是人生命的本质。

德国大诗人海涅说:"世界上没有比心灵更美好的东西。"

人只要把培养自己美好心灵作为人生最高目标,那么这就是一种幸福人生,社会就是一个美好的社会。若国家把培养国民的善良心作为目标和任务,这个国家就一定是一个幸福康乐的国家。

心灵美,将使人的生命充满了光泽。一个社会的历史价值,也就在于它能否造就出心灵美的人。

道德的科学原则

俄国伟大的思想家车尔尼雪夫斯基曾说:"道德科学也能够成为像自然科学那样一门精确的科学,道德世界的一切现象都是按因果规律由彼及此地在外部条件影响下发生的。"

根据人类五千年文明史(也是道德史),我们今天可以为道德确立一些如1+1=2、2-2=0那样准确无误的科学原则：

1.道德因果原则。如同自然界的"种瓜得瓜，种豆得豆"的因果原则，道德世界有"善有善报，恶有恶报"的原则。

无数事实已证实了道德的这一定律。看看狱中那些罪犯，当初他们作恶时，何等得意、猖狂，最终都落得"手铐伴铁窗"的下场。

2."爱人如己"是道德的基本原则。确立了人与人平等的科学观点，对人如对自己，爱人如爱我，就会在道德世界顺畅无阻，人生就处处通达。社会上的许多矛盾，也会迎刃而解。

3.道德=知识+爱。人的道德不是生来俱有的，而是后天形成的，是知识、环境、教育陶冶的结果。一个人一旦认识到社会同自己如同母与子一般的关系，就会对社会、对他人产生亲切感，自觉树立起道德观。人的少年成长期十分重要，爱心会在崇尚知识和善的环境中形成。所以国家要十分重视教育，对成人也要继续教育(知识和品德教育)，使人永保善的心灵。

4.道德是最高科学。人们常说"科学是第一生产力"，然而道德是最高科学。人有了高尚的思想道德，才能正确应用科学知识，为人类造福，而道德丑恶者只会用科学手段伤害别人。所以在一切知识中，善的知识是最重要的知识，是最高知识。古希腊哲学家苏格拉底深刻地指出："社会的腐化，道德的堕落则是没有善的知识的人掌权的结果。"英国伟大的思想家培根说：“人的科学——政治学、伦理学是最高科学。”故而，学校要把道德知识教育放在一切科学知识教育的首位。

5.道德是经济学的灵魂。道德是大脑，经济是心脏。心脏只提供人体活力的能量，而大脑则主宰人的言行和一生方向。所以道德重于经济，高于经济。没有道德的经济学，是贪得无厌的经济学，若为发展经济而损害道德，是本末倒置，是文明的倒退。

6.法律是一种国家的道德力量。法律以维护道德正义为己任，法律是道德的盾牌，道德是最高法律，法的主人。

结论——道德是国家社会的万有引力

牛顿发现了物质世界的万有引力，它是宇宙大自然的内在科学规律。而我们则发现了精神世界的万有引力——道德，它是人类社会内在科学规律。

道德是凝聚国家、社会、家庭的精神力量，也是凝聚民族、历史和人类的巨大力量。一旦失去道德的凝聚力，家庭、社会、国家就会解体，人类也会纷乱不已。而个人若没有道德的约束，则会如脱缰野马、失控机车，随时有伤害他人毁掉自己的可能。

所以，道德是人类社会须臾不可离开的万有引力。

17世纪法国启蒙思想家伏尔泰就指出：“人类关于善恶、正义的概念，同引力定律一样自然，一样清楚明白，它们是被人们普遍接受的。"

简评

《道德的科学原理》文章的一开头就大量引述前人有关道德的论述：《左传》说"德，国家之基也"。管子疾呼："四维不张，国乃灭亡"（四维，即"礼义廉耻"）。儒家谆谆告诫："从天子到普通百姓，都要以提高自身的品行修养为根本。"孙中山曾说："有了很好的道德，国家才能长治久安。"法国启蒙思想家孟德斯鸠说："在一个人民的国家中，还要有一种推动的枢纽，这就是美德。"作者不厌其详地引用古今中外的思想家的阐述，意在突出、强调这样一种观点——道出了一条共同的真理：治国平天下的根本在道德。不论国家、社会、家庭、个人，都应该以道德伦理为中心，要把树立高尚道德作为立国、立身之本。我们翻开历史，反思一个朝代的崩溃，一个国家的灭亡，一个社会的腐败，乃至一个政府的垮台，究竟是什么原因所致？没有别的原因，只是道德沦丧，丧失民心。君不见，秦朝、隋朝都曾强盛一时，然而，到了第二代就腐败、堕落，德去民怨，激起民众反抗而瞬间灭亡。

是的，道德作为一种柔性的社会规范，是内在的意识自律。仁、义、礼、智、信，作为社会公德，伴随着中华文明延续了几千年，但这些道德训诫在历史的进程中显然没有得到应有的尊重；即使在今天的现实中，极不道德的人和事，时有所闻：毒米毒菜屡禁不绝；面粉被甲醛漂白；豆制品掺入工业滑石粉；拦路抢劫屡见不鲜；甚至"笑贫不笑娼"的奇谈怪论有时也竟然登大雅之堂；还有一些邪恶猖狂人为非作歹时身边有的人却视而不见……所有这些丑恶的现象根子都在于本文所阐述的"道德匮乏"道理之中。如果这些丑恶现象到了肆无忌惮的程度，或者连起码的羞耻心都没有了，从根本上说，那就是社会的堕落。报端曾报道过这样一个消息：外国某个生产食品的大公司，一次例行检查，查出来食品中存在人吃下去影响身体健康的毒素，总裁觉得无颜见江东父老，结果此公义无反顾地自裁了。或许，这里列举的事例有一定的偶然性，并不能从根本上说明问题。

著名作家王小波在《道德保守主义及其他》一文中说："一个社会的道德水准取决于两个方面，一是价值取向，二是在这些取向上取得的成就。很显然，第一个方面是根本。倘若取向都变了，成就也就说不上了，而且还会适得其反。因此，要提高社会的道德水准就要解决两个方面的问题。一、弄清哪一种价值取向比较可取；二、以积极进取的态度来推荐它。"世界文学大师列夫·托尔斯泰说得更是简单明了、一语中的："人类的使命，在于力求道德完善。"客观地说，完成人类的使命还需要一个相当长的历史时期。当道德还远没有成为全社会自觉行为的时候，我们不能空谈道德，调控、管理社会的只能是规则。因为"一个好社会的标志是，除了规则，一切都是零；一个坏社会的标志是，一切规则都是零。"有时候，在强权政治面前，在道德沦丧的环境中，道德总是显得那样苍白、无可奈何。

而"规则"，其实是个很西方的概念。西方文化很大程度上受宗教的影响，因为主流宗教教义的前提就是"人生来就是邪恶的"，所以现在呈现在我们眼前的西方社会，虽然也有诸多不合理之处，但总体来说更规范，更严谨，更体现出文明给社会带来的影响。胡适先生说过这么一段话："一个肮脏的国家，如果人人讲规则而不是谈道德，最终会变成一个有人味儿的正常国家，道德自然会逐渐回归；一个干净的国家，如果人人都不讲规则却大谈道德，谈高尚，天天没事儿就谈道德规范，人人大公无私，最终这个国家会堕落成为一个伪君子遍布的肮脏国家。"俄国伟大的思想家车尔尼雪夫斯基也曾深刻地支持了道德世界的因果关系："……道德世界的一切现象都是按因果规律由彼及此地在外部条件

道德科学原理

113

影响下发生的。"

所以说，任何时候我们都不能空谈道德，法制前提下的法治才是道德的明朗天空，提倡道德的根本目的在于治理好我们的国家。"不论国家、社会、家庭、个人，都应以道德建设为中心，要把树立高尚道德作为立国、立身之本。"爱国是社会主义核心价值观的重要内容，也是公民基本道德规范的核心要求。今天我们倡导爱国，既要激发人们爱国热情，也要培养理性冷静地表达爱国情怀，更需要培育和养成爱国的道德自律，让爱国成为每个公民发自内心的真情实感与自觉行动。我国是一个拥有悠久历史的文明古国，过去很多的道德已经内化于心，外化于行。在经济社会发展迅速的当前，进一步重视和发挥道德的自律作用，对于推进依法治国将具有积极作用。从近年来查处的腐败案件看，一些领导干部，甚至是党的高级领导干部，贪污腐化，堕落变质，根本问题都是出在"德"字上，缺德了！领导干部如果在德上出了问题，必然导致纲纪松弛、法令不行，必然违纪违法、走向腐败。皮之不存，毛将焉附？事实胜于雄辩，在这些"缺德"的贪腐官员的心目中，任何"规则"也只能形同虚设。践行道德自律，不忘"育民德必先修官德"，势在必行。古往今来的大量历史事实证明，"治大国者先治吏"，"吏治则国治"。社会倡导的主流道德价值能否实现，能否真正起到以德治国和"化育万民"的作用，官员阶层的"公正廉明"是关键，官员的道德高度就是整个社会的道德高度，相信"廉洁也是一种幸福"！

人类社会的重要使命之一，即是完善道德。因为道德关系到国家安定、民族兴衰，关系到社会安定、人民幸福，是国家社会一件十分重要的大事。马克思有一句很有名的话："道德的基础是人类精神的自律。"践行道德自律，一定要明确"责任驱动而非功利至上"。道德自律通俗来讲，就是知道"该如何做是好"。正如康德所说，善意之所以为善，不是因为它所造成的影响或达到的效果，是因为其自身为善而为善。即使尽了最大的努力,善意最后却一无所获,个人仍然因为其自身为善而闪耀光芒,因为它本身就涵盖了自身全部的价值。让我们记住作者思考的结论:"道德是凝聚国家、社会、家庭的精神力量,也是凝聚民族、历史和人类的巨大力量。一旦失去道德的凝聚力,家庭、社会、国家就会解体,人类也会纷乱不已。而个人若没有道德的约束,则会如脱缰野马、失控机车,随时有伤害他人毁掉自己的可能。所以,道德是人类社会须臾不可离开的万有引力。"

藏羚羊跪拜

◇ 王宗仁

本文选自《藏羚羊跪拜》（西藏人民出版社 2007 年版）。王宗仁，生于 1939 年，陕西扶风人。中国作家协会会员、中国散文学会名誉会长、中国散文诗研究会副会长、中国散文学会秘书长、中国报告文学学会常务理事。共出版散文、散文诗和报告文学专集 31 部。散文集主要有《传说噶尔木》《雪山无雪》《情断无人区》《苦雪》

这是听来的一个西藏故事。故事发生的年代距今有好些年了。可是，我每次乘车穿过藏北无人区时总会不由自主地要想起这个故事的主人公——那只将母爱浓缩于深深一跪的藏羚羊。

那时候，枪杀、乱逮野生动物是不受法律惩罚的。就是在今天，可可西里的枪声仍然带着罪恶的余音低回在自然保护区巡视卫士们的脚步难以到达的角落。当年举目可见的藏羚羊、野马、野驴、雪鸡、黄羊等，眼下已经成为凤毛麟角了。

当时，经常跑藏北的人总能看见一个肩披长发，留着浓密大胡子，脚蹬长统藏靴的老猎人在青藏公路附近活动。那支磨蹭得油光闪亮的权子枪斜挂在他身上,身后的两头藏牦牛驮着沉甸甸的各种猎物。他无名无姓,云游四方,朝别藏北雪,夜宿江河源,饿时大火煮黄羊肉,渴时一碗冰雪水。猎获的那些皮张自然会卖来一笔钱,他除了自己消费一部分外,更多地用来救济路遇的朝圣者。那些磕长头去拉萨朝觐的藏家人心甘情愿地走一条布满艰难和险情的漫漫长路。每次老猎人在救济他们时总是含泪祝愿:上苍保佑,平安无事。

杀生和慈善在老猎人身上共存。促使他放下手中的杈子枪是在发生了这样一件事以后——应该说那天是他很有福气的日子。大清早,他从帐篷里出来,伸伸懒腰,正准备要喝一铜碗酥油茶时,突然瞅见两步之遥对面的草坡上站立着一只肥肥壮壮的藏羚羊。他眼睛一亮,送上门来的美事!沉睡一夜的他浑身立即涌上来一股清爽劲头,丝毫没有犹豫,就转身回到帐篷拿来了杈子枪。他举枪瞄了起来,奇怪的是,那只肥壮的藏羚羊并没有逃走,只是用乞求的眼神望着他,然后冲着他前行两步,两条前腿扑通一声跪了下来。与此同时,只见两行长泪就从它眼里流了出来。老猎人的心头一软,扣扳机的手不由得松了一下。藏区流行着一句老幼皆知的俗语:"天上飞的鸟,地上跑的鼠,都是通人性的。"此时藏羚羊给他下跪自然是求他饶命了。他是个猎手,不被藏羚羊的怜悯打动是情理之中的事。他双眼一闭,扳机在手指下一动,枪声响起,那只藏羚羊便栽倒在地。它倒地后仍是跪卧的姿势,眼里的两行泪迹也

《拉萨跑娘》和《藏羚羊跪拜》等代表作品。

117

清晰地留着。

那天,老猎人没有像往日那样当即将猎获的藏羚羊开宰、扒皮。他的眼前老是浮现着给他跪拜的那只藏羚羊。他觉得有些蹊跷,藏羚羊为什么要下跪? 这是他几十年狩猎生涯中惟一见到的一次情景。夜里躺在地铺上他也久久难以入眠,双手一直颤抖着……

次日,老猎人怀着忐忑不安的心情对那只藏羚羊开膛扒皮,他的手仍在颤抖。腹腔在刀刃下打开了,他吃惊得叫出了声,手中的屠刀咣当一声掉在地上……原来在藏羚羊的子宫里,静卧着一只小藏羚羊,它已经成型,但自然是死了。这时候,老猎人才明白为什么那只藏羚羊的身体肥肥壮壮,也才明白它为什么弯下笨重的身子给自己下跪:它是在求猎人留下自己孩子的一条命呀!

天下所有慈母的跪拜,包括动物在内,都是神圣的。

老猎人的开膛破腹半途而停。

当天,他没有出猎,在山坡上挖了个坑,将那只藏羚羊连它那没有出世的孩子掩埋了。同时埋掉的还有他的杈子枪……

从此,这个老猎人在藏北草原上消失了。再没人知道他的下落。

简评

　　散文《藏羚羊跪拜》,是一个把青春献给唐古拉山的汉子,一个饮马长江源头的现代军人,讲述的一个铁血柔情的故事。

　　本文最初发表时题为《神圣的跪拜》。主要讲了一个专门救助朝觐中遇到困难需要帮助的藏家人、并握着权子枪的老猎人,猎杀了一只跪拜在地的肥硕的母藏羚羊,在解剖藏羚羊时,他才发现藏羚羊怀着孩子,才发现自己犯了不可饶恕的错误。面对自己亲手杀死藏羚羊母子的行为,老猎人陷入了深深的自责和忏悔之中,从此在藏北草原上消失了。我们从这个故事中得到的启示是:生命是宝贵的,不管是人的生命,还是一切动物的生命。人类仅仅是自然怀抱中一个特殊的种族,他没有权力去伤害其他生命,要爱护动物,尊重一切生命。人应该有良知。作者在文中鲜明地表现出对自然、人类、社会的忧思,召唤人类良知的回归。文中有的句子直接点明了题旨,如"天上飞的鸟,地上跑的鼠,都是通人性的"。特别是文中第二段交代了与主题密切相关的背景资料,这也暗示了文章的主旨。另外,故事的结局也意味深长,老猎人埋掉了他的权子枪,其实是埋掉了自己对动物、对自然的藐视,是他人性的复归,是他发自内心的忏悔。这是《藏羚羊跪拜》的主题。

　　这个"藏羚羊跪拜"的故事,是作者在青藏高原工作时听来的一个故事。上世纪90年代后期,雪域高原的精灵——藏羚羊的生存状况岌岌可危,为保护藏北可可西里无人区野生藏羚羊,"环保英雄"治多县县委书记索南杰达却倒在疯狂的盗猎者枪口下,不久,他的继任者又死在保护野生动物的岗位上,整个可可西里动物保护组织都弥漫一种悲壮的情绪,这种情绪深深地打动了作者,义愤填膺的他再也忍不住了,于是他连草稿都没打,一气呵成了这篇《藏羚羊跪拜》,发表在2000年9月25日《新民晚报》上。是义愤催生了这篇散文,义愤也震撼了读者的心！当你看到或听到这个凄美故事,能不无不为之动容吗?

在这个世界上有一种感情叫"母爱",这是最普通,却是最珍贵的。透过那"母亲"眼里哀求的泪水,我们除了为藏羚羊感到悲哀,还有没有一点人类的自惭呢?还有什么能够比得上慈母的爱更为珍贵?还有什么比得上慈母的爱更值得我们珍惜?藏羚羊是有感情的,有着和人类一样的母子之情,虽然它无法用语言表达,但是它却用了下跪的方式向人祈求放它母子一条生路,可是母藏羚羊终究没有逃过一死。是的,"天下所有慈母的跪拜,包括动物在内,都是神圣的。"动物尚且如此,可是人呢?记住那藏羚羊的跪拜,记住那两行无助的泪水,为的是珍惜那份世间最普通却最珍贵的感情。藏羚羊母亲愿意冒着生命的危险来求猎人一条命。老猎人虽然猎杀了母藏羚羊,但是杀生和慈善在老猎人身上共存,还有着没有完全泯灭的人性,因此他还十分懊悔,把藏羚羊和它未出世的孩子,以及他的权子枪同时掩埋了。听了这个故事,同样,我们的心情是很复杂的。

《藏羚羊跪拜》赞美了崇高的母爱和牺牲精神,以及老猎人内心深处的慈善和厚道,也揭示了生命本质的强大震撼力,呼吁人们和动物应该和谐相处。"有人看见,在撒哈拉沙漠中,为了让即将渴死的小骆驼喝到水潭里的水,母骆驼纵身跳下;高原雪山下,为了让小羚羊逃生,母羚羊毅然跳下悬崖,以自己的身体作跳板;不仅仅是动物们,为了给屈死的儿子申冤,十几年来熬白了头发的老母亲眼中含着晶莹泪花,揣着申诉的材料,风餐露宿在种种煎熬的路上……天下所有的母爱,'包括动物在内,都是神圣的',伟大的母爱!""母爱",这本不应该只用来赞美人类的母亲。跪拜的藏羚羊,它也是母亲,为孩子的跪拜,虽然我们不能完全理解此刻的藏羚羊母亲,仅仅这一跪拜,足以撞击每一个有良知的心灵!不仅只有人类才拥有生命的权力!这些动物的母亲也是有灵魂的。我们读过小说《一匹马的灵魂》,托尔斯泰的笔触深入到了到了花斑马的心灵世界，在它的身上，我们看到了人类某些相似的形象。它曾经是骠骑兵的坐骑，它把自己最美好的年华奉献给了主人，可冷酷的主人却毫不珍惜。花斑马被主人一次次的转卖，每个新主人都对它变本加厉地折磨……花斑马走到了自己生命的尽头，通过托尔斯泰的眼睛和文字，我触摸到了那匹马的灵魂，和藏羚羊母亲一样的灵魂。

本文作者王宗仁先生是陕西扶风人，20世纪50年代青藏高原的汽车兵，他度过极其艰苦危险的年轻时代，四十多年来一百二十多次翻越世界屋脊唐古拉山，用自己的命与青藏高原交心。他见惯了死亡，多次亲眼见到自己的战友兄弟离他而去，于是他作品中有很大一部分是怀念英雄，歌颂壮烈而美丽的死。藏羚羊之死只不过是他悲壮作品中的极有个性的一篇。对军旅作家王宗仁来说，他从昆仑风雪中走来，还要回到昆仑山上去，因为那里掩埋着他熟悉的700多名军人的遗骨，有些还是他生前朝夕相处的战友，在他眼里永远是最壮美的风景线。他去此地就像女儿回"娘家"一样，都是轻装简行，坐汽车进藏，重走青藏路，获得新的发现，新的感悟……这听来的"藏羚羊跪拜故事"是那样的深沉、动人！

藏羚羊跪拜

难得糊涂

——精确思维与模糊思维

◇ 姚诗煌

本文选自姚诗煌《科学智慧》(江苏教育出版社2000年版)。姚诗煌,1944年1月生于浙江省绍兴市。现为《文汇报》科技部主任、高级编辑。全国科技新闻研究会常务理事、上海市科技新闻研究会理事长、全国科学学研究会理事、上海市科普作家协会理事。主要从事科技新闻、科普作品的采访、编辑工作,同时参与科学学研

清朝著名画家郑板桥的一句名言——"难得糊涂",为许多人所欣赏。有些人甚至把它写成条幅挂在墙上、做成徽章佩戴在胸前。板桥先生一生清正,大智若愚,这"难得糊涂"四个字,不仅反映出他的一种人生哲理观,也给我们带来了今天应如何进行科学思维和科学决策的有益启示。

从模糊中求精确

人们之所以赞赏板桥先生这句话,并非真的赞同和提倡那种清浊不分、是非不明、得过且过、昏昏庸庸的糊涂人生,而是要透过"难得糊涂"这四个字,

欣赏板桥先生的这样一种精神境界:面对着混沌世界,虽"众人皆醉我独醒",却在清醒中留几分朦胧,在朦胧中又要能保持清醒。

这种将清醒与朦胧对立统一起来的人生艺术,不由得使人想起中国诗画的美学精神。在中国古代诗画的意境中,很注重"真中有幻,动中有静,寂处有音,冷处有神,句中有句,味外有味",以引人于"冥漠恍惚之境",进入"含蓄无限"的思维世界。如苏轼的"水光潋滟晴方好,山色空蒙雨亦奇",汪元量《扬州》一诗中"画桥雨过月模糊"等,都给人以一种朦胧美、模糊美的感受。

朦胧和模糊之所以能成为一种美,就因为它能真实地反映自然世界的面貌。面对着世态万物,人们越来越体会到,模糊性作为事物的一种特性,其实是极有魅力的客观存在。世界上绝对的精确并不存在,"假作真时真亦假,无为有处有还无",万物都无绝对的界限,而是你中有我,我中有你,亦此亦彼,亦彼亦此,全然是一幅纵横交叉的混沌图。

然而,长期以来,人们对精确性要比模糊性更为重视。数学、物理学等学科,都是以精确性为基础的。避免模糊,力求精确,这是从学校到社会都反复强调的思维准则。

确实,只求模糊而不求精确,是人类原始时期的一种思维习惯。由于原始社会生产力十分低下,不需要精确地计数,因此对于两个以上数量的认识,只具有多、许多和非常多等模糊的概念。直到现代,据

究,为华东师范大学兼职教授。1999年,他与时任上海天文台台长赵君亮教授,就外星人、黑洞、大爆炸宇宙学等等,进行了一次科普对话,撰写《宇宙,一个亘古之谜》在《文汇报》发表,这篇文章被《新华文摘》全文转载后,被评为该刊最受读者喜爱的十篇文章之一。

一些探险家证实,在某些原始部落里,不存在比3大的数字。如果问起他们中的一个人有几个儿子、杀死过几个敌人,那么,要是回答的数字大于3,他就只会说:"许多个。"在古代或现代某些原始部落人的心目中,那些稍大些的数字,如天上星星的颗数、河里游鱼的条数、森林中树木的棵数,都是"不计其数",连"5"这样的数字,也只能说成是"许多",而不能更精确地加以表达。

随着生产力的提高,出现了商品交换,人们才逐渐学会用手指、小石子等进行计数,形成了自然数的概念。从此,人类的思维实现了一次伟大的飞跃,"心中无数"变成了"心中有数",精确性代替了模糊性,使人类对自然界及其规律性的认识,由"定性"进入了"定量"阶段。这是一个巨大的进步。可以说,没有这种精确化的定量思维,就没有人类至今取得的一系列科学成就。从分子、原子的发现到相对论的创立,从高层建筑的设计到宇宙飞船的上天,都镌刻着"精确性"的功劳。

精确兮,模糊所伏;模糊兮,精确所倚

然而,世界并不是处处都能求得精确化的。在实际生活中,许多问题若仅靠精确性来判断,反而会使事情复杂化。譬如,你在路上行走,迎面过来一个人,他是谁呢?你只要把来人的高矮、胖瘦、走路姿势等信息,与储存在大脑中的样本进行比较,就不难

得出正确的结论。尽管这种判断是模糊性的判断，但结论的准确率很高。相反，如果你让计算机来进行精确判断，那就得测量来人的身高、体重，以及手臂摆动的角度、频率、加速度等一大批数据，而且得精确到小数点后好几位。如果来人明明是你的朋友，只因多日不见，测得的数据便有了变化（也许是体重增加了些），那么计算机很可能是"翻脸不认人"，闹出一番笑话来。

实际上，面对着许多事物，准确性往往是无能为力的。例如，人们在设计飞机、轮船、高楼等大型结构时，都要计算结构的强度。一个大型结构往往有许多分支结构组成，每个分支结构又分成许多个部件，它们都有自己的固有振动频率，当受到外力作用时，又会呈现各种复杂的状态。因此，由它们组成的整体结构也是十分复杂的。在工程设计时，要把这些因素一一精确地计算清楚，即使是用大型计算机也是旷日持久的难题。至于在社会科学领域，譬如经济发展的预测、天气变化的预报、人口增长的推算等等，都涉及许多复杂的因素，用经典数学的精确化计算方法，也往往是欲"精"而不达。

世界上的事物是复杂的，因而事物之间的界限、事物与事物的关系，都具有一定的模糊性。人们的经验，也往往是模糊的东西。高级厨师在烹调一道菜肴时，往往是凭经验来确定用料配比、调料多少、火候大小，这些都很难用天平、温度计等精确性的量具或仪表来代替；一位高级指挥员在作出战略决策时，虽然需要大量可靠的情报、数据，并用计算机得出可供选择的方案，但最后的"拍板"，主要靠自己的经验。这类具有模糊特性的经验、技巧，往往是人类智慧中最高级部分的反映，是目前用人类的语言（包括数学语言）难以表达的一种奥秘，也就是人们常说的那种"只能意会，不能言传"的东西。

许多清晰的东西也会产生模糊信息。例如，男子和女子本来是有明确区分的，但现在许多男青年留长发、穿花衬衫，而不少女青年不爱女装爱男装，甚至出现了"变性人"，这不就是一种模糊信息吗？此外，在人们的工作或学习中，许多概念的内涵和外延也是模糊的。例如"高个子""胖子""老年人""美人"等等。对中国人来说，1.7 米的身高算是高个了，但在欧美人中，这只能算是中等个儿。至于"美人"的概念，更是模糊。古代以女子缠足为美，而现代人却视其为丑；贾宝玉眼中的林黛玉是美的，而庄稼汉心目中的美人绝不会是一个弱不禁风的女子。

"晓雾忽无还忽有，春山如近复如遥。"可以说，有了模糊性，才有世界的丰富多彩，才有万物的变幻发展，才有诗中这种美的意境。精确和模糊，是辩证的统一。一定程度的模糊，反倒是一条从复杂中求得精确的途径。这真所谓：精确兮，模糊所伏；模糊兮，精确所倚。

精确比不过模糊的最典型例子，是电脑和人脑的比较。电脑能具有每秒上亿次的运算速度，能记住大量的信息。因而，电脑的精确度是人脑远远不能相比的。英国人辛克花了5年时间,将圆周率算到了小数点后707位,他为此要求将这个结果镌刻在他的碑上。而现在用个人计算机很快就能算到10万位小数。然而,在有的情况下,电脑这个长处反而成了短处。例如,当计算机和你一起看一场电影,你能详细地复述出影片的内容和细节,如要计算机也能像你一样,就需要用大容量的内存来储存影片中每一细微点的信息。正如计算机之父冯·诺依曼曾指出的:"神经系统是这样一台计算机,它在一个相当低的精确水平上,进行非常复杂的工作……我们还不知道,有哪一种计算机在这样低的精确水平上仍能可靠地、有意义地进行运算。"

由此可见,善于利用低精度的模糊思维,来获得相当高的可靠程度,正是人脑智力的优点。正是为了更好地模拟人脑的智能,综合地处理客观世界的模糊信息,于是,在以精确为特点的数学领域,出现了一门新兴学科——模糊数学。

"难得糊涂"确实难得

1965年,美国加利福尼亚大学查德教授第一次引人注目地提出了模糊性问题,并给出了模糊概念的定量表示法,从而产生了模糊数学。目前,模糊数学已应用于聚类分析、图像识别、自动控制、机械故障诊断、系统评价、信息检索、机器人、人工智能等许多方面。模糊数学在精确的经典数学和充满模糊性的现实世界之间，架起了一座桥梁。人类对数学世界的认识，从模糊—精确—模糊，这是螺旋式的上升，标志着人类认识世界的能力又提高到了一个新的高度。例如，在自动控制技术中，出现了一种"模糊识别"技术，它能更准确地识别各种复杂的图像，在航天、航空和军事等领域有着重要的用途。将这种模糊识别技术用于民用产品，出现了模糊洗衣机、模糊空调器等智能化的家用电器，并进入了人们的日常生活。

科学的发展，往往给人以思维方法上的启迪。如果说精确思维是对事物运动的不连续性、相对静止状态的把握，那么模糊思维就是对事物运动的连续性和不断变化的把握。因此，它比精确思维更能逼近事物联系和发展的真实过程，更接近事物的本来面貌。所以，不仅自然科学要承认模糊性的存在，我们平时的认识、分析、判断，也都应从中有所借鉴。要承认客观世界的复杂性，事物之间并无绝对的界限，彼此之间并非都是非此即彼，而往往是亦此亦彼。多年来，由于受形而上学的影响，我们在认识、处理问题时，容易产生"一刀切"的毛病。尽管现在这种"一刀切"的风气渐渐在变，人们遇事能"多切几刀"了，但是，无论是切一刀，还是切几刀，其界限都是线性的，我们已经习惯用线性方法来解决非线性的问题。在掌握政策、制定规划、处理问题时，这种简单化的思想方法已经给我们的事业造成了许多危害。所以，我们遇到复杂的问题时，要从多个角度进行思考和分析,要善于将精确思维和模糊思维结合起来。从这个意义上说,"难得糊涂"确实难得!

简评

作者借用清代著名画家郑板桥的名言"难得糊涂",说的是"思维"的科学性。在科技报道和科普文章的写作上,本文作者姚诗煌以思想性、独特性和前瞻性见长。本文即从"难得糊涂"中挖掘出:看似模模糊糊之处,却是明明白白之时,"模糊"的内涵有时却有着更高的准确性。所以,"难得糊涂",不是真正意义上的糊涂,小到我们对一个人的高矮胖瘦的判断,大到一个战争指挥员的运筹帷幄,可说是更高意义上的准确。这不仅反映出一种人生哲理,也给我们今天应如何进行科学思维和科学决策带来了有益的启示。

"难得糊涂",是一个使用率极高的词组。一般说来是指人在需要糊涂的时候就应有"难得糊涂"一说。"难得糊涂"是清朝乾隆年间著名书画家郑板桥的传世名言,也是他为官之道与人生之路的自况。后人感慨这"难得糊涂"四字中富含的哲理,每每以处世的警言视之,"不仅反映出他的一种人生哲理,也给我们带来了今天应如何进行科学思维和科学决策的有益启示。"在科学领域中,各门学科,尤其是人文、社会学科及其它"软科学"的数学化、定量化趋向把模糊性的数学处理问题推向中心地位。更重要的是,随着电子计算机、控制论、系统科学的迅速发展,要使计算机能像人脑那样对复杂事物具有识别能力,就必须研究和处理模糊性。我们研究人类系统的行为,或者处理可与人类系统行为相比拟的复杂系统,如航天系统、人脑系统、社会系统等,参数和变量甚多,各种因素相互交错,系统很复杂,它的模糊性也很明显。从认识方面说,模糊性是指概念外延的不确定性,从而造成判断的不确定性。在日常生活中,经常遇到许多模糊事物,没有分明的数量界限,要使用一些模糊的词句来形容、描述。比如,比较年轻、高个子、大胖子、好、漂亮、善、热、远……因此,除了很早就有涉及误差的计算数学之外,还需要模糊数学的概念。

科学是相对要求精确的,但在科学实践和研究中,总会自然而然地使用模糊法。因为科学所研究的事物是多输入的系统,只有模糊地处理一些非关键性的因素,才能更好进行研究,从而有利于精确性的相对发展。如在电子电路的分析中,适度的模糊很有利于分析的进行。

思维认识不清,所以产生模糊。所谓模糊哲学,模糊哲学理论思想是模糊的。这里的"模糊",就是研究事物的模糊现象及其内在本质的哲学范畴。如:老子里的"大智若愚"或者"水至清则无鱼,人至察则无徒",还有"难得糊涂"的处世哲学。做人,一则不能太显摆,"木秀于林,风必摧之;堆出于岸,流必湍之;行高于人,众必非之"(见三国魏李康《运命论》)。二则人生不如意者十有八九,看淡些。三则不必斤斤计较,要海纳百川,心胸开阔,宰相肚里能撑船,有气度才能立于不败之地。这些道理说起来容易,真正做起来是相当复杂的。所以作者说:"我们遇到复杂的问题时,要从多个角度进行思考和分析,要善于将精确思维和模糊思维结合起来。"

精确思维和模糊思维是常用的两种重要的思维模式,二者相互配合,互为补充,作用于对事物完整认识的全过程。同时,二者还适用于不同的实践范畴。比如,对于重视情感表现,以形象思维活动为主的艺术实践,模糊看法就会发挥着重要的作用。现代分子生物学和心理学实验表明,人的大脑具有与精确思维相对称的运用模糊概念和实行模糊控制的能力。模糊思维是一种重要的心理现象与认识过程,它贯穿于一切创造活动中。具体说,精确思维缓慢、逐步、单独展现的特点;而模糊思维却具有急速、飞跃、贯穿的特点。精确思维重视具体分析、条理性、逻辑性,而模糊思维则是非逻辑的、抽象的、整体的。精确思维注重局部的细节研究,而模糊思维注重全局感觉的把握。

在现实生活中,有时候,人的多面性让人难以看清人的真实面目,特别是在我们中国人崇尚智慧、敬仰计谋的传统中。人的多谋、多智、能在人群间周旋,就是能人、好人。说实话,办实事,脚踏实地的搞工作、科研、做事的人反倒不被看好。现实生活中好多人说话让人难以理解,是真心话还是言不由衷,让人难以辨别。有时反复听见一些似乎是真诚的表白,细细想来却有一种云里雾里的感觉,此时,有一点"难得糊涂"便是人生的真谛。当然,这和上面说到的所谓精确思维、模糊思维又不能简单地联系在一起了。

对《难得糊涂——精确思维与模糊思维》阅读的要义在于把握好"难得糊涂"的尺度。

我们如何面对Internet

◇白硕 陆汝钤

本文选自《现代》1996年第10期。白硕，重庆西南大学经济管理学院教授，国际经济与贸易系主任。主持省、部级以上科研课题5项；参与省、部级以上科研课题10多项。主编出版教材5本；参编出版专著2本。发表论文20余篇。陆汝钤，计算机科学家。原籍苏州，生于上海。中国科学院数学与系统科学研究院

随着计算机和通信设备的价格持续下降，一个神奇的事物——Internet(国际互联网)，正在以前所未有的速度和规模在全球范围内崛起，闯进亿万人的日常生活。围绕Internet的各种新技术层出不穷，以经营Internet业务为主的大小新公司方兴未艾，人们进行计算机通信的方式正在发生革命性的转变，人们能够享有的信息服务的花样令人目不暇接，不管褒也罢，贬也罢，有一件事情是肯定的，那就是：Internet造就了一个充满活力的新兴技术产业。它对人类社会的方方面面所产生的影响，也许现在还难以做出充分的评价。

八方来客网上淘金

Internet 首先是一个知识宝库。它为知识共享和学术交流提供了方便的手段。借助于 Internet,学者们可以查阅资料、交换论文、讨论问题、发布会议通知或其它学术活动消息,出版网上电子学术刊物,甚至把整个图书馆的书搬到网上,建立电子图书馆。广大的网上志愿者们已经把各个学科经常遇到的带有普遍性的问题的解答分门别类放到网上,供需要的人参考,颇似我们当年"十万个为什么"的风格,但更加专业化,时效性更强。成百上千的专业电子论坛是全球学者畅所欲言进行学术交流的广阔空间。利用 Internet 进行远程教育和职业培训也显示出强大的生命力。此外,Internet 还是调动全球的人才资源携手解决突发疑难事件的重要媒体。1995 年北京大学力学系的一些学生为救治清华大学一位铊中毒的学生,利用 Internet 向全世界的医学界发出了求助信息,得到了广泛响应,起到了非常关键的作用。

Internet 与通信有着千丝万缕的联系。多数的上网用户是通过电话线上网的,上网用户享受的最低限度的服务是电子邮件服务。电子邮件同传统的平信、电报和电传相比,使用更加方便、迅速和便宜,受到广泛的欢迎。现在又可以利用 Internet 发传真和打电话。这些业务,充分地展示了 Internet 的通信

数学研究所研究员、复旦大学教授。在知识工程和基于知识的软件工程方面作了系统的、创造性的工作,是中国该领域研究的开拓者之一。1999 年当选为中国科学院院士。

潜力,满足了广大用户的通信需要,也向传统的邮电业务提出了严峻的挑战,以至于英国的邮电局不得不提出鼓励用传统方式寄信的优惠条件,以便把已转向电子邮件的用户再吸引回来。

Internet是一个无形而容量大得惊人的公共场所,是公布散发宣传品的绝好地方。各国政府尤其是各发达国家的政府,都十分重视在Internet上宣传自己的形象,宣传自己的政策主张,宣传符合自己国家利益的言论。美国白宫的主页每天有成千上万的人"光顾"。许多发展中国家在这方面也开始抓紧了建设。中国政府的许多对外宣传材料也完全可以通过Internet让全世界看到。此外,Internet为政府接近群众提供了一种新的信访手段。在美国,如果你向总统发出一封电子邮件,提出你的批评和建议,不久就会收到一封总统办公室的答复。

Internet更是产品和企业宣传的必争之地。众多的企业名录、产品目录和虚拟产品博览业务成了信息服务业最有利可图的业务。著名的Yahoo系统成了企业界纷纷效法的榜样。利用Internet招商引资,扩大商业机会,也是有关部门和人士经常谈论的话题。中国在未来若干年内的经济腾飞趋势是不可逆转的,Internet的利用将使中国的企业更好地走向世界,使世界更好地认识中国,把握中国的商业机会。

Internet的作用远不止于宣传和通信。实际上,由于一些事实上的标准的形成,Internet上一些通用的协议和界面已经被用来开发大型的综合信息系统。它集管理信息系统(MIS系统)和办公自动化系统(OA系统)之长于一身，具有友好而通用的人机界面，被广泛应用于股市、金融和期货行情的发布，一体化集成化的企业内部网(Internet)以及协同工作环境等。全球首家只在网上存在的虚拟银行——安全第一网络银行已经开办，并有了2000多用户，他们足不出户即可在家办理存、取款手续。

电子商业已经不再是遥远的梦想。网上推销、网上砍价以及网上采购等都在逐步走入人们的日常生活。据《美国新闻与世界报道》1995年11月号介绍，至少已有250万北美居民通过Internet购买了商品。在网上浏览和订阅电子报刊不仅阅读方便，各取所需，消除了地理位置上的距离带来的时间差，而且不产生任何废纸垃圾。网上的电子书店打破了具体房间的容量限制，最大限度地把尽可能多的书目集中在一个统一的框架和多样化的检索机制之下，向读者介绍主要内容、书评和作者的情况等。网上电子货币已经有迅速崛起的迹象。1996年亚特兰大奥运会首次发行了150万个电子钱包。

所有这一切，都是在短短的几年内突然风靡全球的。我们很难想象，按照这样的发展势头，10年以后的世界将会是什么样子！

社会行业加速重组

Internet 的出现,对各行各业造成了极大的冲击,促成了它们的重组。

邮电行业首当其冲。在一些发达国家,电报和电传已经走向萎缩,电话和传真的传统服务方式正在向与 Internet 紧密相连的方式过渡,服务种类将更加丰富,价格将更为低廉,广大用户会在这一过程中逐渐得到实惠。为邮电行业所掌握的线路资源正成为邮电行业参与同 Internet 有关的市场竞争中的有分量的王牌。今天的邮电业务在许多方面都不同程度地打上了 Internet 的印记,今后预计会打上更多更深的印记。

计算机产业的走向受到 Internet 发展的决定性影响。软件巨头美国微软公司的霸主地位正在受到多方面的挑战。这些挑战者首先来自网上。为了帮助人们利用丰富的网上资源,出现了一批 Internet 网上浏览器软件,其中 Netscape 公司的网络导航器受到广泛欢迎,这使微软公司看到了在一个广阔的市场上的强敌。另一个打击来自研制数据库软件的 Oracle 公司。它的一位副总裁提出了网络计算机(NC)概念。这种机器配置极为简单,主要靠丰富的网上软件资源工作,售价仅 500 美元。苹果公司也提出了用改装的电视机作为网络计算机的想法。有人已经在鼓吹 NC 将取代 PC 机的前景,由 70 家计算机厂商组成的 NC 阵营已经公开亮相。另一方面,SUN 公司推出的 Java 语言轰动了全世界。用 Java 编写的程序经编译后可以在任何一个平台上被解释执行。Java 正在变成一个 Internet 网语言,它打破了地理界限,可使"全网的软件为一人所用"。这个崭新的概念预示着这样的前景:Internet 网正成为一个人人都可以利用的大计算机!

传统制造业在 Internet 的影响下继续发生深刻的转变。它的增值部分越来越明显地集中体现在信息上。CIMS(计算机集成制造)的进一步发展可以把企业内部网和协同工作等依赖 Internet 的技术融合进来,使得企业内部的信息流和工作流更加"无缝"地运转。

娱乐业中 Internet 的成分也逐渐增多。适于网上多用户参加的各种交互式棋牌类游戏(围棋、军棋、五子棋、象棋和桥牌等),都有大量的用户群。随着 Internet 三维图形传输和显示能力的增强和标准的固定,网上娱乐业的前景明显看好。

智能代理前途无量

Internet 上的资源和服务的丰富程度,已经大大超过单个用户个人对这些信息的驾驭能力。"信息过载"是一个迫切需要解决的世界性难题。

人们喜欢使用"信息高速公路"这样的比喻。姑且沿用这个比喻,那么现在 Internet 上的"交通"状况是人人开车上路自己找东西,而且大部分上路的人对"地理"并不是十分熟悉。其实,对大多数人来说,"上路"是次要的,找东西才是主要的。"上路"反而"迷路",岂不是得不偿失!于是,路上的各类"导游"和"运输专业户"纷纷应运而生。这就是所谓"代理",英文叫"Agent"。

代理是一些服务程序,它们可以在用户授权下自主地完成用户提交的一些任务。比如:给所有从事某方面研究的人发特定的邮件。这样的任务如果没有代理,用户就需要亲自查找所有从事该方面研究的人的电子邮件地址,再按照这些地址来发邮件。有了代理,这些工作就可以连贯地由机器统一完成。如果代理不知道有些人的地址,但知道另一个代理知道这些人的地址,就可以"委托"另一个代理查找,把结果汇总后再统一发信。又如,用户不可能一天24小时盯着股票市场的行情数据,有了代理,用户就可以委托代理不间断地监视并记录有关的股市行情数据,等用户有了时间再提交给用户。

如果把Internet看做是一个虚拟的"世界",那么代理就相当于在这个世界里活动的"机器"人。它可以"感知"这个"世界"——搞清楚什么地方有什么资源和服务;它也可以"改变"这个世界——在特定的地方传输和处理信息。人工智能的各方面成果恰好可以用来武装Internet上的代理,使之具有一定的智能。这就是所谓的"智能代理"。

"智能代理"具有学习和适应能力。它能根据用户使用Internet的历史记录,推断出用户的兴趣和偏好。当用户再次使用Internet时,所有与用户的偏好不相关的信息都被过滤掉了,呈现给用户的将是用户最迫切需要的信息。它能根据用户的要求从庞大的数据库里提取实质性的结论,供用户做决策时参考。它能领会用户的意图,按意图去规划并实现复杂的网上操作。

"智能代理"具有交际和合作能力。它能利用别的代理的长处补充自己的不足。它能在任务需要时取得其他代理的帮助,当然作为承诺,它自己也会在必要时用自己的计算资源去帮助别的代理。

"智能代理"具有一定的语言理解能力。它能把用户用自然语言描述的查找目标转换成机器可执行的动作来找到这些目标。它能按照用户的语言指令调整自己的某些状态和设置。它能用有限的自然语言和别的用户进行交流。它还可以在不同语言的信息资源之间进行用户可以接受的双向翻译。

"智能代理"具有一定的价值判断能力。它将把用户的信息安全摆在最优先的地位,不仅确保自己的动作不破坏用户的信息安全,还能识别有敌意的外部用户入侵。

"智能代理"是实现Internet信息服务的"个性化"的高技术手段,是缓解信息过载的重要途径,也是综合展示人工智能几十年研究成果的典型系统。许多大学、研究机构和公司都在竞相研究开发功能更强大的智能代理系统和产品。智能代理的研究开

发已经被提到战略的高度。再过若干年,没有智能
代理的Internet信息服务也许是不可想象的,没有智
能代理的Internet产品也许是无法生存的。

信息争战矛利盾坚

  Internet的影响也不都是正面的。一项新技术,
好人会利用,坏人自然也会利用。目前产生最大反
响的,大约有这样几方面的负面影响:

  利用Internet进行犯罪。包括非法窃取机密情
报,非法破坏他人数据,非法使用他人信息和计算资
源,利用Internet散布谣言或进行恶意诽谤,恶性透
支,等等。这方面的形势十分严峻。我国前不久发
生在高等学府里的电子邮件侵权案表明,我国有关
Internet的立法和反犯罪的工作已经迫切地提到日程
上来。

  利用Internet传播不良文化。据统计,Internet上
的色情信息资源具有相当高的被访问频度,相当的
一批色情信息已经通过Internet传播到世界各地。
中国也已经发现通过Internet传播过来的黄毒。这
些货色起着极坏的社会影响,值得高度警惕。

  利用Internet破坏国家安全。包括以国家、民间
或私人的名义发布危害他国国家安全的信息,利用
信息"炸弹"攻击他国的信息设施,或利用隐藏在出
售给他国的信息设施内的信息"间谍"装置非法窃取
情报等等。现代的国家间的竞争集中体现在人才和

技术上的竞争,我们在采取各种防范措施的同时,也必须培养一大批优秀科技人才,扶植性能优良同时又安全可靠的国产信息设施产品。

信息安全方面的防范措施包括:过滤措施,隔离措施和加密措施。

过滤措施是利用国家授权单位在国际端口处设置的信息监察设施,封堵对某些有明显色情或反对信息内容的IP节点的访问并过滤有上述信息内容的数据包的进入。前者相对容易做到,例如德国政府已经封闭了200个传播黄毒的电子邮件地址。法国政府也封闭了100多个这样的地址。后者具有一定的难度,需要人工智能技术的帮助。

硬隔离措施是利用专用线路及硬件把局部网络同Internet相隔离的措施。它允许隔离区以内的计算机正常访问隔离区以外的Internet节点,但隔离区以外的Internet节点不可访问隔离区以内的计算机。以此来确保局部网络的信息安全。软隔离措施是通过软件的方式来禁止非授权的计算机访问需要保护的局部网络节点。隔离措施就是通常所说的"防火墙",它对Internet特别有用,可以帮助用户在Internet上建立自己的"网中之网"。

Internet是建立在TCP/IP协议的基础之上的。由于TCP/IP协议本身存在一些尚待修补的安全性漏洞,一些有经验的"黑客(hecker)"还是有办法入侵的,明码Internet联接很难做到高度的安全。于是,基于加密的安全性措施在涉及较高程度机密时是必

我们如何面对Internet

141

须的。

信息战是没有硝烟的战争。在信息战中,矛和盾在不断的较量中各自吸取最新的信息技术武装自己。我们必须在一些要害的信息设施方面有我们自己的人才、产品和技术,才不致受制于人。

Internet给我们带来了许多机会和挑战。它缩小了地球上各地区之间的距离,扩大了人们的视野,也为信息技术的进步注入了极大的活力。中国要同世界接轨,要振兴自己的民族信息产业,就没有理由放弃Internet给予我们的这个机会。我们应该理直气壮地加入Internet大家庭,并向世界宣传我们值得宣传的一切,让我们的人民享受他们理应享受的一切资源和服务。当然,对于Internet可能造成的危害,我们也必须有清醒的认识,采取及时而必要的安全对策和防范措施,使Internet真正造福人类。

简评

"互联网"开启了互联网时代。随着"互联网"时代的到来,生活中的变化,出现了前所未有的新局面,乃至于剧烈地冲击着人们心理。甚至,如本文作者所说:"所有这一切,都是在短短的几年内突然风靡全球的。我们很难想象,按照这样的发展势头,10年以后的世界将会是什么样子!"

一个新事物,正以前所未有的速度和规模在全球范围内崛起,闯进亿万人的日常生活,显示了难以叙说的精神和物质的魔力。八方来客网上淘金,社会行业加速重组,智能代理前途无量,信息争战矛利盾坚。新事物的发展带来的会是更新的事物,打算进入社会的人在思想上做好充分的准备是非常必要的。互联网的时代给我们的世界带来了翻天覆地的变化,不管你以一个什么样的态度面对互联网,也不管你准备在一个多大的程度上接纳或是排斥互联网,互联网的前世今生将会是你回避不了的存在。

互联网始于1969年的美国,又称因特网。是美军在ARPA(阿帕网,美国国防部研究计划署)制定的协定下将美国西南部的大学UCLA(加利福尼亚大学洛杉矶分校)、Stanford ResearchInstitute(斯坦福大学研究学院)、UCSB(加利福尼亚大学)和UniversityofUtah(犹他州大学)的四台主要的计算机连接起来。这个协定由剑桥大学的BBN和MA执行,在1969年12月开始联机。

在如今的日常生活中,因特网这个词已经频繁出现在我们的交流中,因特网是不是就是我们常看到的Internet呢?实际上Internet表示的意思是互联网,又称网际网路,根据音译也被叫做因特网、英特网,是网络与网络之间所串连成的庞大网络,这些网络以一组通用的协议相连,形成逻辑上的单一且巨大的全球化网络,在这个网络中有交换机、路由器等网络设备、各种不同的连接链路、种类繁多的服务器和数不尽的计算机、终端。使用互联网可以将信息瞬间发送到千里之外的人手中,它是信息社会的基础。由于国际互联网所具有的突出特点,它继报纸、电话、广播和电视后,人类社会又一重要的信息传播媒体,并呈现出全面取代之势。国际互联网的出现是工业化社会向信息化社会转变的重要标志。

互联网在现实生活中应用很广泛。在互联网上可以聊天、玩游戏、查阅资料等。更为重要的是在互联网上还可以进行广告宣传和购物。互联网给现实生活带来很大的方便。网民在互联网上可以在数字知识库里寻找自己学业、事业和生活上所需的东西,从而满足自己需要。互联网在现实的应用很广泛,每天有数以亿计的人使用互联网,大家用它来聊天,了解资讯,购物等种种,也不乏一些人利用互联网为自己的产品宣传,因此也促使了一些新兴行业的诞生,例如网络营销等

等,互联网的影响正在日益影响着我们的生活,我们的现状也将因此而获得更大的改变

互联网是全球性的。这就意味着这个网络不管是谁发明了它,是属于全人类的。这种"全球性"并不是一个空洞的政治口号,而是有其技术保证的。互联网的结构是按照"包交换"的方式连接的分布式网络。因此,在技术的层面上,互联网绝对不存在中央控制的问题。也就是说,不可能存在某一个国家或者某一个利益集团通过某种技术手段来控制互联网的问题。反过来,也无法把互联网封闭在一个国家之内,除非建立的不是互联网。然而,与此同时,这样一个全球性的网络,必须要有某种方式来确定联入其中的每一台主机。在互联网上绝对不能出现类似两个人同名的现象。这样,就要有一个固定的机构来为每一台主机确定名字,由此确定这台主机在互联网上的"地址"。然而,这仅仅是"命名权",这种确定地址的权力并不意味着控制的权力。负责命名的机构除了命名之外,并不能做更多的事情。同样,这个全球性的网络也需要有一个机构来制定所有主机都必须遵守的交往规则(协议),否则就不可能建立起全球所有不同的电脑、不同的操作系统都能够通用的互联网。

毫无疑问,互联网的所有这些技术特征都说明对于互联网的管理完全与"服务"有关,而与"控制"无关。事实上,互联网还远远不是我们经常说到的"信息高速公路"。这不仅因互联网的传输速度不够,更重要的是互联网还没有定型,还一直在发展、变化。因此,任何对互联网的技术定义也只能是当下的、现时的。与此同时,在越来越多的人加入互联网中、越来越多地使用互联网的过程中,也会不断地从社会、文化的角度对互联网的意义、价值和本质提出新的理解。

据著名研究咨询机构IDC在2015年的研究报告显示,2016年全球互联网用户数将会达到32亿人,约占全球总人口数的44%;其中,移动

互联网用户总数将达到20亿。无论如何,它对人类社会的影响是难以估计的,我们只有"未雨绸缪",做好准备,坦然面对新的互联网时代的到来。

作者说,"它对人类社会的方方面面所产生的影响,也许现在还难以做出充分的评价。"本文从四个方面予以概括,可供参考、启发。

素

质教育在美国

◇ 黄全愈

创造性能不能教

本文选自黄全愈《素质教育在美国——留美博士眼里的中美教育》（广东教育出版社1999年版）。黄全愈，广西柳州人。1988年赴美国讲学，1989获美国 Villanova 大学"人的组织与管理科学"理学硕士学位，1993年获美国迈阿密大学"教育管理学"哲学博士学

　　妻子刚来美国时的英语家庭教师叫辛西亚，其夫为迈阿密大学美术学院院长。通过辛西亚的"后门"，我们把刚5岁的儿子矿矿送到迈阿密大学美术学院办的绘画班学习。谁也想不到，儿子才去了不到5次就开始叫唤，不想去啦。

　　儿子说："老师根本不教绘画，一点都不教！每次都是给一个题目，就让我们自己画，想怎么画就怎么画，爱怎么画就怎么画，老师一点不管。画完了老师就知道说'好哇！好哇！'好什么好！那些美国小

孩的画,根本就是一塌糊涂!"

说得多了,引起我的注意。一天,我进去一看,儿子一脸无所适从、无可奈何的神情。天哪,其他孩子有站着画的,有跪着画的,也有趴着画的,说"八仙过海"一点不为过。"八仙"们的笔下所绘,更是不敢恭维:不成比例、不讲布局、不管结构、无方圆没有规矩,甚至连基本笔法都没有。

我们同意儿子不再上这种"误人子弟"的绘画班。老师哪里是在教绘画,简直是在放羊!

每次儿子画完画都要问:"像不像?"

我发现,美国孩子在画完画后,是从来不问"像不像"的,只问"好不好"?我们可以来探究一下"像不像"的问题。美国孩子学绘画,老师往往不设样板、不立模式,让孩子从现实生活到内心想象的过程中自由"构图"。因此,美国孩子画完画后,只问"好不好",不问"像不像"。

回答"像不像"的问题,是指"复印"得如何;回答"好不好"的问题,则是指"创造"得如何。

绘画是一种技能,是一种可以被创造利用的技能,也可以是一种扼杀创造、重复他人的技能。技能是可以由老师传授的,但创造性是无法教出来的。许多中国孩子具有很高的COPY(复制)"能力",但欠缺基本的创造力。

美国的一些学术团体或大学,也定期在各中学间组织数学对抗竞赛。去年,矿矿刚上九年级(即美国的高一,国内的初三),被选入学校数学代表队参

位。黄全愈长期致力于中美教育和文化交流。所著的中美教育比较系列有:《素质教育在美国》(被评为2000年度非文艺类第一畅销书)、《中国教育的哲理困惑》(英文)、《素质教育在家庭》《家庭教育在美国》《生存教育在美国》《玩的教育在美国》《"高考"在美国》等。新著有《培养智慧的孩子——天赋教育在美国》。

加这种定期的对抗赛。在中国人眼里,这种对抗赛很奇怪,因为它不规定各校的参赛人数,只以各校代表队的前三名的平均分决定胜负。各校也不是只选成绩最好的学生参加,而是以老师选派、学生自愿报名参加相结合的方式组队。也就是说,老师只选那些他认为有数理潜质而又有兴趣的学生参赛,并不是成绩最好的高年级学生;另外,老师没选中你,你也可以参加。

有一次对抗赛,共有7道题。矿矿他们学校数学最好的是一位高三的印度小孩。结果,印度小孩7题对6题,最难的那道没做出来,出来后愤愤不平,表示要写信去抱怨出题的考试委员会。

从应试教育中摸爬滚打出来的人都知道,考试技巧是从最容易、分数最多的做起,目的是在有限的时间内抢占分数的空间。但这次矿矿却从最难的做起,并把最难那道题做出来了(事后老师也没做出来),但只做了4题,有1题还只是运算方式对,答案不对。

我毕竟是应试教育的过来人,我问儿子:"你怎么不以有限的时间做最有效的工作——抢分?!"

矿矿说:"我就是在最有限的时间内最大限度地表现了我的价值——我做出了别人没做出来的难题!"

矿矿刚刚结束了一次数学期中考试,主要内容是对数方程。在英语中,log可以是数学中的对数,也可以是原木、木材的意思。考完试,矿矿在试卷上画了一只很善于咬原木的河狸,手中拿着一块木头,说："Log are fun!"("木头"真有趣味!)数学考试本身得了100分,老师又给试卷上的画"原木和河狸"加了0.2分,一共是100.2分。0.5分以下是不算分的,矿矿并没有因为在试卷上画这幅图而多得了数学分。然而,这个0.2分却表达了老师对学生的数理逻辑、形象思维和自信心的充分肯定。

创造力不同于智力。创造力包含了许多非智力因素,如人的个性和独立性等等都是非智力因素。一个创造力很强的人,必须是非常有独到见解、独立性很强的个性完善的人,必须是一个在常规势力面前百折不挠的人,同时又是一个具有很强的记忆力、丰富的想象力、敏锐的观察力、深刻的思考力、清晰的判断力的人。因此,创造力强的人智商一定高;但是智商高的人,不一定创造力就强。智商极高的学生可以赢得国际奥林匹克知识竞赛奖,但是惟有创造力极强的人才可能获得诺贝尔奖!

创造性不能教,首先是因为"知识与技能"和创造性是风马牛不相及的两种概念。其次,凡是能传给他人的,一定是可以重复的,而可以被他人重复的则一定不具有创造性。正像人的智力不能从老师传给学生一样,创造性是潜伏在人的生理和心理层面的特质,也是无法从A传到B的。

孩子能不能搞研究

美国教育的另一个特点就是为孩子独立研究、独立动手能力的发展提供所需的时间和空间。

矿矿在上小学二年级时，就开始搞"研究"了。第一次从矿矿嘴里听到"研究"一词时，着实让我乐了一阵。那时矿矿才8岁。刚开始能读些稍厚点的书，写些由几个长句子拼凑成的所谓"文章"。一天，他从学校回来，一进门就缠着妻子带他去图书馆。说是他正在作一个关于蓝鲸的研究，要去图书馆找参考资料。

"老师说了，研究论文至少要有三个问题。要写满两页纸。"

"才二年级，你懂什么研究？"看着儿子那一本正经的样子，溜到嘴边的话打住了。赶紧让妻子开车带着儿子上图书馆去。

临走之前我对妻子开玩笑地交待说："如果市里的公共图书馆找不到好的参考资料，你们可以到迈阿密大学图书馆去看看。"

两个多小时后，母子两人抱着十几本书回来了。一进门，妻子就抱怨："都怪你提什么到迈阿密大学图书馆。矿矿非让我带他跑了两个图书馆，还说老师说过参考资料要来自不同的地方。"我翻了翻矿矿借回的"参考资料"，十几本都是儿童图画书。有的文字说明部分多些，有的少些，全部是介绍关于蓝鲸和鲸鱼的知识性书籍。

随着儿子对那十几本书的阅读及"研究"的深入，我和妻子也不断地从矿矿那儿获得有关蓝鲸的知识：蓝鲸一天要吃4吨虾；寿命是90到100年；心脏像一辆汽车那么大；舌头上可以同时站50到60人……

说实在的，我以前只知道蓝鲸很大，其他就不知道了。这回矿矿告诉我不少我第一次听到的东西。

这样，矿矿终于完成了他有生以来的第一份研究报告：《蓝鲸》。论文是由3张活页纸订成的。第一张是封面，上面画着一条张牙摆尾的蓝鲸。蓝鲸的前面还用笔细细地画了一群慌慌张张逃生的小虾。在封面的左下方，工工整整地写着 By Kuangyan Huang（作者：黄矿岩）。论文含4个小题目：介绍；蓝鲸吃什么；蓝鲸怎么吃；蓝鲸的非凡之处。

我不知道矿矿是怎样决定这些小标题的，也不知道他为什么对蓝鲸的饮食问题这么感兴趣？总之，老师要求至少写3个题目，矿矿完成了4个，好歹也算超额完成任务了。小标题下的正文不过一两句话。既没有开篇段，也没有结论段，读起来倒也开门见山。

这是我一生中所看到的最简短的论文。当然这也是一篇最让我感兴趣的论文。问题不是儿子在此次研究中学到了什么有关蓝鲸的知识。我更感兴趣的是，从这次研究的经历中，孩子获得了什么？学到了什么？

孩子从一开始就摆开了一副正经八百做课题研究的架势。收集资料，阅读，找观点，组织文章……一步不差，一丝不苟。从决定题目，到从那十几本书中发现对自己研究有用的资料，到着手写文章，孩子始终处在一个独立工作的状态下。他必须用自己的脑子去思考，去筛选材料，去决定"研究"方向……这个收获要比知道蓝鲸有多重、多长更具价值。

学以致用，通过运用把学来的知识变成自己的东西，这是美国素质教育的精髓之一。不看你学了什么死知识，而看你会用什么活知识；不看你怎么学死知识，而看你怎么用活知识；不看你学了多少，而看你能用和会用了多少。

在美国的中小学，老师都是十分热衷于搞"project"（课题）。所谓"课题"实际上是指"研究课题"。结合教学的内容，学生分组或单独进行课题研究。"研究课题"从历史人物、时事政治、人文地理到科学试验无所不包。最有特色的是课堂演讲或演示，孩子们把它当成是自我表现的绝好机会，包括炫耀最能显示个人才能的各种手工制作的道具（研究成果之一）。

八年级时，矿矿的社会学习课接触到美国的国内战争，授课的老师是矿矿最喜欢的亨利先生。老师要求孩子们就国内战争中著名的安提顿战役搞一个"课题研究"。

一拿到题目，矿矿就琢磨开了。他知道亨利老师最鼓励标新立异，矿矿决定把这场战役写成一个电脑游戏。

当时矿矿沉浸在一种叫MUD的电脑游戏中。MUD是一种网上的游戏，联上网全世界的人都能玩到。这种游戏的特点是无图形，只用文字来控制。可以进行对话，或用文字来指挥行动。矿矿一开始只是爱玩，到了后来注意力转移到了研究MUD的编写程序，现在游戏不玩了，跃跃欲试地想编一个拥有自己专利的游戏。

有好几个星期，每天放学回家，矿矿都埋头搞他的电脑程序。我很为他捏一把汗，其他的孩子搞的道具都是些仿制国内战争时期的服装、武器、吊刑的吊绳等。矿矿的想法确实有点太与众不同了。

课堂演示的前一天晚上，矿矿郑重其事地向我和妻子"彩排"了他编的新游戏——安提顿战役。游戏采用的是"回到历史"的形式。一开始出现的是矿矿学校的正门，一个学生先进亨利老师的教室。亨利老师向学生简单地介绍了大的历史背景，然后对学生说："如果你想看一看历史真实，请拿上这把钥匙，打开这个大门。走进历史去作个采访吧。"

于是，这个学生就进入了美国国内战争时期，走进南军的司令部去采访南军司令，司令官会滔滔不绝地介绍起南军的战略部署。到南军前线，还可以看到他们的兵力部署。在北军方面，除了会见司令官，你还可以同一个大个子士兵谈一谈。他会告诉你，他是怎样搞到对这场战役起决定性作用的情报的。整个游戏把一场战役从背景到细节介绍得清清楚楚。

看着我和妻子惊诧的目光,儿子得意地说:"我想我可以把《三国演义》写成 MUD 的游戏。"矿矿曾一口气读完了英文版的《三国演义》,把《三国演义》搬上电脑游戏是他的梦想之一。我当然不会相信矿矿已具备了这个能力,但我还是为他的自信所感动。

在课堂演讲时,矿矿的新游戏把全班同学和老师的感情都煽动起来了,同学们踊跃地要求参加演示。不出所料,亨利老师给了矿矿 130 分。100 分是满分,加的 30 分是对矿矿的特殊奖励。

从那以后,矿矿学电脑编程的劲头一发而不可收。他自学 C++,VB,JAVA,HTML。还学会了如何建网站,不仅给我的朋友 Freysinger 博士和 Felty 博士建了他们的个人网站,还就《素质教育在美国》开了"中美教育论坛"的网站。开站两个多月来,已吸引了 9000 多学者、老师、学生、家长的来访。美国某大学语言中心也想雇矿矿给他们做网站,因为专业公司的收费是 8000 美元,矿矿只收 800 美元。语言中心的主任告诉我:"我们已报请大学,看看能否不雇专业公司,而雇一个'孩子'?结果如何,让我们拭目以待。"

孩子毕竟是孩子吗

"孩子毕竟是孩子",这是一个似是而非的命题。孩子作为一个自然人,毕竟是孩子;但孩子又毕竟是一个有独立人格的社会人，他们不是一般意义上的孩子。我们的社会和文化，正是在该把孩子当孩子的时候，没有把孩子看成是孩子；而在不该把孩子看成孩子时，又把孩子当成孩子。

为什么美国孩子"低分高能"？我们能不能从中得到一些有利于我们发现自己问题的反证？

美国孩子"低分"的一个主要原因是因为美国的教育不注重学死知识，美国的老师不屑于教孩子怎么考试，怎么得高分。美国孩子"高能"的一个重要原因是美国的文化不管孩子有多幼小，都能把孩子首先当成一个有独立的人格、有自己的尊严、自己的感情、自己的思考、自己的独立意志和独立追求的人。

1999年秋季，矿矿到天主教会办的Moeller私立男校去上高一（即国内的初三）。美国到了高中才有校际的足球赛，能不能参加校队需要充分地尊重每一个孩子平等的竞争权利：即任何一个孩子都可以报名参加，但最后能不能留在队里，则看你自己能不能通过叫"淘汰竞争"的测试。换言之"起跑线"是开放的，谁都可以来参加竞争，但最后能不能成为队里的一员，要看你整个竞争过程的表现，看在"终点线"上的"判决"。

矿矿和他初中的好友麦德为了参加足球队，决定参加"淘汰竞争"的测试。麦德的哥哥是该校橄榄球队的队员，放出风来："淘汰竞争"非常残酷……看儿子那跃跃欲试的样子，我和妻子决定去看一看。

"淘汰竞争"于7月16日下午3点开始,烈日当头,但参加各种运动队的试训者熙熙攘攘。我虽戴遮阳帽,还顶不住酷热,钻到树荫底下。

学校要组建A、B、C三支足球队,一般来说是按年龄和球技分队,但为了鼓励竞争,低年级身体壮、技术好的球员,也可能"提拔"到高年级的队来。每队需要约25名正式球员,但参加试训者约有200人。

开始是环校跑,可能有1500米,一圈下来,矿矿跑在中间;接着是三组400米跑,矿矿是中上水平;又接着四组100米折返跑,矿矿还不错,大约在第四、第五名之间。

我以为大概就差不多了吧,看孩子们累得那个样,歪歪斜斜的,该淘汰谁淘汰谁。谁知道,试训并没有结束,又进行两圈环校跑,三组400米,四组100米折返跑。这一轮下来。直看得我胆战心惊,以为总该结束了吧。万万料不到的是,又进行第三轮,我看不到自己的脸,反正妻子的是失色了。

场上有孩子晕倒,有孩子抽筋,有孩子呕吐……

我真想把孩子叫回来,不要试了,那个球队也没什么大不了的!但要在众目睽睽之下,把孩子叫回来——做第一个,也可能是惟一一个主动退下来的人,又实在难以决断。最后,孩子们到底跑了多少,我们没有数,孩子也记不得。

麦德一边跑,一边吐,一边说:"这就是基督教的学校,这就是基督教的学校……"

更奇怪的是,我和妻子是惟一到场观看的家

长。到底是美国家长知道如此残酷，不愿来看呀，还是根本就认为是孩子的事而不来看？我迷惑了。

看着面色煞白、一拐一拐的儿子，好心痛！真想出言劝他，但看儿子并没有退出的意思，又说不出口。于是，我拐着弯儿说："那些跑在后面的，都看着没有希望，为什么还不干脆退了？！"

儿子看也没看我，说："爸爸，自己退出来和选不上是不同的，你可以退出足球队，也可以退网球队，退来退去，你还能往哪里退呢？没有到最后一分钟，谁都还有机会。跑在前面的，可能下一轮就挺不住了呢！"这是他在这个既充满机会，又充满竞争的美国社会里"悟"到的！

后来，他参加了足球队。一次，在滂沱大雨中训练。美国家长们一个个坐名车静静地等着。我看着那朦朦胧胧中的格林童话似的住宅，再看在泥水里翻滚的孩子们，我似有所顿悟，但顿悟了什么，我也说不清楚。

大树是由小树长大的，小树是由种子成长的。在孩子还毕竟是孩子的时候，就要植根社会，才能长成栋梁之材。如果以为"孩子毕竟是孩子"就把他们关在教室里，书斋里，那么失根于社会的种子，就只能是一颗永远不发育的种子。

美国的孩子从上初中起就开始试探着走进社会了。各州的法律不大一样，但都对孩子参加工作的年龄有严格规定。据说，俄亥俄州规定孩子要年满14岁才能被雇用。在超级市场里，常常可以看到许多看上去不过十三四岁的孩子在忙着帮顾客收钱、装袋。顾客多时,他们会工作得很努力,顾客一少下来,他们的"狐狸尾巴"就露出来了——就会互相打闹一阵,开一阵子玩笑。

矿矿刚满13岁那年,他就开始兴奋起来,经常在我们面前制造舆论:"我差不多可以到外面去打工了。""我的朋友去年夏天就在迈尔超市做装袋工,他说他可以带我去见那里的管理员。"

我有位朋友在克里夫兰市政府工作,他的妻子正在攻读博士学位,他们的独生儿子迈克正上高中。有一次我到克里夫兰市办事,同他们夫妇俩一起去饭店吃饭。饭后,朋友说带我去看一看他们的儿子。迈克在一家录像带出租店上夜班。我们坐在车里,从大环境里看着迈克工作的背影。朋友自豪地告诉我,他每天晚上都开车接送儿子。有时故意来早些,这么坐在车里看着儿子工作。"孩子不需要那个钱,但需要学怎样才能独立生存!"这是朋友给我的忠告。

美国孩子七八岁起就开始在邻里找活干了。临时帮带孩子,帮养几天狗或猫,帮整理花园草地,雇主或是按钟点付钱,或是按工作性质付钱。

简评

本文作者黄全愈先生,是旅美教育学专家、博士,任教于美国迈阿密大学,近年又挽起裤管"下海"当儒商,在美国办了间叫"HCK"的公司——其实还是殊途同归,周旋于中、美的教育和文化交流、企业管理、人才培训等教育"本行"。比较关注中美教育的黄全愈先生长期致力于中美教育和文化交流。所著的中美教育比较系列专著,在中国教育界不断引起强烈反响,尤其素质教育理念对中国当下的教育改革产生了深刻的影响。一个又一个万众瞩目的焦点问题多方引起国人的深思:如果说中国的教育不行,为什么中国留学生的孩子在美国成绩那么好?如果说中国的教育很棒,为什么中国的科技落后?如果说美国的教育好,为什么常年在美国读书的孩子回国后无法跟班?如果说美国的教育不行,为什么只占世界人口的5%的美国,却获得了60%~70%的诺贝尔奖?就上述一系列问题,留美博士黄全愈花了十几年心血,用"参与观测法"深入到美国教育的"心脏"中去做研究,并对国内的教育提出了发人深省的反思。

在国内产生剧烈反响的是,作者的孩子矿矿五岁到美国,当然成了他的研究和观察对象。作者的叙述和分析,引人入胜,诱人深思;所提出的问题,一针见血、振聋发聩。在此基础上写就的《素质教育在美国》,被誉为"20世纪中国的《爱弥儿》",曾荣登中国大陆非文艺类畅销书排行榜榜首。《素质教育在美国》一书给了我们许多的启示。尤其作者描述自己在美国读小学的儿子矿矿几次做研究的经历引起国人的极大的兴趣,其中小学二年级时的研究似乎有点匪夷所思,老师给学生规定"研究论文"至少要有三个问题,要写满两页纸。矿矿出色地完成了任务,他的论文是由3张活页纸订成的,竟然包含四个小题目。美国小学二年级的学生都能郑重其事地写出论文,那么我们还有什么理由怀疑这样的素质教育?读过之后,对比我们眼下的教育,相信你会有一个比较科学的认识。有些听起来和我们有相当距离的教育理念,无论你是教师、家长或是正在上学的学生,一定会有自己的认识,或者说,我们对自己的应试教育感到不满,我们的素质教育还走在路上,如何看待我们的应试教育和美国的素质教育?相信读过本文能给我们一定的启迪。

需要指出的是,在美国其实没有"素质教育"这个说法,但是美国教育的很多做法,尤其是他们极为推崇的"通识教育",实质上就是我们所理解的素质教育。正如在哈佛大学委员会1945年发表的《自由社会

素质教育在美国

159

中的通识教育》报告中所言,美国通识教育的目的是将学生培养成美国民主社会的责任者和称职的公民,使接受了通识教育的学生能够做到"有效地思考、交流思想,做出适当地判断并区别不同的价值观念。"正是在这样的素质教育思想指导下,美国无论其基础教育还是高等教育,都逐渐形成了注重学生的自由平等意识、民主意识、公民意识、竞争意识、创新精神,并且注重学生的个性培养、品德养成等鲜明的特色。由于我们国内对美国大学的通识教育情况介绍的比较多,容易使人产生一种误解,以为美国只是在大学才进行"通识教育"这种形式的素质教育的,其实美国的素质教育从基础教育阶段甚至是幼儿教育阶段就开始了。

美国的素质教育是一个整体,它不仅贯穿于从中小学到大学教育的整个过程之中,而且同时,其家庭教育、学校教育和社会教育还相互配合,这与我们的教育大环境中学校与家庭的脱节是不一样的。这就避免学校教育与家庭教育的方向的不一致而影响素质教育的效果,使其素质教育能够做到真正有效地实施。比如,在培养孩子的民主意识上,美国父母往往以身作则,他们将自己的孩子视作是一个平等的个体,有什么事情往往是通过与孩子进行平等对话协商解决,很少采用强迫和压制的方式,这样就使孩子从小就自觉地形成了一种尊重、包容和平等的意识。

从事教育的都知道,在基础教育阶段,实行"学分制""选修制"对学生的成长教育是科学的,有用的。毋庸讳言,我们在本世纪初以来的"新一轮课改"中,也曾摆开架势推行"学分制""选修制",几年以后,雷声大雨点小,最终只能不了了之。值得一提的是,在中小学基础教育阶段,美国学校就真正实行了学分制和选修制。它们为学生提供了非常丰富的课程内容,除了一些必修课以外,还设有各种各样的选修课供学生来根据自己的兴趣爱好进行选择。而且,在课程的设置上也非常细致,充分考虑到不同学生的将来就业还是升学的需求。比如,他们在中学里还设有一些职业技术课程,同时也有一些大学预科的课程。这样,既有利于那些中学毕业就去工作的学生,也有利于将来进入大学继续深造的学生。这与声名显赫的中国高考"千军万马过独木桥"充满火药味的竞争存在根本意义上的不同。同时,如果有某些学生对某些方面的课程,比如对音乐、戏剧、美术、体育等,有着特殊的兴趣和爱好而希望进一步深入学习,在中学里面也会设置一些相应的高级强化课程满足他们的要求。另外在具体的教育方法上,美国学校比较注重培养学生的想象力、创造力和动手能力,培养学生分析问题和解决问题的能力,而不是单纯的知识灌输,这之间的差距就更是不能以道里计。

　　实话实说,关心教育、研究教育的人很多,甚至多得难以计数。这些人也做了大量的工作。可是我们教育究竟如何呢?复旦大学钱文忠教授在"第三届新东方家庭教育高峰论坛上的演讲",有些观点和本文作者的观点有异曲同工之妙。这里摘取几段:"对当下的中国教育我只有四个字——我不相信。""我们在不断让步,为自己找理由,为孩子们开脱。我想说,教育不是这样的,也不应该是这样。""我们今天讲快乐教育……凭什么教育是快乐的?我实在想不通,教育怎么一定是快乐的?恐怕被外国教育搞晕了吧!教育里面一定有痛苦的成分,这是不言而喻的。""听说前段时间教育部发了一个文件,内容是'赋予老师批评学生的权利',老师批评学生的权利要赋予?现在对孩子一味表扬,那惩戒呢?……教育可以没有惩戒手段吗?""我觉得教育不能再一味让步,我们对孩子要真的负责。不要迎合社会上一些似是而非的说法,什么素质教育、什么快乐教育、什么应试教育。应试是最基本的素质。""我们现在要让孩子尽量生理健康、心理健康,我们把未来的选择权放开给他,因为我们对孩子负不起责任。"……不知对于这些说法,读了黄全愈先生《素质教育在美国》之后,你作何感想?!虽然所述并不是美国

素质教育在美国

161

素质教育的全部,但值得我们学习的东西不少,至少在某种程度上为我们提供了可供借鉴的成功范例。

人类的动物园

◇ 毕飞宇

一

每个城市有每个城市的动物园。"动物园"这个概念本身就隐含了"城市"这个概念的部分属性。狩猎文明与农业文明是产生不了"动物园"一说的,工业文明出现了,人类便有了自己的动物园。

动物园的出现标志了人类对地球生命的最后胜利。人类终于可以挎上相机、挽上情人的手臂漫步狮身虎影之前了。人类从来没有这么自信过,敢用食指指着狗熊批评它的长相,敢和雄狮对视龇着牙做个鬼脸;人类也从来没有这么潇洒过,轻易地对鳄

本文选自毕飞宇《人类的动物园》(人民文学出版社 2013 年版)。毕飞宇,男,1964年生,江苏兴化人。著名作家,南京大学教授,江苏省作家协会副会长。20世纪80年代中期开始小说创作,代表作品有《青衣》《平原》《慌乱的指头》《推拿》等。

鱼扔一只烟头,对假睡的老虎吐一口唾沫。人类对凶猛动物的敬畏原先可是了不得的,诸如"老虎的屁股"、"吃了豹子胆了"、"河东狮吼"都是动物留给我们人类的最初惊恐。这些话如今只剩了"比喻"意义。武松要活着,也不至于披红戴绿了吧。人类总能把自己恐惧的东西打翻在地,再踏上一只脚。人类就是这样伟大。要是世上真的有上帝,他老人家现在一定在笼子里了。

这样一想我便害怕,"九天揽龙""五洋捉鳖"之后,人类的敌手又将是谁呢?抑或,万一哪里的猴子吃错了药,进化得比人更厉害,我们要关到怎样的笼子里去?

我读过几部关于动物的书。在许多这样的科学读物里,都有动物"作用"的介绍。而这样的"作用"又是以人的需求为前提的。比如说,一提起犀牛,便是:"肉可食、皮可制革,角坚硬,可以入药,有强心、解热、解毒、止血之功效。"至于老虎,更是了不得,就是那根虎鞭,也足以抵挡一卡车"东方一枝刘"。从这个意义上说,人类的每一员对动物世界的习惯心态都是帝王式的,为我所领、为我所用。而一旦动物们以"人"的姿态进入我们的精神世界时,三岁的孩子都知道,那只是"童话"。假的。成人是没有童话的。你要自以为是一只兔子,喊狐狸一声"姐姐",世界人民都会拿你当疯子。人类可是有尊严的,在动物面前个个都是真龙天子。完全可以这样说:动物园时代开辟了动物的奴隶主义时代。

二

　　说到这里很自然地要写到三样动物：狗、猫、猪。我之所以要提及这三位先生，是因为我的一个发现：所有的动物园里，几乎都没有他们（是他们，不是它们——作者注）的身影，即使有，也是轻描淡写，一笔而过。究其原因，是他们的"家常"，即通了人性。先说狗。狗的口碑并不好，是谓"小人"也。"狗眼看人低""狗腿子""狗娘养的""狗尾巴"都已经"人格"化了。然而人类爱狗，狗乃人类一宠物也。何故？他是通了人性的。狗的"似人非人"满足了人类"主子"的思想与"奴才"的思想的矛盾需要。张承志先生在一篇文章里非常诗意地论述过狗思想与狗精神。我读了几乎热泪盈眶起来。我一冲动，差一点说出"我要做狗"这样的话。我甚至觉得我们这个民族之所以落后于日本民族，正是由于缺少了某种思想与精神。后来我终于没有这样喊，我似乎弄通了一个参照：狗之可贵，也是对人之需要而言的，有了这个参照，狗才可敬可爱起来，失却了这个参照，便是瞎激动。我们人类既然已经做了君主，就得有点君主的样，要不然，狗会伤心，也会批评我们。说我们"为君不尊"。

　　其实，要真正让我做狗，我还是乐意的。甚至我会努力做一条好一点的狗。但好狗是有标准的，就是决不学人样。狗的不幸是学了人，且通了人性。

人类的动物园

165

这真是狗的大不幸。人类的精明之处在于不让狗做真正的狗。让狗有点人模，同时又还是狗样。人类用一块骨头或一只肉包使狗渐次"异化"，终于落到"狗不狗、人不人"。我个人认为，"人不人狗不狗"，这句古语蕴藏了人对真正狗性的尊重，狗后来之所以下三流，在其"不狗"之上。狗在这一点上不如狼的坚决。人类之所以不能蔑视狼，是狼有自己的原则：不给我骨头我吃人，给我骨头我同样吃人。狼这么恶狠狠地一路吃下去，人类只能远之。狼总是对人类说：在上帝面前，我们的灵魂是平等的。也许正因为这一点，动物园里最焦躁不安的就是狼，他总是来回走动，想着他的千秋宏愿、未竟事业，胸中汹涌万顷波涛。我每次见到狼都是郁闷难平。

猫要下流得多。我几乎不想提这个东西。她泪汪汪的大眼和满嘴胡须简直莫名其妙。她小心翼翼的小姐模样、躲在角落里打量人的姿态、眯起眼睛弓了腰，体贴主人的抚摸触觉的努力，都标示了她的猥琐。猫的最大特点在其腰板上，猫的腰板那样没骨力还背了个脊椎动物的名，真是讨了大便宜。但谁又计较她呢？猫的不怕摔打可能是另一种天赋，一跤之后，她总能站得稳，立场紧定，四爪朝下。可不知道怎么回事，猫站得愈稳，我愈觉得恶心。站得那么稳还要看狗的脸色，不如摔死了省事。

关于猪，我想说它是一种植物。长满肉，随农夫宰割。或者我想这样说，它是一种会走路的肉。人类用几千年心血教它做奴才，它就是连这点心智也没有,只能把它杀掉。猪是唯一在杀戮时得不到同情和尊重的生命。生得肮脏,死得无聊。作为生命,猪是一个失败的例子。

三

现在让我们真正来到动物园,来到那些被称作"动物"的世界去。我是爱逛动物园的,有时带着妻子,但大多独步而行。我的心中碰上大波动是不肯坐咖啡屋的。于我而言,动物园是平静风火浮躁、产生感觉与思想的地方。我到许多城市都要先去动物园。有动物园垫底,什么样的人我全能对付——这只是一句笑话罢了,我的的确确是爱走走动物园的。

就个体生命力而言,人类只能数中等水平。人类最终能按自己的逻辑摆布世界,这实在是一件不逻辑的事。康德对人类的秩序曾有过热情洋溢的赞美,人类给定了宇宙一个法律,宇宙似乎真的执行了这一法律,康大人一定高兴坏了。狮、豹、虎、熊、狼,谁的"腕儿"不比人大? 谁的"交椅"没有人高? 上帝就是把世界给了人类。我注意过上述动物在铁笼子里的眼睛,他们无限茫然。他们弄不明白上帝一不小心,小丑怎么就成了主宰生灵的英雄了。莎士比亚毫不自谦地说,人类是"宇宙的精华、万物的灵长",狮子们当然是知道莎士比亚的这句话的,他们嗤之以鼻、死不认账。然而,历史只认成败。这是历史的小气处。

人类的动物园

优势的大逆转在两个字上：琢磨。

动物们不注重上帝的心思，而人类爱琢磨宇宙里所有的举手投足。人类知道自己想要做什么，便有了目的；人类明了怎样才能达到目的，便看见了规律。有了目的、把握了规律，人类的身影在地平线上慢慢就变得巨大。一支麻药，一个陷阱，猎豹的矫健身躯倒下去了，黑熊的粗硕个头塌下来了。四两拨千斤、以毒攻毒……动物世界节节败退。人类，这个上帝的平庸之子，开始在世界微笑了。人类牙齿的洁白光辉标志了他对世界的占领。就像西方寓言里老猎人对狐狸说的那样：任你满身灰毛，但见我白发苍苍。"白发苍苍"显示了人类在"琢磨"上的多大耐心与功力！动物失败了。他们在囚笼里追忆似水年华与失却的天堂。"雕栏玉砌应犹在，只是朱颜改，问君能有几多愁，恰似一江春水向东流。"

悲夫！"昔日横空莽昆仑"，平阳狮落遭人欺。

站在动物园里，我时常想，如果没有人类，世界的主人到底会是谁呢？或者说，如果上帝再给所有的动物一次机会，谁是世界最后的"秦始皇"呢？

我看好狮子。

这里头当然有我对狮子的偏爱，但更多的是一种哲学推论。我注意过古埃及人的图腾意识，他们的"狮身人面"像给了我极大的困惑。根据我的理解，"狮身人面"这个汉字翻译是成问题的，而应当是"狮身人头"。古埃及人在尼罗河畔、金字塔下、黄土之上对生命的理想格局一定是绝望的。"狮身人面"

说明了他们矛盾的心态。这种绝望心态给了他们极大的勇敢想象：人类的理性精神+狮子的体魄=理想生命，只有这个生命方能与"自然"打个平手。这样的想象结果是苍凉的、诗意的，是哲学的，也是美学的。

　　然而，就狮子自身而言，他蔑视"智能"。狮子对自己身体的自信与自负使他视智力为雕虫。狮子的目光说明了这一点。我常与狮子对视。从他那里，我看得见生命的崇高与静穆，也看得见生命的尊严与悲凉。与狮子对视时我时常心绪浩茫、酸楚万分，有时竟潸然泪下。我承认我害怕狮子。即使隔了栏杆我依旧不寒而栗。他的目光使我不敢长久对视。那种沉静的威严在铁栏杆的那头似浩瀚的夜宇宙。那种极强健的生命力在囹圄之中依然能将我的心灵打得粉碎。我没遇见过狮吼和狮子发威。他就那样平平常常地看你一眼，也胜得过千犬吠、万狼嚎。我意识到这是不公正的，不"民主"的，但民主似乎并不见得是生命力的平均。

　　狮子是离上帝最靠近的一种动物。狮子的表情一定正是上帝的表情。狮子的眼睛里一定有上帝的精神内涵，谁能与狮对视，谁就在接近上帝。问题是，有哪一种生命能与狮对视呢？在狮子面前，所有的生命只能做一件事：转过身去，然后，撒腿狂奔。

　　人类就是这样离上帝远去的，不少动物都是在逃跑中建立起了自己生命的特征。上帝一定无可奈何死了。生命世界就这么一个窝囊相。

四

我注意过以狮子为代表的高级动物和以蚂蚁为代表的低级动物的区别。生命的高级与否往往取决于一点：有无孤寂感。越高级的动物往往越孤寂，同样，越低能的动物则越喧闹。高级动物们都有一种懒散、冷漠、孤傲的步行动态，都有一双厌世不群的冰冷目光。他们无视世界的接受和理解，只在懒洋洋的徜徉中再懒洋洋地回回头，看过自己留给苍茫大地的踪迹，他们便安静地沉默了。他们的沉痛与苦楚都是隐蔽的，他们的喧哗与欢愉也是静悄悄的。这种沉默可能来之于他们涉足过的广袤空间。巨大的空间感是易于造就巨大孤寂感的。在孤寂里，生命往往更能有效地体验生命自身与世界。我知道这世上并没鲲鹏，我所知道的这种动物是从庄子的《逍遥游》里得到的，"背若泰山，翼若垂天之云，抟扶摇羊角而上者九万里，绝云气、负青天，然后图南且适南冥也。"可以想见，在九万里青天之上，鲲鹏展翼而飞，将是怎样的大孤独大自在与大逍遥。谁能知道他的精神空间呢？不知道为什么，我每次读《庄子》，得到的不是悟彻、"看透了"，而是苍凉与酸楚。世界是那样的不可企及，就连庄子这样的巨哲，也只能借想象中的鲲鹏而逍遥一番，可见逍遥是多么困难。而今大街上满是"何不潇洒走一回"，真是浮躁得了得。

蚂蚁就是能闹。我想许多人都是爱着蚂蚁"走穴"的。为了一粒米，一块肉屑，一只苍蝇的尸，蚂蚁出动了成千上万的部队，他们热情澎湃，万众欢呼，群情激奋，汹涌而上，汹涌而退。我时常在观察蚂蚁时失却了世界。蚂蚁辛勤的一生让人肃然起敬，又让人可悲叹。我时常出于同情，给蚂蚁王国送去一大碗米饭。我想，那可以给他们的国家用好几年了。但是不行。蚂蚁就是那种忙碌猥琐的品格，这种品格决定了他们的生存。没有了那种让人难忍的品格，蚂蚁就不存在了。他们勤劳而又安居乐业，他们为此而充实而幸福，我们又何必硬要同情幸福者什么呢？

　　和蚂蚁是不能谈哲学的。有一个夏日午后我把一群蚂蚁放到一只乒乓球上，我不停地转动小球，蚂蚁就那样用功地"长征"了一个下午。我想，蚂蚁一定在说：啊！地球是多么巨大。我敢打赌，说这话的蚂蚁是最智慧的一只蚂蚁，相当于一个"诗蚂蚁"吧。

　　说到这里极易产生出这样一个误会，以为动物的高级与否决定于他们的体积，其实未必，与动物自身的气质习惯相较，体积实在次要的，虽然体积提供了更多的能量。比如说熊，我便不太喜爱，这也是个缺乏孤寂感的家伙，行为怪异，心气飘浮，由于积了一身好力气，便有些像做打手而暴发的那一类，手持大哥大，腆了大肚皮，整天喷着酒气，横行霸道，凶残无礼。处处可见四脚发达大脑简单的蠢样。在动物园里,熊是受戏弄较多的一族。熊在动物里属于那种为长不尊的典型。这委实也受制于熊自身的品格了。

五

我从赵忠祥先生解说的专题片《动物世界》里发现这样一个现象;弱小生命之间往往是相互同情的,互为因果、相依为命的;强大生命之间则是另一种景象,他们之间彼此都很克制,懂得尊重与忍让。我注意到非洲草原上猎豹与雄狮的和睦相处。他们井水不犯河水的安详画面让我感动。猎豹在一边怀旧,而狮子则享受着自己的天伦之乐。这对"一山容不得二虎"是一种嘲弄。这是强大生命之间表现出的一种真正自信。这样的自信是上帝赋予的,没有任何装腔作势,故而平静如水。比较起来人类与狗就小家气多了,胆子越小的狗就愈会叫,自卑的人类则喜欢端了一副架子,放不下。其实,生命的自信是这个世上平静的根源,只要有一方对自己没把握了,世上就有了阴谋与战争。越是担心被对方吃掉,越是想一口吃掉对方,而且吃得不光明、不磊落,即使衔了敌手的尸,也要躲进丛林里去。等吃完了死尸,才敢弄出一副王者的模样来,舔舔唇边的血迹,踱着四方步,对夕阳款款而行。

我觉得动物间的这种等级差别是极有意味的。等级其实正是秩序。它展示出来的恰恰是强、弱之间的力量落差。有了这个落差,弱者的同情与强者的礼让显得太局限了,永恒的生动的画面是:吃与被吃。

六

在这里我想提及另一类动物,牛、马、驴、骡。这几位朋友我想分开来提及,当然是出于他们与我们人类的特殊关系。这几位朋友中,我对驴的感受是特别深厚的。所有有眼睛的生命中,驴的眼睛是最动人的。我读大学时最常做的事就是看驴眼。驴的眼睛光润而又忧郁,他注视远方的凝神模样完全是一位抒情诗人。但我从来听不见驴倾诉什么。罗曼·罗兰说,许多不幸的天才缺乏表达能力,把他们沉思默想得来的思想带进坟墓里去了。我认为罗曼·罗兰这话完全是为驴说的。和驴对视时常让我双眼湿润。在我读大学的最后一个初夏,我正经历着人生的第一个关口。那是我的灵魂极其苦痛的日子。我不得不逃课,一个人在校园内外四处走动。就在这个初夏,我的大学校园突然出现了许多驴,他们是为一个高大建筑物拖运砖木的。驴的眼睛很吸引了我,我是怀着一股崇敬端坐在驴面前的。驴的眼睛太美了,超凡脱俗,典雅清澈,闲静时似娇花照水,眨眼时似弱柳扶风。完全是产生大思想的样。驴就那样伤心郁闷地望着我,对我寄托了无限希望与重托。我从驴的眼睛里看见了拯救、启蒙等伟大话题。这样痛苦的对视持续了十多天。我想我快发疯了。人也瘦下去。但驴就是不开口,甚至不给我任何暗示。我一遍又一遍在心里问:驴,你忧郁什么?你痛苦什么?驴眼就是阴天那样不语。驻留给我心灵的创伤是巨大的,至今不能愈合。我总觉得我至今有一种境界没有领悟,有一种情感没有体验,有一种心灵震颤没有经历,有一种使命没有完成。而这些不是我的大学图书馆留给我的,是一群驴。我怎么也弄不通长了这样聪慧眼睛的动物为什么会被人类说成"蠢驴"。人类真是太蠢了。我觉得我们应当好好研究研究驴,甚至可以建立一门新兴的"驴学"学科,没准"一不小心"便会弄出相对论或哥德巴赫猜想来。谁知道呢。

下面当然就要说到骡子。骡子是带有喜剧色彩与悲剧意味的东西。这东西相当怪。我怀疑只有中国有这种东西,我甚至觉得其他语种里压根没有与"骡"这个汉字相对应的单词。谁都知道骡子是个杂种,是马与驴的杂交结果。有一点是完全可以肯定的,骡子不能生育后代。依照逻辑,骡子似乎是(似乎是——作者注)不该有性别和性欲这两样伟大事物的。这样说来,骡子到底算不算是动物就很让人头疼。一个有血有肉的种类居然没有生育能力而存活在世上,委实滑稽到了荒唐的地步。太好笑了。一个在种上没有延续能力,一个在类上没有列祖列宗,却能在世上永垂不朽下去,骡子真是旷世奇才。如果骡是人类的事,那好笑的当然是人类;如果只是中国特有，这样的"中国特色"也太让人哭笑不得了。不过，我至今没在动物园里见过骡子。是共同疏忽，还是从来就没人拿骡子当"动物"？我个人以为，这个话题蛮有意思。

七

听说，仅仅是听说，不少国家——津巴布韦、坦桑尼亚等——是有"国家动物园"的。国家动物园的玩法和城市动物园的玩法有一同一异。同，都是看动物。异，方法是相反的，一个是动物在笼子里，一个是人在笼子里。如果这个"听说"是成立的，"国家动物园"就太反讽了。虽然这种玩法很新鲜，也很刺激。

主与客的位置变化，看与被看的心理逆转，是我们能够面对与承受的么？这句话换一种说法就涉及自由上去了，万一人类没有自由了，也能指望动物们建立一支"绿党"么？关于自由，放在这里讨论可能更惊心动魄些。人类给予人类自由与不给予人类自由，早就闹了不少话题，当人类一旦从属于动物之下时，人类——所有的人，对自由的看法会不同的吧。由此可不可以这样说呢，当人们意识到自由之可贵时，其实我们离笼子就不远了。笼子意味着空间的失去。而没有空间的时间，是多么可怕、恐怖！所以人类发明了监狱，剥夺你的空间，只给你时间，以此达到惩罚和净化。这时的时间是无比狰狞的，虽然人人都求长寿,活到百岁是每人的奢愿,可又有谁愿意听到"有期徒刑一百年"呢?完全可以设想,当人类处在动物的笼中时,人类一定会干脆连时间也不要的,一死了之了。幸好人类终究没有成为笼子里的尤物。不过我们别忙欢庆我们的胜利,动物的"想干而没敢干"的事,没准人类自己会那么做。人类"一不小心"就会做出自己目瞪口呆的事。我很担心伟人们的"一不小心"。魔鬼还不是上帝"一不小心"给弄出来的。就算人类不这样作贱自己,把自己放进笼子,我也很为我们的未来担忧,有句话是怎么说的?"三十年河东,三十年河西",到时候谁还弄得清哪里是笼子东,哪里是笼子西?夜里睡不着觉哩。没准一觉醒来,动物们正在我的窗外头,夹着烟、挎着BP机、留着对分头、满嘴狼言狈语,谈笑风生地一路走过去,那真是没辱煞列祖列宗也!那时候我们总不至于蹲在笼子里,无记名选举"笼长"吧?

然而,我倒是希望我们的国土上能有一座"国家动物园",从"国家动物园"里走一遭的人,应该都能成为真正的人。至少,能知道人类的今天还是有点乐趣的。这么说吧,上帝既让我们做人,上帝既拿我们当作"人"看,总得对得起上帝吧。我这样说当然没有"人类沙文主义"的意思,就像我说"我要做一条好狗"一样,既做了人,就该做得有点人样。人的模样、狗的嘴脸,狼心驴肺、鸡脖子鸭爪,也太不是东西了吧。让上帝见了也吓昏了头,总不太厚道。就我个人而言,投了"人胎"是没有自豪的,既做之,则安之吧。我最听不进的便是拿"当牛做马"以示自谦的一说,牛和马要不碰上人,日子差不了哪里去吧,哪里就不如人的呢?人类真是自大惯了,骂自己都不会骂了。说到底"国家动物园"是用得着的,比读一回博士来得管用。

八

该说的其实都说了。为了弄点所谓的"深度",不妨玩一回深沉,也"思考"一把。弄不好也"一不小心"弄出一部启示录来。

我们人类总爱说这样一句话,"地球,我们的家园。"这话气派的确大,三下五除二就冲出院墙国界,直指地球。不过地球委实不独是我们人类的。没准有人说,人类这么多人,地球不给我们,还能给谁?这话差大了。地球上蚂蚁有多少?麻雀有多少?苍蝇、蚊子又有多少?人家也没拿地球当家私。我不是共产党人,不过我委实是一个地球共产主义者,大家都在地球上混,玩玩罢,有什么必要独吞?

人类对其他生命种类的不节制行为是一种不妙的事。我知道人类的理想,是想拯救生命。就是创建动物园,除了满足人类的好奇之外,确有拯救动物的意思。但根据我的阅读经验,我发现,人类一旦想拯救什么,什么就会遭殃,这样的结论似乎被人类自身的实践多次证实。把狗还给狗。把狮还给狮。把水牛还给水牛。这是我们人类唯一要做的事。生命一直是结伙而行的,别的生命都进了动物园,人类的末日便不远了。上帝的事还是留给他老人家去做,他老人家不发话,不让我们"按既定方针办",我们还是老老实实做人为上,替动物们想得太多,当心人家不领情。我别的不怕,就怕人类自作多情,"一不小心"把自己给赔了。

简评

　　发表在《雨花》杂志上的散文《人类的动物园》,是从窗口似的动物园聚焦,广泛地反映了社会现实的方方面面。这篇被很多媒体竞相转载的散文其实就是一篇文化散文。应该说,这篇散文比风靡一时的所谓"大文化散文"更显得灵动而富有才情,因为它没有坐在图书馆里写这篇文章,更没有从古书堆里淘出什么来显示自己博学。毕飞宇的这篇散文诞生于一次雨中看动物园。据说,毕飞宇为了写这篇散文,特地在玄武湖公园里的动物园冒着雨整整待了半天,才终于找到了他要写的东西。这是真正属于文化散文的东西,是给文化散文以生命的东西。

　　本文把"动物园"置于广阔的社会背景之上,尽情挥洒、描写,写动物也是在写人;动物百态,亦庄亦谐的文字背后时时有人类的影子。或恬淡雅致,或动感活泼,或意韵悠长,或辛辣讥讽。这些生动感人的文字不仅给人以和谐宁静的艺术享受,更能引发人们重新发现动物园里的是是非非,乃至从不同的角度颠覆了一般意义上的人和动物的传统观念,进而审视生命,关注生态环境,思索人类命运。其中一个重要的话题,就是人和动物的关系,当然人和动物本不是对等的关系,但是,"人类对其他生命种类的不节制行为是一种不妙的事",具有一种振聋发聩的力量。文章虽无我们常见的人类戕杀动物的血腥场面,但引起人类对动物(也就是对自然环境)的思考却是更深层次的。人与自然和谐直接关系到人类的生存环境问题,教训有时是很惨痛的。人不应该把自己看作主宰一切的暴君。轻贱生灵,暴殄天物,生态平衡就会被破坏,人自身的生存也会受到威胁。著名剧作家沙叶新先生有一篇"嬉笑怒骂,皆成文章"的《中国动物各阶级分析》杂文,精辟独到的分析让人忍俊不禁。文章的结尾说:"西方人将狗当作自己最好的朋友。美国第一夫人是希拉里,美国的第一狗是BUDDY,这是一条小猎犬,BUDDY意译是'伙伴'的意思,音译可译为'把兄弟'和'把弟',音意兼顾,译得妙极。克林顿将狗叫作'把弟',那克林顿自己就是'把兄'了。总统和狗称兄道弟,说明西方的狗不但享有充分的狗权,也享有人权。所以对中国动物的各阶级分析,不适合西方,国情不一样哟。"毕飞宇先生在本文中说到狗的时候说:"张承志先生在一篇文章里非常诗意地论述过狗思想与狗精神。我读了几乎热泪盈眶起来。我一冲动,差一点说出'我要做狗'这样的话。"在动物身上,两篇文章从语言到内涵是极其相似的,令人吃惊的是议论水平达到了非常人所能达到的高度。

我们知道,在自然界中,除了人类之外,动物是最具灵性的。它们不仅在自身机体受到外界影响时有极其灵敏的反应,它们甚至有喜怒哀乐的感情。大自然赋予了所有生灵生存的权利。人应该和动物和睦相处并且善待动物。我们只要用悲悯的心灵对动物做精微的观察,就会在动物身上发现很多人类的感情,甚至在它们身上反照出我们人类的弱点。因此,作者不认为人类比动物伟大,很多时候或许觉得动物的灵魂比某些人要高贵得多。比如:

猪是人们常见的动物,人们提起猪,除了想到它的肉用价值外,大约就是它的脏、丑、蠢。《西游记》里的猪八戒自私、好吃、好色而愚蠢,虽然不乏善良,终是可笑的蠢物。但那不能算作猪,而只能算是拟猪化的人。当我们撇开经济的实用的眼光,用人性的眼光来观察猪时,就会发现猪有时像个绅士,有时像个受委屈的孩子……而人也可以从猪身上

人类的动物园

发现自身的人性弱点。

　　一匹老马在碾道上走着周而复始永无尽头的道路，这是一幅悲怆的带有宿命意味的图景。但它有过青春，有过美好，可是它如今老了，它还在走着，为人尽它最后的力……悲剧具有永恒的震撼人心的力量。我们看到的是马，其实我们在这里看到的是人，是人的悲剧性命运。这匹老马使我们认识到生命自身的局限，它的哲理意味令我们难以忘怀。热爱生命吧，珍惜并保护一切可爱的生灵，人类具有博大的爱心才真正称得上造物的精华和万物的灵长。

　　鸡的形貌特色，各有不同。比如说，高大威猛、啄人的公鸡，因啄伤邻人的孩子而被杀掉；再比如，那种不吃不喝，非要孵蛋的母鸡，纵然把它按入冷水多次浸它，仍然不改要做母亲的愿望……凡此种种，不一而足。鸡族尚有这许多动人的悲喜剧，其他的动物，自然也不例外。关键是我们要有体察万物的情感和一双慧眼。如果我们仔细地观察，就会发现，同类动物之间，有摩擦，有矛盾，也有我们人类的情感和友谊。

　　精到入微的观察使我们发现了一个动物的世界，它们具有了生动的灵性。人哪，千万不要在地球上唯我独尊！如若人类总能把自己恐惧的东西打翻在地，再踏上一只脚，老虎狮子也不例外。长此以往就有些不妙了，就会成为孤家寡人。人类就是这样伟大的，然而，曾几何时，打翻狮子老虎的人再也不能视作英雄，并且要绳之以法，那是因为人类已经意识到人类对其他生命种类的不节制的行为是一种不妙的事。"大家都在地球上混，玩玩罢，有什么必要独吞？"听起来似在调侃，但实际上蕴含其中的文化内涵是人类的生存环境问题。其中一个重要的话题，就是前面说过的人和动物的关系，当然人和动物本不是对等的关系，但是说到底，我们如何对待共同居住在地球上的动物们，教训有时是很惨痛的。

天堂与地狱比邻

◇ [美]洛克菲勒

本文选自《洛克菲勒给儿子的38封信》（中国妇女出版社2004年版，海兰译）。约翰·戴维森·洛克菲勒（1839—1937），美国实业家、慈善家，超级资本家，美孚石油公司（标准石油）创办人。出生于纽约州里奇福德镇。25岁时决定从事炼油业。1863年与别人合资在克利夫兰建立炼油厂。1870年，他创建了俄亥俄美孚

亲爱的约翰：

我可以很自豪地说，我从未尝过失业的滋味，这并非我运气好，而在于我从不把工作视为毫无乐趣的苦役，却能从工作中找到无限的快乐。

我认为，工作是一项特权，它带来比维持生活更多的事物。工作是所有生意的基础，所有繁荣的来源，也是天才的塑造者。工作使年轻人奋发有为，比他的父母做得更多，不管他们多么有钱。工作以最卑微的储蓄表示出来，并奠定幸福的基础。工作是增添生命味道的食盐。但人们必须先爱它，工作才能给予最大的恩惠、获至最大的结果。

我初进商界时，时常听说，一个人想爬到高峰需

石油公司。接下来的8年内，控制了全国石油工业。1882年，成为美国历史上第一个托拉斯。之后，洛克菲勒财团和大银行联合，形成垄断。1884年，公司迁到纽约市百老汇街26号，成为全世界最大的石油集团企业，洛克菲勒也就成了"石油大王"。后来，洛克菲勒财团又形成由花旗银行、大通曼哈顿银行（大通曼哈顿银行已于2000年与J.P摩根合并，成为摩根大通银行（JPMorgan Chase）等四家大银行和三家保险公司组成的金融核心机构，这七大企业控制全国银行资产的12%和全国保险业资产的26%，洛氏家族通过它们影响工业企业决策。该家族的成员也活跃于政治舞台，左右内政和外交政策，如纳尔逊·洛克菲勒就曾担任1974—1977年美国副总统。

要很多牺牲。然而，岁月流逝，我开始了解到很多正爬向高峰的人，并不是在"付出代价"。他们努力工作是因为他们真正地喜爱工作。任何行业中往上爬的人都是完全投入正在做的事情，且专心致志。衷心喜爱从事的工作，自然也就成功了。

热爱工作是一种信念。怀着这个信念，我们能把绝望的大山凿成一块希望的磐石。一位伟大的画家说得好："痛苦终将过去，但是美丽永存。"

但有些人显然不够聪明，他们有野心，却对工作过分挑剔，一直在寻找"完美的"雇主或工作。事实是，雇主需要准时工作、诚实而努力的雇员，他只将加薪与升迁的机会留给那些格外努力、格外忠心、格外热心、花更多的时间做事的雇员，因为他在经营生意，而不是在做慈善事业，他需要的是那些更有价值的人。

不管一个人的野心有多么大，他至少要先起步，才能到达高峰。一旦起步，继续前进就不太困难了。工作越是困难或不愉快，越要立刻去做。如果他等的时间越久，就变得越困难、可怕，这有点像打枪一样，你瞄的时间越长，射击的机会就越渺茫。

我永远也忘不了做我第一份工作——簿记员的经历，那时我虽然每天天刚蒙蒙亮就得去上班，而办公室里点着的鲸油灯又很昏暗，但那份工作从未让我感到枯燥乏味，反而很令我着迷和喜悦，连办公室里的一切繁文缛节都不能让我对它失去热心。而结果是雇主总在不断地为我加薪。

收入只是你工作的副产品,做好你该做的事,出色完成你该做的事,理想的薪金必然会来。而更为重要的是,我们劳苦的最高报酬,不在于我们所获得的,而在于我们会因此成为什么。那些头脑活跃的人拼命劳作绝对不是只为了赚钱,使他们工作热情得以持续下去的东西要比只知敛财的欲望更为高尚——他们在从事一项迷人的事业。

老实说我是一个野心家,从小我就想成为巨富。对我来说,我受雇的休伊特-塔特尔公司是一个锻炼我的能力、让我一试身手的好地方。它代理各种商品销售,拥有一座铁矿,还经营着两项让它赖以生存的技术,那就是给美国经济带来革命性变化的铁路与电报。它把我带进了妙趣横生、广阔绚烂的商业世界,让我学会了尊重数字与事实,让我看到了运输业的威力,更培养了我作为商人应具备的能力与素养。所有的这些都在我以后的经商中发挥了极大效能。我可以说,没有在休伊特-塔特尔公司的历练,在事业上我或许要走很多弯路。

现在,每当想起休伊特·塔特尔公司,想起我当年的老雇主休伊特和塔特尔两位先生时,我的内心就不禁涌起感恩之情。那段工作生涯是我一生奋斗的开端,为我打下了奋起的基础,我永远对那三年半的经历感激不尽。

所以,我从未像有些人那样抱怨他的雇主,说:"我们只不过是奴隶,我们被雇主压在尘土上,他们却高高在上,在他们美丽的别墅里享乐,他们的保险柜里装满了黄金,他们所拥有的每一块钱,都是压榨我们得来的。"我不知道这些抱怨的人是否想过,是谁给了你就业的机会?是谁给了你建设家庭的可能?是谁让你得到了发展自己的可能?如果你已经意识到了别人对你的压榨,那你为什么不结束压榨,一走了之?

工作是一种态度,它决定了我们快乐与否。同样都是石匠,同样在雕塑石像,如果你问他们,"你在这里做什么?"他们中的一个人可能就会说:"你看到了嘛,我正在凿石头,凿完这个我就可以回家了。"这种人永远视工作为惩罚,在他嘴里最常吐出的一个字就是"累"。

另一个人可能会说:"你看到了嘛,我正在做雕像。这是一份很辛苦的工作,但是酬劳很高。毕竟我有太太和四个孩子,他们需要温饱。"这种人永远视工作为负担,在他嘴里经常吐出的一句话就是"养家糊口"。

第三个人可能会放下锤子,骄傲地指着石雕说:"你看到了嘛,我正在做一件艺术品。"这种人永远以工作为荣,工作为乐,在他嘴里最常吐出的一句话是"这个工作很有意义"。

天堂与地狱都由自己建造。如果你赋予工作意义,不论工作大小,你都会感到快乐。自我设定的成绩不论高低,都会使人对工作产生乐趣。如果你不喜欢做的话,任何简单的事都会变得困难、无趣,当你叫喊着这个工作很累人时,即使你不卖力气,你也会感到精疲力竭,反之就大不相同。事情就是这样。

约翰,如果你视工作为一种乐趣,人生就是天堂;如果你视工作为一种义务,人生就是地狱。检视一下你的工作态度,那会让我们都感觉愉快。

爱你的父亲

简评

约翰·洛克菲勒先生1896年退休,退休之后,一心发展慈善事业,并于1913年设立了"洛克菲勒基金会",自己专门负责捐款工作。约翰·洛克菲勒曾创办芝加哥大学和洛克菲勒大学。1937年5月23日去世。辉煌的过去是洛克菲勒的人生财富。1888年洛克菲勒是全球历史上除君主外最富有的人,是世界公认的"石油大王"。美国历史上第一位十亿富豪与全球首富。创设了托拉斯企业制度,在美国资本主义经济发展史上占有重要的地位。约翰·洛克菲勒的父亲威廉·埃弗里·洛克菲勒是一个无牌游医,母亲伊莱扎·戴维森是一个虔诚的浸礼会教徒。他从小就接受父亲的"商业训练",并继承了母亲的勤俭美德。他辉煌的一生大概就是从这里起步的。

本文是美国石油大王约翰·洛克菲勒写给儿子的一封信,在信中他告诫儿子:"如果你视工作为一种快乐,人生就是天堂;如果你视工作为一种义务,人生就是地狱。"这是积极的人生观,相信每个人看了都会从中受益。《天堂与地狱比邻》表达的是一个富豪对后代的希望与激励,不是以优厚的遗产让自己的儿子从此无忧无虑,而是教育他工作才是活着的唯一激情。文章以一个天堂享受者为例,告诉孩子其实无聊才是我们人生的最大苦痛,这和鲁迅在他的杂文中所表述的"如果天堂里只有"就会让人厌倦让人"不可忍受一样。"文章以家书的形式,告诫孩子从事工作热爱自己的事业，从最微茫的起步开始，才能在最终收获到自己的成功。

据《洛克菲勒回忆录》的作者介绍，洛克菲勒生活勤勉、俭朴，没有丝毫的张扬的虚荣心。在这一封家书中，我们看到的是一个成功者的形象。作为父亲，家书不只停留在空洞的说教，而是以自己的亲身经历来现身说法："我认为，工作是一项特权，它带来比维持生活更多的事物。工作是所有生意的基础，所有繁荣的来源，也是天才的塑造者。工作使年轻人奋发有为，比他的父母做得更多，不管他们多么有钱。工作以最卑微的储蓄表示出来，并奠定幸福的基础。"仅仅是把工作看着是一种特权还不够，更关键的是对自己的要有热情，否则是不能做好工作的。所以又进一步说：热爱工作是一种信念。怀着这个信念，我们能把绝望的大山凿成一块希望的磐石。法国一位著名的画家说得好："痛苦终将过去，但是美丽永存。"但有些人显然不够聪明，他们有野心，却对工作过分挑剔，一直在寻找"完美的雇主或工作。"在自己的工作成长的过程中，他的体会是很深刻的，无疑就是一笔巨大的财富。

约翰·洛克菲勒既是煤油大王，也是一位普通的父亲、一位慈祥的父亲，在关爱子女的立场上，把就业、工作中的酸甜苦辣当作教材，教给儿子学会工作，学会生活。这才是真正的父爱。相信每个阅读这篇文章的人都会从中受益，特别是儿子和父亲的身份的人。值得一说的是，洛克菲勒和比尔·盖茨一样，在家庭教育方面，同样可以作为我们的楷模。比尔·盖茨看重的是如何融合经营管理智慧和浓浓的父爱，向自己的三个儿女传授面对未来世界所应抱持的职业、生活以及创造和享受财富的态度，同时，还向儿女们所展示的成功经验，最终建立属于自己的成功人生。所以，比尔·盖茨决定把超过500亿美元的财产捐给慈善机构，留给他的子女的，是更加珍贵的人生智慧。比尔·盖茨和他的软件帝国——微软公司为已经被很多经济学家、管理学家、社会学家所广泛讨论，但是比尔·盖茨除了微软这个作品之外，还有三个同样伟大的作品，那就是他的三个孩子。这两位在事业上极为成功的巨人，也同样是流芳百世的伟大父亲。

　　读父亲给儿子的"天堂和地狱比邻"的家书，不客气地说，我们也读出了中国父母的"可怜天下父母心"，可是这位父亲高明之处在于明白地告诉孩子："天堂与地狱都是由自己建造。如果你赋予工作意义，不论工作如何，你都会感到快乐。自我设定的成绩不论高低，都会使人对工作产生乐趣。如果你不喜欢做的话，任何简单的事都会变得困难、无趣，当你叫喊着这个工作很累人时，即使你不卖力气，你也会感到精疲力竭，反之就大不相同。事情就是这样。"这一段深明大义的父亲的心里话，中国父母应该多说给自己的孩子听。

汨
罗江之祭
◇李元洛

本文选自李元洛《诗词风景》(京华出版社2006年版,原载《散文》1999年第4期)。

在中国的河流中,汨罗江远算不上波高浪阔源远流长,但却是一条名闻遐迩的圣水。它温柔而温暖的臂弯,曾先后收留中国诗歌史上两位走投无路的伟大诗人,不过,一位在下游,今日的汨罗县境,以水为坟,年年端午,竞渡的万千龙舟还在打捞他的魂魄;一位在上游,如今的平江县域,堆土为墓,少人拜谒,与凄清的墓地长年相伴的,多是春风秋雨夕阳晨雾,还有偶然在坟头点燃的几炷清香。

大历五年也就是公元770年秋冬之际,杜甫出峡入湘在湖南流寓三年之后,写下《暮秋将归秦留别湖南亲友》一诗,从长沙出发,准备顺湘江而下洞庭,然后入长江而至汉水,转道襄阳回归河南故里。然而,他其时年近花甲,早已病体支离,舟入朔风凛冽的洞庭,更是多症并发而一病不起。被历代学者断为绝笔之作的《风疾舟中伏枕书怀卅六韵奉呈湖南亲友》,如同自撰的讣闻。他写了"舟泊常依震,湖平早见参。故国悲寒望,群云惨岁阴"的洞庭湖冬日景色。船过湘阴,北去巴陵,"春草封归恨,源花费独寻。转篷忧悄悄,行药病涔涔",病重的他只得转道前往湘阴与巴陵途中的昌江县城,去投亲靠友。今日的平江,唐时称昌江,府治为中县坪,在汨罗江的上游。但在距县城仅十里的小田村附近的江上,巨星即告陨落,他年幼的儿子宗武只得将父亲草草葬于小田村天井湖,也就是我们今日见到的平江杜墓。如果你远道前来,不仅可以一瞻遗迹,而且风行水上山间,鸟过田头陌上,还会向你叙述许多有关杜甫的传说。

我居杜甫曾经流寓过的长沙,虽然离平江地不在远,而且心向往之久,但人事倥偬,竟然直到最近的一个秋冬交割之日,才和我昔日的学生余三定、朱平珍夫妇以及也曾是学生的段华偕行,去今日平江大桥乡小田村天井湖,拜谒那一座山中的也是我心中的坟茔。

车出平江县城,驰过汨罗江大桥,往南行二十余里,拐上一条泥泞曲折的乡间小道,颠颠簸簸,终于看到山丘间有一溜白色的粉墙,那就是光绪十年重修的"杜公祠"。祠之门额上有一方青石,刻有"诗圣遗阡"字样。祠前有一方可供停车的大坪,据说那就是"天井湖"干涸后填成。"杜公祠"如果是书名,白色粉墙就是它的封面,封面之内有些什么精彩文章呢?三张大门关闭已久,大约平日也少人问津。我们是不速之客,杜甫也早已长眠不起,蓬门今日当然也不会再为君而开,我们只得从旁侧围墙已经坍塌拆毁的缺口进去。杜公祠为砖木结构的两进一天井结构,几间敝旧的房舍现在已改为小学的教室,桌椅破旧,秋冬之日光线更是暗淡,窗户没有玻璃,糊窗纸早已破碎,秋风与朔风于其间畅通无阻。杜甫墓就在教室窗外不远,他老先生每天都可以听到克服困难前来上学的乡里小儿咿呀诵读之声,若当"八月秋高风怒号"之时,或是"天涯霜雪霁寒宵"之际,以苍生为念、以天下为怀的他,会不会长叹息以掩涕呢?细察祠堂墙壁上尘封破旧的字画,在檐下廊前徘徊留连,平珍是平江人,对杜祠的故实十分熟悉,她指着木柱石础中两个麻石柱础,对我们说:

"这两个覆盆式的麻石柱础,下方上圆,刻有莲花瓣纹饰,从形制可断为唐代遗物,全国其他唐代古建筑遗迹也可以证明。"

"那当然是杜墓真实性的实证,不,石证了。"我高兴地随声附和,并弯腰抚摸那冰凉的石础,想重温千年前的时光。

祠堂后面的小山丘上,有一栋建于多年前的房舍,现在也已改为三间教室。门楣石匾上嵌刻有"铁瓶诗社"四字。诗社不知成立于何许年?诗社而名"铁瓶",不知瓶内藏有什么纶音妙旨?为什么"瓶"

而谓"铁"呢？但铁定无疑的却是，建社的人与诗有缘，并欲继承发扬老杜的流风余韵。我甚至忽发痴想：有诗灵作伴，得天独厚，现在不起眼的莘莘学子之中，将来会不会有人一登诗坛而叱咤风云呢？正遐思远想之时，管理墓园的老人已被请来，他领我们走到诗社下侧围墙的一扇小门边，打开那把资历不浅犹有古风的铜锁，小门吱呀一声推开，在一座小小的山包之上，在几株青松翠柏的守护之中，猝不及防，近在咫尺，杜甫墓怆然、轰然、巍然，撞伤撞痛也撞亮了我的眼睛！

八十年代之初，平江文物管理所按原貌维修了杜墓。墓坐北朝南，封土堆以青麻石结顶，墓围用红麻石与青砖砌成，青石墓碑正中镌文为"唐左拾遗工部员外郎杜文贞公之墓"。这，就是我们的千秋诗圣最后的安息之所了。杜甫生地是河南，死所为湖南，黄河之南与洞庭湖之南，他和水结下的真是生死缘，更何况他一生坎坷，最后除了飘泊于西南天地之间，就是将自己一家老小满怀忧愤托付给水上的一叶孤舟。他晚年流落湖湘，虽然兄弟音讯不通，然而"吴楚东南坼，乾坤日夜浮"，洞庭的浩阔景象也曾一度鼓舞了他已老的壮心；虽然李白、高适、孟浩然等老朋友皆已先后故去，自己也老而多病，然而"戎马关山北，凭轩涕泗流"，他想到的仍是干戈扰攘的苦难时代。岁云暮矣，思如之何？在一年将尽之时，他忧心如焚的仍是水深火热中的百姓黎民："岁云暮矣多北风，潇湘洞庭白雪中。渔父天寒网罟冻，莫徭射雁

191

鸣桑弓。去年米贵缺军食，今年米贱大伤农。高马达官厌酒肉，此辈杼轴茅茨空。"(《岁晏行》)他自己已是末路穷途，生命的残焰行将熄灭，但却仍然心系天下苍生："公孙仍恃险，侯景未生擒。书信中原阔，干戈北斗深。畏人千里井，闻俗九州箴。战血流依旧，军声动至今。"——他的绝笔诗固然多有身世之悲，托孤之痛，但却仍然不忘时代的动乱和人民的痛苦，这就不仅是"穷年忧黎元"，而是生死以之了，这是何等高远博大的襟怀啊！我们临来匆匆，未及准备香烛，只好在墓前久久默然低首，燃点一炷永远也不会熄灭的心香。

秋风吹来，墓草萧瑟。墓前的香炉小小，炉中残留三四根燃尽的香火，也不知是何方来客对他的祭奠。我不由想起杜甫生前身后的凄凉。忠厚谦逊的他，于前辈、同辈和晚辈的诗作，他奉致了许多景慕、褒扬与提携之辞。对大名鼎鼎的李白，他盛赞"白也诗无敌，飘然思不群"，而王维是"最传秀句寰区满"，高适是"美名人不及，佳句法如何"，元结是"两章对秋月，一字偕华星"。对那些诗名不盛官位不尊而确有才华的诗人呢？他同样是乐道人善，郑虔是"先生有道出羲皇，先生有才过屈宋"，薛据是"赋诗宾客间，挥洒动八垠"。对那些无名之辈呢？他也曾多所赞誉，如说杜勤"词源倒流三峡水，笔阵独扫千人军"，赞柏大"文雅涉风骚"，称毕曜"流传江鲍体"，赏郑谏议"思飘云物外，律中鬼神惊。毫发无遗憾，波澜独老成"，而暮年在长沙遇到苏涣，对他的作品也赞美有加。本身有至高成就但却胸怀宽广,厚以待人,他当年不仅命途多舛,没有能够进入主流社会获得能一展长才的一官半职,时人也缺少慧眼,未能识珠。

杜甫赞誉过李白、高适、岑参、王维等诗坛大家,并且和他们均有交游,其中与李白的交谊还被今人誉为诗坛的千秋佳话,但他们却都无只言片语提及杜甫的作品,这不能不说是一个千古难解之谜,因为我们已经无从问询。同时代人对杜甫诗表示欣赏的不多,只有诗名不彰的韦济、严武等少数几位,而给他高度赞誉的,则是衡阳判官郭受和韶州刺史韦迢,但时间却已是杜甫逝世前夕了。前者今存诗二首,后者一首。郭受的诗是:"新诗海内流传遍,旧德朝中属望劳。郡邑地卑饶雾雨,江湖天阔足风涛。松花酒熟旁看醉,莲叶舟轻自学操。春兴不知凡几首?衡阳纸价顿时高。"(《杜员外兄垂示因作此寄上》)而韦迢在《潭州留别杜员外院长》一诗中,则赞美他"大名诗独步"。杜甫当年从岳阳往长沙途中曾作《南征》一诗,他长叹息说"百年歌自苦,未见有知音"。且不说同时代的人冷落了他,在他生时,殷璠于天宝末年编《河岳英灵集》,一些三四流的诗人都入选了,而杜甫却有向隅之叹。他死后不久,高仲武编《中兴间气集》,选录至德到大历末年二十六位诗人的作品,杜甫竟然未能入列。世上许多有抱负有才华的人,常常得不到认识和赏识,有如明珠暗投于尘封的角落,好似良骥局促于偏远的一隅,有的人还屡遭厄运，抱憾甚至抱恨终生。然而，有些人却僭居高位，浪得虚名，肥马华车，锦衣玉食，一辈子似乎活得有滋有味。怀才不遇而困顿一生的杜甫，在生命行将结束的暮年，得到郭受与韦迢的赞扬，虽说他们是文坛的无名之辈，虽说杜甫和他们是浅友而非深交，但在杜甫凄凉寒冷的岁月，那不是如同两盆炉火温暖了他那颗已经冻僵的心吗？

千秋万岁名，寂寞身后事。杜甫如此评价和叹息李白，不知他对自己是否也有这种预感？杜甫和李白一样有千秋万岁之名，这已是毫无疑问的了，李白的故里与墓地我还无缘瞻拜，但河南巩县现为巩义市的杜甫故居，却依然湫隘寒伧，杜甫墓园也只是封土一堆，青碑一块。而平江杜墓呢？六十年代初期，墓顶和墓围的红色麻石，东边的附碑及碑柱，均被挖掘一空去兴修水利，好像一栋屋宇被揭瓦掀顶破门拆墙，远比茅屋为秋风所破惨淡得多了，然而那是为农村水利事业作贡献，杜甫该不会有多少怨言的。不料"文革"期间，他也被大张挞伐，在成都草堂大书过"世上疮痍，民间疾苦；诗中圣哲，笔底波澜"的位高名重的学者郭沫若，也一反昔常，对曾经极力赞颂的诗人横加批判，但杜甫却已无法申辩了。当时被"横扫"的天下芸芸，又有谁能够申辩？不过，红卫兵倒确实搞得他惊魂不定，他们挖开封土堆的东前角，据说取出石制油灯两盏，霉烂古书手稿一堆，在"兵荒马乱"之中，这些遗物都已下落不明，无从查找。而闻讯前来的文物工作者考证东墓室的质地与结构,断定为唐代墓葬,这,大约是那些"破四旧"者所始料不及的功绩吧?磨难仍然接踵而来,古已有之于今为烈的盗墓贼,不久前竟然也在诗人头上动土,将杜墓打了一个大洞,时值年关,守墓的老人过了几天才发觉,虽然报了案,公安局也来人调查,但到底盗走了一些什么,众说纷纭。盗墓贼是绝不会读杜甫的,杜甫从来不是大官也非大款,儿子无力将他的遗骸安葬故里,孙子也是穷困的平民百姓,山河修阻,烽火遍地,四十年后到底将祖父的灵柩迁回河南没有,至今仍是疑案。生前两袖清风,死后一贫如洗,有什么好盗的呢?

于是,在汨罗江的上游,在拜别小田村杜甫墓之际,在惟有江声似旧时的千古江涛声里,我轻声吟诵北宋初年徐屯田的《过杜工部坟》一诗,权当专诚来谒的我们的心祭:

水与汨罗接,天心深有存。

远移工部死,来伴大夫魂。

流落同千古,风骚共一源。

江山不受吊,寒日下西原。

简评

1953年,世界和平理事会在赫尔辛基颁布纪念的四位世界文化名人,大诗人屈原位列其中。同年,中国人民保卫世界和平委员会等五部门组织,在北京举行集会,隆重纪念屈原逝世二千二百三十周年。屈原是中国文学史上第一位伟大的爱国诗人,中国浪漫主义文学的奠基人,屈原的出现,标志着中国诗歌进入了一个由集体歌唱到个人独创的新时代。1961年,世界和平理事会将杜甫列为"世界文化名人",号召世界人民纪念他。文学史上,杜甫的一生,流离失所,历经坎坷,使他对于民间社会的观察,感同身受,对社会底层老百姓疾苦,怀有深切的同情。在中国古典诗歌发展史上,他又是承上启下、开创诗歌艺术新貌的诗人,对后代诗人产生深远的影响。永恒的是,他那炽热的爱国热诚、忧国忧民的情怀与深挚的民生情结,永远让人缅怀。

在中国文化版图上,有一些地名是带有符号性质的,比如这条并不波澜壮阔"汨罗江"。提起汨罗江,就会想到屈原,和提起屈原照样会想到汨罗江一样。李元洛先生在《汨罗江之祭》的开头就这样写道:"在中国的河流中,汨罗江远算不上波高浪阔源远流长,但却是一条名闻遐迩的圣水。它温柔而温暖的臂弯,曾先后收留中国诗歌史上两位走投无路的伟大诗人。"这两个诗人,一个是屈原,另一个是杜甫。朱光潜先生在《诗论》中认为,中国诗歌史上地位崇高且可以相互比肩的只有三人:一位是屈原,一位陶渊明,一位杜甫。由此看来,三人其中两位魂归汨罗,不能不说汨罗江之圣洁、之骄傲。屈原之死:公元前278年,秦国攻破了楚国国都,屈原的政治理想破灭,虽有心报国却无力回天,投汨罗江自沉。杜甫晚年(公元770年),漂泊天地之间,写完《风疾舟中伏枕抒怀三十六韵奉呈湖南亲友》,贫病交加,逝于汨罗江畔。一条江机缘巧合地安葬了两位中国诗歌史上的巨擘,因此,汨罗江在许多文人的心目中就不再是一条普通的江,而是中国文化源远流长的一个赫然耸立的坐标。台湾学者余光中先生称汨罗江为"蓝墨水的上游",形象、准确地表明了中国文化先河之意。

屈原和杜甫虽一同魂归汨罗,但作者认为:"一位在下游,今日的汨罗县境,以水为坟,年年端午,竞渡的万千龙舟还在打捞他的魂魄;一位在上游,如今的平江县域,堆土为墓,少人拜谒,与凄清的墓地长年相伴的,多是春风秋雨夕阳晨雾,还有偶然在坟头点燃的几炷清香。"余秋雨教授在北大讲学时曾谈及不能对屈原投江作一般意义上的哀痛理解。因为屈原生活的楚地是巫风很盛的地区，屈原投江是自古以来由人入神的巫傩仪式的延续，也是对此后一个新的祭祀命题的开启。他的生命由此融入神话和大地之间，甚至化为山水精灵、天地诗魂，不再仅是一个失意谪官，这是屈原的另一种形象。之所以说杜诗的影响早已远远超出文艺、文学的范畴，乃因杜诗是时空系统中光彩不灭的经典，"其人与骨皆已朽矣"而"诗卷常留天地间"。深湛的哲理，广博的同情，渊厚的叹息，弘毅的魄力，闪耀着人性的美德，奠定了人性的尊严，构筑在正义、真理、民众利益之上，至于修己及人、经邦济世的要素，更是闪烁可见。现代的读者结合当年的时代背景下的屈原和杜甫，放眼当代的社会和世界，不难得出深切的感召和启示，以及经久不衰的审美享受。《泪罗江之祭》里两位走投无路的诗人相隔千年却不约而同地魂归泪罗江，且不管是宿命还是山水有幸。《泪罗江之祭》独辟蹊径，不祭屈原却祭杜甫，且以他人祭奠杜甫之诗《过杜工部坟》作"心祭"之物，为本文结语。虽为借花献佛，但情真意切，且深谙杜甫之心，可谓隔世知音、千年之约的典范。

泪罗江与中国历史上两位伟大诗人屈原和杜甫的名字联在一起，然而人们更多地把关注的目光投向诗圣杜甫，对他的生活飘零，仕途坎坷深表同情，这就是为什么杜诗千年不衰，杜诗的真正价值所在。成都杜甫草堂有郭沫若所书写的楹联："世上疮痍，民间疾苦；诗中圣哲，笔底波澜。"高度概括了杜甫忧国忧民的高尚品质。杜甫活在人民心中，是因为他把老百姓的疾苦一直记在心上。

李元洛先生在其散文集《唐诗之旅·后记》写下了这样一段掷地有声的句子："在琐琐屑屑纷纷扰扰的日常生活中，在酒绿灯红人欲横流滚滚红尘里，在快餐文化泡沫文学的重重包围之中，我常常抖落一身尘土，满耳喧嚣，遁入那永远与永恒的古典，沐浴那令人心肺如洗的高雅与清凉，和古代优秀诗人作灵魂的交流与对话。"作者从杜甫一介文人千年身后所遭受的冷遇,洞察出一个民族文化精神的贫血,从而将本文从习见的凭吊怀人之作上升到一种文化反思高度。没有故作高深,没有应景而刻意拔高,理性思辨自然由心间流淌,情与理交相辉映。

古籍寻踪

◇时波 铁山

茫茫宇宙奇奥无穷:轻纱薄雾似的银河,钻石般熠熠发光的行星,种种奇特的星座,显得多么和谐、幽静、有条不紊。然而,一些"不速之客"却经常打扰这个宁静的宇宙。它行踪诡秘,变化多端,难以捉摸。但确又引人入胜,欲究其源。"飞碟"(不明飞行物的泛称)就是其中颇具魅力之一。许多飞碟学家在努力探索,渴望揭开"飞碟"之谜。我国历史悠久,在浩如烟海的古书中,对许多奇闻异象有较为可信的记载。今将在翻阅古书中之所得,综合介绍给热心探索飞碟的人们,也许有助于人们找到一点飞碟的倩影。

本文选自时波、铁山主编的《宇宙之谜》,(科学普及出版社广州分社1984年版)。编者简历不详。

类似飞碟的古老传说

早在三四千年以前，我国就有飞车的传说，颇为神奇。

据《山海经·海外西经》记载："奇肱之国（独臂国）在其北，奇人一臂三目，有阴有阳，乘文马。有鸟焉，两头，赤黄色，在其旁。"

《博物志·外国》记载："奇肱民善为拭扛，以杀百禽。能为飞车，从风运行。汤时西风至，吹其车到豫州（古代九州之一），汤破其车，不以视民。十年东风至，乃复作车遣返。其国去玉门关四万里。"

从以上所录看，奇肱国离玉门关四万里，那里的人能制造、驾御飞车，随风游行远方，汤时落到豫州境界。汤教人毁坏了他们的飞车，不让百姓看见它。十年以后东风来了，汤才教人另制了一部飞车遣送他们回去。看来，奇肱国的人和汤都会造飞车，这种飞车可以在云天翱翔，载人远游。

公元4世纪出现的古书《拾遗记》是东晋时代王嘉写的，书中记载："尧登位三十年，有巨槎浮于西海。槎上有光，夜明昼灭。常浮绕四海，十二年一周天，周而复始。名曰贯月槎，亦谓挂星槎。"

邓拓同志在《燕山夜话》中曾指出："看来这是真正最古的关于宇宙航行的传说。"他还引证了另外两则记载，一则是：

"旧说云天河与海通。近世有人居海堵者，年年八月有浮槎，去来不失期。人有奇志，立飞阁于槎上，多赍粮，乘槎而去。十余日中犹观星月日辰，自后茫茫忽忽亦不觉昼夜。去十余日，奄至一处，有城郭状，屋舍甚严。遥望宫中多织妇；见一丈夫牵牛渚次饮之。牵牛人乃惊问曰：何由至此？此人具说来意，并问此是何处？答曰：君还，至蜀郡，访严君平则知之。竟不上岸，因还如期，后至蜀，问君平，曰：某年月日，有客星犯牵牛宿。计年月正是此人到天河时也。"(《博物志》)

另一则是：

"严遵仙槎，唐置之于麟德殿，长五十余尺。声如铜铁，坚而不蠹。李德裕截细枝尺余，刻为道像，往往飞去复来。广明（广明是唐僖宗的年号，时间是在公元9世纪中）以来失之，槎亦飞去。"

从古书的这些记载看，不仅有飞车的记述，还有飞船（仙槎）的描绘。从大海上坐船可直通天河、月球、星星，每12年绕天一周，定期航行。这个仙槎，五十余尺长，用声如铜铁的特殊材料制成。它有能控制的发光设备，操纵十分灵活，来去自如。此船不仅尧时有，唐朝也曾发现。如若不信，请到蜀郡访严

君平则知。据考证,严君平即严遵,实有此人,是汉
朝成都的一个算命先生。他是否真拥有"仙槎",却
不得而知。

这些披着神话色彩的古代传说,令人心驰神
往。据史书记载,尧是帝喾的儿子,距黄帝五世。他
是古代部落联盟解体前最后三个大酋长之一(其他
两位是舜和禹),尧的生活是茅草屋,糙米饭,野菜
根,衣仅遮体。随着历史的发展,到了强大的唐代,
宇宙航行也纯系美丽的幻想,天上是神仙的世界,凡
人哪能涉足?可见,飞车也好,飞船也好,都是当时
人们目睹一些异常现象或者类似的不明飞行物,加
上自己的想象和愿望,勾画出来的一幅幅雄奇瑰丽
的图景。

不速之客偏爱扬州

宋代科学家沈括,在《梦溪笔谈》中,有如下一段
记载:

"嘉祐中,扬州有一珠甚大,天晦多见,
初出于天长县陂泽中,后转入甓社湖,又后乃
在新开湖中,凡十余年,居民行人常常见之。
余友人书斋在湖上,一夜忽见其珠甚近,初微
开其房,光自吻中出,如横一金线。俄顷忽张
壳,其大如半席,壳中白光如银,珠大如拳,烂
然不可正视,十余里间林木皆有影,如初日所

照,远处但见天赤如野火,倏然远去,其行如飞,浮于波中,杳杳如日。古有明月之珠,此珠色不类月,荧荧有芒焰,殆类日光。崔伯易尝为《明珠赋》。伯易,高邮人,盖常见之。近岁不复出,不知所往。樊良镇正当珠往来处,行人至此,往往维船数宵以待现,名其亭为'玩珠'。"

这是一则客观、生动、细致、有根有据的调查记录,写的是大约公元1056至1063年间的"扬州明珠"事。这颗"明珠"有强光、高速、出现次数多,十多年来居民行人常常看见,有人为它作赋,有人等候数夜以一饱眼福。而这则记录出自九百年前有杰出成就的科学家沈括之手,更为可信。沈括在1072年曾主持过"司天监"的工作,他持职严谨,用功极勤。《梦溪笔谈》是在他一生的最后八年中,隐居在梦溪园(今镇江市东郊)写成的。

足以为此事作证的,是宋代著名诗人苏东坡。苏东坡在镇江游历时,曾目睹过类似的奇异景象。并留下了如下诗篇:

游金山寺

我家江水初发源,宦游直送江入海。

闻道潮头一丈高,天寒尚有沙痕在。

中泠南畔石盘陀,古来出没随涛波。

试登绝顶望乡国,江南江北青山多。

羁愁畏晚寻归楫，山僧苦留看落日。

微风万顷靴文细，断霞半空鱼尾赤。

是时江月初生魄，二更月落天深黑。

江心似有炬火明，飞焰照山栖鸟惊。

怅然归卧心莫识，非鬼非人竟何物？

江山如此不归山，江神见怪警我顽。

我谢江神岂得已，有田不归如江水。

（《苏轼选集》，齐鲁书社1981年版）

    宋神宗熙宁四年（1071年），苏东坡调离京师，被派为杭州通判，赴任途中路经镇江畅游金山。11月3日，金山寺老僧留他夜宿金山观落日，巧逢奇景，堪称佳话。这天晚上，夜空漆黑一片，苏东坡看到大江中出现了一个发光体，强烈的光明使栖居在江边林木里的鸟都受到惊扰。他看得真切、清楚，特地在诗中亲自注了"是夜所见如此"，以强调其真实性。既非幻觉，又非仙境，他百思不得其解，自我发问，"非鬼非人竟何物？"

    有人说，苏东坡所见的"炬火明"与沈括所调查的"扬州明珠"，时间相隔不远，地区也靠近，而两者的特点又相似，很可能是同一个不明飞行物在同一地点出现，这种看法乃不无道理。这颗"明珠"用强光隐藏着自己的真面目，以灵敏的速度来去无踪，难道不像是一位不速之客从天外来到我们这个星球吗？

    另外还有两则记载，见于淮阴百一居士著的《壶天录》。引述如下：

> "丁丑岁七月十七日，扬州一士子夜读，忽见北首墙上，光明若昼。以为邻人失慎，急趋视之，则天半有一红球，大如车轮，华彩四射，流于云端，隐约有声，余光越三刻，始敛尽焉。次日，通城轰传，所见皆一。是夜，秦邮甓社湖中光更朗，若自南直驶西北，后亦无所证验云。"

> "苏城于此月十六日，有火光一道，大若车轮，自东而西，如星之陨，如电之掣，霍霍有声，阊门外居民悉见之。"

扬州一位读书人夜间看到半空中有一个大如车轮的红球，光明若昼，能飞行，目睹者很多。它出现在扬州、甓社湖、苏城附近。《壶天录》中的记载，与沈括所记和苏东坡所见大致相同，足资佐证。看来，不速之客在九百年前特别喜爱扬州地区，曾频繁地出没于此。

何其相似的二、三类接触

在当代有关UFO的报告中，人们兴趣最大的是第三类接触案例。因为它不仅能证明飞碟是毫无置疑的实体，而且能给予外星文明的假说以有力的证据。在中国古书记载中，百年前曾发生过一次类似第三类接触的事件，见于湖北省《松滋县志》上。全文如下：

"西岩嘴覃某，田家子也。光绪六年（1880年）五月初八日，晨起，信步往屋后山林，见丛薄间有一物，光彩异常，五色鲜艳，即往扑之，忽觉身自飘举，若在云端，耳旁飒飒有声，精神懵昧，身体不能自由，忽然自高坠下，乃一峻岭也。覃某如梦初醒，惊骇非常，移时来一樵者，询之，答曰：余湖北松滋人也。樵者咤曰：子胡为乎来哉，此贵州境地，去尔处千余里矣。指其途径下山。覃丐而归，抵家已逾十八日矣。究不知所为何物。吁，异矣。"

这件奇闻与近代一些接触飞碟而遭受到劫持的描写，极为相似。另外还有一件更为离奇的事情，发生在明朝嘉靖年间，比覃某奇遇要早二百多年，记载在明代徐复祚著的《花当阁丛谈》中，辑录原文如下：

"嘉靖二年（1523年），邑庠生吕玉家五梁村。一日入城，值微雨，其家前庭有废屋基。忽云中二舟，各长丈余，堕废基上行。舟人皆长二丈（尺？）余，红帽杂色襦袴，手持篙往来，行甚疾。玉家塾中书生十余人，悉惊趋视之。舟人引手前掩书生口，一时口鼻皆黑，嗫不能语。俄见舟中有一人,拥卫如尊官,结束如居士,与一僧同起居。久之,云拥舟起。而吕氏有祖墓在墙外里许,舟复堕其中。舟既去,书生口鼻亦悉如故。然越五日,玉以暴疾死。"

我国古书中还有一些关于异常灾害的片段记载,它们往往是突然发生且无法解释起因的,古人归之为神怪。但仔细剖析,有些却和现代飞碟的报道相似,有点像第二类接触。下面略举数例:

"清朝同治元年(1862年)农历八月十九日夜,东北有星火如月,色似炉铁,人不能仰视,初出声则凄凄然,光芒闪烁。顷之,向北一泻数丈,欲坠复止,止辄动摇,直至半空,忽然银瓶乍破,顷出万斛明珠,缤纷满天,五色俱备,离地丈余没,没后犹觉余霞散彩,屋瓦皆明。"(据《竹溪县志》,竹溪即今湖北省郧阳地区竹溪县县治。《自然之谜》丛书曾发表过介绍文章,笔者认为文中的"星火"是一个高级灵巧的飞碟,因失控而自行销毁。)

"邑荒草坨村,去城十余里。清同治癸酉(1873年)秋,雨后有火一片,自北来。所着林木俱焚。庐舍焦灼。其未尽燎者,窗纸成灰,窗梁柱如故。有村人焦头烂额者四五辈。入城求医,皆燎伤也。"(《醉茶说怪·卷

古籍寻踪

207

二·火异篇》)

"明洪武(约在1380年前后)间,指挥徐景斯出兵河套地名梧桐树,一日午间,有大星坠于河中,火发,延及岸上营中,有被伤者。"(《朔方道志》)

"至正乙未(1355年)正月廿三日,日入时,平江在城,忽闻东南方,军声且渐近。惊走觇视,它无所有,但见黑云一簇中,仿佛皆类人马,而前后火光若灯烛者,莫知其算。迤逦由西北方而没。惟莘门至居民屋脊龙腰悉揭去,屋内床榻屏风俱仆。醋坊桥董家杂物铺失白米十余石,酱一缸,不知置之何地。此等怪事,毫不可晓。"(《南村辍耕录·卷七·志怪》)

海阔天空飞碟任翱翔

在古书记载中,往往有以"星星""光焰"等形象出现的奇闻异象。类似现代报道中的飞碟。现提供以下事例以资参考。

"唐裴伷,开元七年都督广州。仲秋夜漏未艾,忽然天晓,星月皆没,而禽鸟飞鸣矣。举郡惊异之,未能谕,然已昼矣。裴公于是衣冠而出,军州将吏则已集门矣。遽召参佐洎宾客至,则皆异。但谓众惑,固非中夜而晓。即询壸氏,乃曰:常夜三更尚未也。裴公闿测其倪,固留宾客于厅事,共须日之升。良久,天色昏暗,夜景如初,官吏则执烛而归矣。诘旦,裴公大集军府,询访其说,而无能辨者。裴因命使四访,阖界皆然。即令北访湘岭,湘岭之北,则无斯事。数月之后,有商舶自远南至,因谓郡人云:我八月十一日夜舟行,忽遇巨鳌出海,举首北向,而双目若日,照耀千里,毫末皆见。久之复没,夜色依然。征其时,则裴公集宾僚之夕也。"(唐薛用弱撰《集异记》)

"有贾客泛于南海。三更时,舟中大亮似晓。起视,见一巨物,半身出水上,俨若山岳;目如两日初升,光四射,大地皆明。骇问舟人,并无知者。共伏瞻之。移时,渐缩入水,乃复晦。后至闽中,俱言某夜明而复昏,相传为异。计其时,则舟中见怪之夜也。"(《聊斋志异》)

以上两则记载,何其相似乃尔。"巨鳌""巨物"均是传说中的外形,它会不会是一个在空中和水下都能活动的飞碟呢?

"熊休甫所居前有二池。万历戊午夏间,日正中,忽有物沉香色,圆滚如球,从树梢乘风跃起,堕前池中,池水为沸。少顷复跃起,堕于近池。视前池沸声更噪,其堕处翻涛如雪,池水顿黄。久之奋跃,从

门旁东角冲举而去,不知所向。"(明人郑仲夔著《耳新》卷七《志怪》,这个球状不明飞行物具有空中和水下活动的奇异功能)

明代人冯梦龙的《快雪堂漫录》记载:"仇益泰云:己酉二月中旬,从兄读书其邑天宁秀碧峰房,粥后倚北窗了夜课。忽闻寺僧聚喧,急出南轩,见四壁照耀流动,众曰:天开眼。仰见东南隅一窍,首尾狭而阔,如万斛舟,亦如人目,内光明闪闪不定,似有物,而目眩不能辨。暗淡无色,须臾乃灭。"

明代人朗瑛的《七修类稿》中记载,"马浩澜尝言,少时夜行,忽闻空砉然有声,见青天中,如瓜皮船一条,其色苍黄,忽开忽合……明发,闻人言,昨夕天开眼。"

元代人姚桐寿的《乐郊私语》记载:"乙亥秋九月晦,余晓诣嘉乐,时晓星犹在树梢。忽西南天裂数十百丈,光焰如猛火照彻原野。一时村犬皆吠,宿鸟啼鸣,观其裂处蠕蠕而动,中复大明,若金融于冶铸者,少时方合。操舟者谓余曰:此天开眼也。"

以上三条记载,有声有色,有形有光,言之确凿,但并非俗称"天开眼"的天文现象,而极像飞碟的出现。

下面还有十条记载,虽然年代不同,地点各异,但颇具客观性,特录以备考。

1."开元二年五月二十九日夜,大流星如瓮或如盆大者贯北斗,并西北小者随之。无数天星尽摇,至晓乃止。"(《朝野金载》)

2."乾符二年东,有二星,一赤一白,大如斗,相随东南流,烛地如月,渐大,光芒猛怒。三年,昼有星如炬火,大如五升器,出东北,徐行,陨于西北。四年七月,有大流星如盂,白虚危,历天市,入羽林灭。占为外兵。"(《新唐书》志二十二)

3."天佑二年三月乙丑,夜中有大星出中天,如五斗器,流至西北,去地十丈许而止,上有星芒,炎如火,赤而黄,长丈五许,而蛇行,小星皆动而东南,其陨如雨,少顷没,后有苍白气如竹丛,上冲天中,色懵懵。占曰:亦枉矢也。"(同上)

4."宋政和六年十一月,有星如月,徐徐南行,而落光照人物,与月无异。"(《新刊大宋宣和遗事》)

5."明崇祯十二年(1639年),凤翔大鼠成群食牛,入人腹,食婴儿见骨。四月,有星陨于居民袁画家,不及地旋转如冶金,良久渐高飞去,光照数十里。"(《凤翔县志》)

6."鄠县于甲子七月间,夜半忽有响如山裂,有以大鸟从东南方飞往西北区,身具五彩作火焰光,或云当是天蓬鸟。时县尹与学博士咸见之,因斋戒祈祷七昼夜。"(明郑仲夔撰《耳新》)

7."去西部一十里,分香铺塘南有大香樟树,高可数寻,里民张氏居其下。崇祯十七年(1644年)七月十六日午刻,忽树颠现一大红龙纹旋转不息,一食顷望西北冉冉而去,远近咸睹。里人胡少山为预言者,后树亦凋落。"(王逋撰《蚓庵琐语》)

8."光绪卅一年十月十六日灵州,一星大如斗,

从东方升起,落于正西贺兰山中,其声如雷,落后光芒冲天中,其形蜿蜒,越时始灭。"(《朔方道志》)

9."乾隆乙巳岁大旱。是年十一月初,中石湖中,每夜间人声喧噪,如数万人临阵,响沸数里。左近居民惊起聚观,则寂无所有,第见红光数点,隐见湖心而已。自镇江、常州以至松江、嘉、湖之间,每夜均有照光照彻远近。村人鼓噪,其光渐息,俄又起于前村矣。"(清钱泳撰《履园丛话》)

10."余内兄毕西临自滇南归,偶来粟署,为余言康熙二十七年(1688年),春夏之交,去云南省城四十里,西南有山。每逢天晴之午,辄有黄色宝盖,从山顶渐起渐高,耸入天半,灿曜飞扬,徐徐而下,仍复轩举。薄暮,黄色始淡。至瞑,乃没。如是者两月余。山麓旧有龙王庙,方伯遣府佐致祭,究不知其何异也。"(清钮琇撰《觚剩》)

在用现代科学技术进行飞碟探索的今天,古代类似飞碟现象的记录,是十分宝贵的资料,很值得研究。这些传说、见闻,长期以来被认为是荒诞不经的神怪幻影,不入正传的无稽之谈。殊不知,这些记载远自尧汤,下至明清,天南海北,范围极广。在人类世界上能够找出这样多的记载,恐怕是绝无仅有的。

简 评

不明飞行物(体)或称未确认飞行物(体)(Unidentified flying object,缩写:UFO),是指不明来历、不明性质,漂浮及飞行在天空的物体。意指是只要在目击者眼中看不清或无法辨识确认的空中物体都称为UFO,很多人将UFO错误地当做外星文明的高科技产物:飞碟(Flying Saucer)。在学术上,UFO与飞碟有区别。一些人相信它是来自其他星球的太空船,有些人则认为UFO属于自然现象。20世纪40年代开始,美国上空发现碟状飞行物,当时的报纸把它称为"飞碟",这是当代对不明飞行物的兴趣的开端,后来人们着眼于世界各地的不明飞行物报告,但至今尚未发现能让科学界普遍接受的说明它们来自地球外文明的证据。一些不明飞行物照片经专家鉴定为骗局,有的则被认为是球状闪电或其他自然现象,但也始终有部分发现根据现存科学知识无法解释,可能是未来新的科学知识才能解释的现象。

本文"在浩如烟海的古书中,对许多奇闻异象有较为可信的记载"多方搜罗,也许有助于人们找到一点飞碟的倩影,为热闹的飞碟世界提供一点存世的资料。

长期以来,关于UFO的信息日见其多,争论也愈益激烈了。其实,热闹的"不明飞行物",不唯今日,早在三四千年前,中国古籍就零零星星地载有"赤龙""飞帽""车轮"等神话传说,传说中简略描述的现象与现代UFO目击者的报告就有某些相似。在国外,几千年前的古埃及壁画上就有神似外星人和飞碟的图案。梵蒂冈博物馆中,一页古埃及纸草书则记录了3500年前图特摩西斯三世和臣民目击UFO群场面。我国北宋大科学家沈括(1031—1095)在《梦溪笔谈·异事》中关于不明飞行物的记述,甚至就像一篇UFO的目击报告。文中写他的朋友在湖上,突然看到一颗特大的圆形物体飘然而至,"俄顷忽张壳,其大如半席,壳中白光如银,珠大如拳……"有关这方面的记载,很多。本文花了很大的气力,做了大量的归纳、整理,感兴趣的人,或许能在本文得到一些知识性、资料性的帮助,尽管这"不明飞行物"还是一个谜,尽管言人人殊、还存在许多不可知。

时波、铁山《古籍寻踪》的"踪"是指"不明飞行物"的踪迹。在我国浩如烟海的古籍中,有许多"不明飞行物"造访人间的记载,这些记载上自尧汤,下至明清,天南海北,林林总总,但长期以来被视为荒诞不经的神怪幻影,不入正传的无稽之谈。本文意在用现代人的眼光加以考察,给我们展示了翔实的古籍资料,无疑,指出这些记载对于今天研究"不明飞行物"的积极意义是存在的。不过,古籍所载,菁芜并存,我们阅读时应保持清醒的头脑,做出正确的判断,不可人云亦云,更不能以讹传讹。

就现在所能掌握的资料,"UFO"大概有这几方面的特点:1.在空中可以盘旋飞行、或瞬间移动、或高速运作过程中突然停止,违背物理。也有一部分的"UFO"在空中呈现"之"字形摇摆,飞行方式完全无规律,在不知不觉之中却能瞬间消失。(若满足此条件,即可完全排除地球上常见的双翼飞机、鸟类、昆虫、风筝等等随风移动或直线飞行的物体,因为双翼飞机在当下是不可以在空中停止不动的,而鸟类、风筝等等不可能瞬间消失)。2.绝大多数目击事件拍摄到的"UFO"均无发动机声音,几乎无声。3.无尾气排放。4.多人目击(多人目击表示可以排除个人的幻觉,也可证实拍摄下的影片是完全没有故障的)。5.超强的磁场。在国外大多数的"UFO"目击视频中,"UFO"出现时,附近一带的猫狗等动物会表现出异常行为,例如,狗不停地朝向"UFO"的方向犬叫,青蛙躲闪、蟑螂飞出窗外等。"UFO",习惯称"幽浮",也称飞碟、不明飞行物(unidentified flying object,简称"UFO")英文字首字母缩写的中文音译,是指不明来历、不明空间、不明结构、不明性质,但又漂浮、飞行在空中的物体。

北宋文学家苏轼可能曾目击过幽浮。他在《游金山寺》诗中写下当时的奇特遭遇就是一个生动的例子:"江心似有炬火明,飞焰照山栖鸟惊。怅然归卧心莫识,非鬼非人竟何物?"中国的古书中,包括《资治通鉴》等史书,也都曾记载疑似幽浮出没的现象。例如《汉纪·汉武帝本纪》记载着:"四月戊申,有日夜出","有日夜出"即:有看似太阳的物体在夜间出没。科学的解释是超新星爆发或海市蜃楼。据近代记载,最早出现不明飞行物的时间是1878年1月,一个美国农民在耕种时,突然发现空中出现一个不明圆形物体。许多人也看见了，这则新闻很快就刊载在150家美国报纸上。1947年6月24日，美国人肯尼士·阿诺德在华盛顿州雷尼尔山上空驾驶着自用飞机，突然发现有九个白色碟状的不明飞行物体，根据他的目测，这些物体以约每小时1600或1900公里高速飞过，并转眼消失。他向地面塔台喊出："I see flying saucer."（我看见了飞舞的碟子），引起美国极大的轰动。由于飞碟这个名词形容得很贴切，于是就在世界各地广泛流传。其后一名记者在报纸上首次使用了"UFO"这个缩写，即不明飞行物，被人们一直沿用至今。据统计，20世纪以前较完整的不明飞行物目击报告有300件以上；20世纪40年代末起，不明飞行物目击事件急剧增多，引起了科学界的争论。到80年代为止，全世界共有目击报告约10万件。不明飞行物目击事件与目击报告大致可分为4类：白天目击事件；夜晚目击事件；雷达显像；近距离接触和有关物证。部分目击事件还被拍成照片。人们对UFO作出种种解释，其中有：①某种还未被充分认识的自然现象；②对已知物体或现象的误认；③心理现象及弄虚作假；④地外高度文明的产物。全世界许多国家开展对UFO的研究。关于UFO的专著约350余种，各种期刊近百种。世界各国有一批专家参加此项工作。中国也建立了以科技工作者为主的民间学术研究团体——中国UFO研究会。中国关于UFO的科普刊物《飞碟探索》于1981年创刊。关于UFO的目击、报告还在继续。

　　《古籍寻踪》的作者在《宇宙之谜》一书曾记载过一次轰动一时的"天外来客"：1982年，青海省托素湖东岸半岛史前地层中发现多种可疑金属管体。经过多次考察有人认为这是约4千万年就存在的金属物，它只能是地球以外的飞来物！有关单位组织了考察组奔赴青海，对托素湖的可疑物进行科学考察。考察组最后得出结论：托素湖东岸岩层中所发现的管状和不规则状物体是距今500万至200万年期间，生长在

古籍寻踪

当地柴达木杨、古垂柳等古树枝干，被埋藏在河湖泥沙中，因地球化学作用产生还原晕圈，而在枝干外围所形成的一种含铁外模化石。它们是该地地理、地质、生物、化学的历史进程的必然结果。虽然绝非外星人遗留物，但是，茫茫宇宙奥秘无穷，"一些'不速之客'却经常打扰这个宁静的宇宙。""天外来客"这个谜团真正被解开尚需时日。

《古籍寻踪》记录下的资料，值得我们珍藏、研究。

灯下漫笔

◇鲁迅

一

有一时，就是民国二三年时候，北京的几个国家银行的钞票，信用日见其好了，真所谓蒸蒸日上。听说连一向执迷于现银的乡下人，也知道这既便当，又可靠，很乐意收受，行使了。至于稍明事理的人，则不必是"特殊知识阶级"，也早不将沉重累坠的银元装在怀中，来自讨无谓的苦吃。想来，除了多少对于银子有特别嗜好和爱情的人物之外，所有的怕大都是钞票了罢，而且多是本国的。但可惜后来忽然受了一个不小的打击。

本文选自《鲁迅全集（第一卷）》（人民文学出版社2005年版）。鲁迅（1881—1936），浙江绍兴人。原名周樟寿，后改周树人。"鲁迅"是他1918年发表《狂人日记》时所用的笔名，也是他影响最为广泛的笔名。1902年春，被官费派赴日本留学，1909年夏回国，在杭州浙江两级师范学

217

堂任教。1912年2月，应教育总长蔡元培的邀请到该部任职。5月，随教育部迁往北京，任佥事、社会教育司第一科科长。1912年至1926年夏，他先后在北京大学、北京师范大学、北京女子师范大学兼课。他对于五四运动以后的中国社会思想文化发展产生了一定的的影响，蜚声世界文坛，被誉为"二十世纪东亚文化地图上占最大领土的作家"。一生著译甚丰，有多种版本《鲁迅全集》问世，并译成50多种文字，传播世界。鲁迅的主要成就包括杂文，短中篇小说，文学、思想和社会评论，古代典籍校勘与研究，散文，现代散文诗，旧体诗，外国文学与学术翻译作品等。鲁迅在他的一生中，特别是后期（上海时期）思想最成熟的年月里，倾注了他的大部分生命与心血于杂文创作中。

就是袁世凯想做皇帝的那一年，蔡松坡先生溜出北京，到云南去起义。这边所受的影响之一，是中国和交通银行的停止兑现。虽然停止兑现，政府勒令商民照旧行用的威力却还有的；商民也自有商民的老本领，不说不要，却道找不出零钱。假如拿几十几百的钞票去买东西，我不知道怎样，但倘使只要买一枝笔，一盒烟卷呢，难道就付给一元钞票么？不但不甘心，也没有这许多票。那么，换铜元，少换几个罢，又都说没有铜元。那么，到亲戚朋友那里借现钱去罢，怎么会有？于是降格以求，不讲爱国了，要外国银行的钞票。但外国银行的钞票这时就等于现银，他如果借给你这钞票，也就借给你真的银元了。

我还记得那时我怀中还有三四十元的中交票，可是忽而变了一个穷人，几乎要绝食，很有些恐慌。俄国革命以后的藏着纸卢布的富翁的心情，恐怕也就这样的罢；至多，不过更深更大罢了。我只得探听，钞票可能折价换到现银呢？说是没有行市。幸而终于，暗暗地有了行市了：六折几。我非常高兴，赶紧去卖了一半。后来又涨到七折了，我更非常高兴，全去换了现银，沉垫垫地坠在怀中，似乎这就是我的性命的斤两。倘在平时，钱铺子如果少给我一个铜元，我是决不答应的。

但我当一包现银塞在怀中，沉垫垫地觉得安心，喜欢的时候，却突然起了另一思想，就是：我们极容易变成奴隶，而且变了之后，还万分喜欢。

假如有一种暴力，"将人不当人"，不但不当人，还不及牛马，不算什么东西；待到人们羡慕牛马，发生"乱离人，不及太平犬"的叹息的时候，然后给与他略等于牛马的价格，有如元朝定律，打死别人的奴隶，赔一头牛，则人们便要心悦诚服，恭颂太平的盛世。为什么呢？因为他虽不算人，究竟已等于牛马了。

我们不必恭读《钦定二十四史》，或者入研究室，审察精神文明的高超。只要一翻孩子所读的《鉴略》，——还嫌烦重，则看《历代纪元编》，就知道"三千余年古国古"的中华，历来所闹的就不过是这一个小玩艺。但在新近编纂的所谓"历史教科书"一流东西里，却不大看得明白了，只仿佛说：咱们向来就很好的。

但实际上，中国人向来就没有争到过"人"的价格，至多不过是奴隶，到现在还如此，然而下于奴隶的时候，却是数见不鲜的。中国的百姓是中立的，战时连自己也不知道属于那一面，但又属于无论那一面。强盗来了，就属于官，当然该被杀掠；官兵既到，该是自家人了罢，但仍然要被杀掠，仿佛又属于强盗似的。这时候，百姓就希望有一个一定的主子，拿他们去做百姓，——不敢，是拿他们去做牛马，情愿自己寻草吃，只求他决定他们怎样跑。

假使真有谁能够替他们决定，定下什么奴隶规则来，自然就"皇恩浩荡"了。可惜的是往往暂时没有谁能定。举其大者，则如五胡十六国的时候，黄巢的时候,五代时候,宋末元末时候,除了老例的服役纳粮以外,都还要受意外的灾殃。张献忠的脾气更古怪了,不服役纳粮的要杀,服役纳粮的也要杀,敌他的要杀,降他的也要杀:将奴隶规则毁得粉碎。这时候,百姓就希望来一个另外的主子,较为顾及他们的奴隶规则的,无论仍旧,或者新颁,总之是有一种规则,使他们可上奴隶的轨道。

"时日曷丧,予及汝偕亡!"愤言而已,决心实行的不多见。实际上大概是群盗如麻,纷乱至极之后,就有一个较强,或较聪明,或较狡猾,或是外族的人物出来,较有秩序地收拾了天下。拟定规则:怎样服役,怎样纳粮,怎样磕头,怎样颂圣。而且这规则是不像现在那样朝三暮四的。于是便"万姓胪欢"了;用成语来说,就叫作"天下太平"。

任凭你爱排场的学者们怎样铺张,修史时候设些什么"汉族发祥时代""汉族发达时代""汉族中兴时代"的好题目,好意诚然是可感的,但措辞太绕弯子了。有更其直捷了当的说法在这里——

一、想做奴隶而不得的时代;

二、暂时做稳了奴隶的时代。

这一种循环,也就是"先儒"之所谓"一治一乱";那些作乱人物,从后日的"臣民"看来,是给"主子"清道辟路的,所以说:"为圣天子驱除云尔。"

现在入了那一时代,我也不了然。但看国学家的崇奉国粹,文学家的赞叹固有文明,道学家的热心复古,可见于现状都已不满了。然而我们究竟正向着那一条路走呢？百姓是一遇到莫名其妙的战争，稍富的迁进租界，妇孺则避入教堂里去了，因为那些地方都比较的"稳"，暂不至于想做奴隶而不得。总而言之，复古的，避难的，无智愚贤不肖，似乎都已神往于三百年前的太平盛世，就是"暂时做稳了奴隶的时代"了。

但我们也就都像古人一样，永久满足于"古已有之"的时代么？都像复古家一样，不满于现在，就神往于三百年前的太平盛世么？

自然，也不满于现在的，但是，无须反顾，因为前面还有道路在。而创造这中国历史上未曾有过的第三样时代，则是现在的青年的使命！

二

但是赞颂中国固有文明的人们多起来了，加之以外国人。我常常想，凡有来到中国的，倘能疾首蹙额而憎恶中国，我敢诚意地捧献我的感谢，因为他一定是不愿意吃中国人的肉的！

鹤见祐辅氏在《北京的魅力》中，记一个白人将到中国，预定的暂住时候是一年，但五年之后，还在北京，而且不想回去了。有一天，他们两人一同吃晚饭——

"在圆的桃花心木的食桌前坐定，川流不息地献着出海的珍味，谈话就从古董，画，政治这些开头。电灯上罩着支那式的灯罩，淡淡的光洋溢于古物罗列的屋子中。什么无产阶级呀，Proletariat呀那些事，就像不过在什么地方刮风。

"我一面陶醉在支那生活的空气中，一面深思着对于外人有着'魅力'的这东西。元人也曾征服支那，而被征服于汉人种的生活美了；满人也征服支那，而被征服于汉人种的生活美了。现在西洋人也一样，嘴里虽然说着Democracy呀，什么什么呀，而却被魅于支那人费六千年而建筑起来的生活的美。一经住过北京，就忘不掉那生活的味道。大风时候的万丈的沙尘，每三月一回的督军们的开战游戏，都不能抹去这支那生活的魅力。"

这些话我现在还无力否认他。我们的古圣先贤既给与我们保古守旧的格言，但同时也排好了用子女玉帛所做的奉献于征服者的大宴。中国人的耐劳，中国人的多子，都就是办酒的材料，到现在还为我们的爱国者所自诩的。西洋人初入中国时，被称为蛮夷，自不免个个蹙额，但是，现在则时机已至，到了我们将曾经献于北魏，献于金，献于元，献于清的盛宴，来献给他们的时候了。出则汽车，行则保护：虽遇清道，然而通行自由的；虽或被劫，然而必得赔偿的；孙美瑶掳去他们站在军前，还使官兵不敢开火。何况在华屋中享用盛宴呢？待到享受盛宴的时候，自然也就是赞颂中国固有文明的时候；但是我们的有些乐观的爱国者，也许反而欣然色喜，以为他们将要开始被中国同化了罢。古人曾以女人作苟安的城堡，美其名以自欺曰"和亲"，今人还用子女玉帛为作奴的赘敬,又美其名曰"同化"。所以倘有外国的谁,到了已有赴宴的资格的现在,而还替我们诅咒中国的现状者,这才是真有良心的真可佩服的人!

但我们自己是早已布置妥帖了,有贵贱,有大小,有上下。自己被人凌虐,但也可以凌虐别人;自己被人吃,但也可以吃别人。一级一级的制驭着,不能动弹,也不想动弹了。因为倘一动弹,虽或有利,然而也有弊。我们且看古人的良法美意罢——

"天有十日,人有十等。下所以事上,上所以共神也。故王臣公,公臣大夫,大夫臣士,士臣皂,皂臣舆,舆臣隶,隶臣僚,僚臣仆,仆臣台。"(《左传》昭公七年)

但是"台"没有臣,不是太苦了么? 无须担心的,有比他更卑的妻,更弱的子在。而且其子也很有希望,他日长大,升而为"台",便又有更卑更弱的妻子,供他驱使了。如此连环,各得其所,有敢非议者,其罪名曰不安分!

虽然那是古事,昭公七年离现在也太辽远了,但"复古家"尽可不必悲观的。太平的景象还在:常有兵燹,常有水旱,可有谁听到大叫唤么? 打的打,革的革,可有处士来横议么? 对国民如何专横,向外人如何柔媚,不犹是差等的遗风么? 中国固有的精神文明,其实并未为共和二字所埋没,只有满人已经退席,和先前稍不同。

因此我们在目前,还可以亲见各式各样的筵宴,有烧烤,有翅席,有便饭,有西餐。但茅檐下也有淡饭,路旁也有残羹,野上也有饿莩;有吃烧烤的身价不资的阔人,也有饿得垂死的每斤八文的孩子(见《现代评论》二十一期)。所谓中国的文明者,其实不过是安排给阔人享用的人肉的筵宴。所谓中国者,其实不过是安排这人肉的筵宴的厨房。不知道而赞颂者是可恕的,否则,此辈当得永远的诅咒!

外国人中,不知道而赞颂者,是可恕的;占了高位,养尊处优,因此受了蛊惑,昧却灵性而赞叹者,也还可恕的。可是还有两种,其一是以中国人为劣种,只配悉照原来模样,因而故意称赞中国的旧物。其一是愿世间人各不相同以增自己旅行的兴趣,到中国看辫子,到日本看木屐,到高丽看笠子,倘若服饰一样,便索然无味了,因而来反对亚洲的欧化。这些都可憎恶。至于罗素在西湖见轿夫含笑,便赞美中国人,则也许别有意思罢。但是,轿夫如果能对坐轿的人不含笑,中国也早不是现在似的中国了。

这文明,不但使外国人陶醉,也早使中国一切人们无不陶醉而且至于含笑。因为古代传来而至今还在的许多差别,使人们各各分离,遂不能再感到别人的痛苦;并且因为自己各有奴使别人,吃掉别人的希望,便也就忘却自己同有被奴使被吃掉的将来。于是大小无数的人肉的筵宴,即从有文明以来一直排到现在,人们就在这会场中吃人,被吃,以凶人的愚妄的欢呼,将悲惨的弱者的呼号遮掩,更不消说女人和小儿。

这人肉的筵宴现在还排着,有许多人还想一直排下去。扫荡这些食人者，掀掉这筵席，毁坏这厨房，则是现在的青年的使命！

一九二五年四月二十九日。

简评

　　鲁迅先生的杂文《灯下漫笔》，最初分两次发表于1925年5月的《语丝》杂志。是鲁迅先生解剖中国历史、进行"文明批评"的著名文章，集中表达了鲁迅先生对中国传统社会和传统文化的基本观点。在中国现代史上，鲁迅先生是一个巨大的存在。鲁迅先生对于五四运动以后的中国社会思想文化发展产生了一定的影响，蜚声世界文坛，被誉为"二十世纪东亚文化地图上占最大领土的作家"。鲁迅先生的一生，在文学创作、文学批评、思想研究、文学史研究、翻译、美术理论引进、基础科学介绍和古籍校勘与研究等多个领域都具有重大贡献。在鲁迅先生丰富的作品中，立足于中国的现实，为描绘中国人的众生相而撰写的数百篇投枪、匕首般的杂文，在粉碎国民党反动派反革命的文化围剿中建立了特殊功勋，从而成为中国新文学奠基人。"在鲁迅的文学生涯中，杂文举足轻重。1925年第二本小说集《彷徨》出版后，他的主要精力即倾注于杂文。鲁迅的杂文都是编年出版，或数年一本，或一年数本，计有十七种之多，九百五十余篇。在杂文中，鲁迅找到了更加无羁地发挥其才华的形式。"（郜元宝《鲁迅精读·第四讲杂文》）毛泽东曾评价："鲁迅的方向，就是中华民族新文化的方向。"《灯下漫笔》是《春末闲谈》的姊妹篇，既曰漫笔，就说明文章结构自由灵活，先从具体的事件产生联想，引入本题，然后抓住论题，联想广泛，引用丰富，层层剥笋，由表及里地揭示事物的本质。值得一提的是，《灯下漫笔》在文体上介于作者自己

灯下漫笔

所说的"论文"与"杂感"之间,是作者当时所提倡的"无所顾忌、任意而谈"之风格长篇议论性随笔。这是一种创新性文体。

鲁迅批驳了封建史学家和近代历史教科书编纂者们对历史的歪曲和涂饰,一针见血地揭出了封建社会的吃人本质和阶级对立的历史真相。他满怀悲愤地分析了中国老百姓的艰危处境:"中国的百姓是中立的,战时连自己也不知道属于哪一面,但又属于无论哪一面。"当强盗来时,认为他们是官府的顺民,当然该被杀掠,而官兵一到,又以"从逆""附匪"的罪名来杀良邀功,可见顺民的处境是何等的两难与悲惨!本文集中而典型地体现了鲁迅深刻的历史洞察力和文化批判精神。"人肉筵宴"与"厨房"是鲁迅在《灯下漫笔》中提出的两个比喻象征的"意象",它们成为贯穿鲁迅作品的一对固定意象。鲁迅一针见血地指出:"所谓中国的文明者,其实不过是安排给阔人享用的人肉的筵宴。所谓中国者,其实不过是安排这人肉的筵宴的厨房。不知道而赞颂者是可恕的,否则,此辈当得永远的诅咒!"

鲁迅先生为何对"中国的文明"如此愤激?因为鲁迅认为,"中国的文明"——封建等级制度和封建伦理道德文化——"是安排给阔人享用的人肉筵宴"。那么,"人肉筵宴"又是如何生产出来的呢?一般说来必须具备四要素:材料、工具、厨师、厨房。可见鲁迅在《灯下漫笔》中将"中国的文明"比喻为"人肉筵宴";将旧中国比喻为生产这筵宴的"厨房"是有充分理由的。在"厨房"——黑暗的旧中国,制作"人肉筵宴"的整个流程有着以下四个方面的象征意义和现实价值,对它们进行探究,有如下重要的意义:

1. "材料"即中国的百姓,这是构成"人肉筵宴"必备的物质条件。鲁迅对"材料"的剖析,揭示出中国百姓"奴性"的特征。鲁迅的《灯下漫笔》从民族心理的角度,对中国历史,中国人的劣根性进行了深刻的反思与剖析,指出纵观"三千余年古国"的中华,中国人"极容易变成奴隶,而且变了之后,还万分喜欢。"

2.那么,中国的百姓为何有着如此卑贱、愚昧、深重的奴隶性呢?这就涉及"工具"的意象,即"奴性"探源。鲁迅认为,"中国固有的精神文明"——封建等级制度及伦理道德,正是"合理合法"地生产"人肉筵宴"的"菜谱"和"器具",从而揭示出造成中国人"奴性"的根源。因为,《灯下漫笔》指出,封建等级制早已将中国人按贵贱、大小、上下分成十等、布置妥帖了。

3.揭示了中国人严峻的生存危机——民族文化人格的选择与重塑。鲁迅对"吃者"与"被吃者"之间关系的洞察,揭示出一个严峻的中国人的生存问题:民族文化人格必须重塑,否则,必将灭亡。那么,理想的人格是什么呢?鲁迅提出了"世界人"的概念。他将"中国人"与"世界人"在文化人格上进行了对比与选择:许多人所怕的,是"中国人"这名目要消灭;我所怕的,是中国人要从"世界人"中挤出。

4.鲁迅在《灯下漫笔》中指出:"厨房"是制造"人肉筵宴"的场所。它是旧中国社会环境的象征,暗示了启蒙的艰难与悲怆。

鲁迅先生向青年发出呼喊:"扫荡这些食人者,掀掉这筵席,毁坏这厨房!""创造这中国历史上未曾有过的第三样时代!"这是《灯下漫笔》的主题,也是贯穿鲁迅文化反思散文的一条红线,更是鲁迅一生的信念与实践!鲁迅灵魂深处所爆发出的这极其崇高悲壮的呐喊,使他像"过客"一样,获得力量和勇气,拒绝一切劝阻、悲悯、布施和诱惑,迎着死亡并穿透死亡坦然走去。即使"料不定可能走",但生命朝向决不改变。这正是鲁迅异于一般精神战士的超常、伟大和悲壮之处。

1925年的中国究竟处于哪一时代,鲁迅先生并不点明。因为他希望结束以上两种时代,创造前所未有的人民当家作主的第三种时代。当时的中国各个阶级,各种社会力量都在探索自己的道路,"国学家的崇奉国粹,文学家的赞叹固有文明,道学家的热心复古",说明他们都不满现状,向往恢复古代的太平盛世,而一遇军阀混战,富翁入租界,妇女进教堂,托庇于洋人的保护之下,则分明甘做洋主子的顺民和奴隶了。神往于古已有之的太平盛世,说明当时又处于想做奴隶而不得的时代,许多人又在寻求那暂时做稳了奴隶的时代了。今天的读者阅读《灯下漫笔》,回首鲁迅先生刻画的这一段史实,战斗精神与反抗意识跃然纸上。正如作者所云:"生存的小品文,必须是匕首,是投枪,能和读者一同杀出一条生存的血路的东西。"(《南腔北调集•小品文的危机》)

理性的精神

228

达尔文的错误

◇ [瑞士] 许靖华

适者生存的理论被奉为自然规律，因为这是一种为资本家的残酷竞争辩护的理论。卡内基写道："无论竞争是否已经开始，竞争的法则业已建立；谁也无法回避，也找不到可以取代它的其他法则。尽管这一法则对某些个人而言，有时是残忍的，但对种族而言却最好不过。因为它能保证适者有生存的机会。"约翰·D·洛克菲勒洋洋得意地声称："大企业的发展不过是适者生存原理的具体表现。这是自然的法则，也是上帝的意志。"

对于这种新发现的自然规律的热情，并不仅限于资本家。意大利的社会学家菲立就利用同一法则转而反对资本主义。他指出，在阶级社会这种极不

本文选自《撬动地球的人们——20世纪科学大师思想随笔》（广东经济出版社1999年版），有删节。许靖华，1929年6月28日生于江苏南京，祖籍安徽歙县许村。1944年国立中央大学附属高级中学毕业后考入国立中央大学地质系，1948年7月毕业并获学士学位。同年赴美留学，1950年在俄亥俄州立大学获硕士学位，1953

229

自然条件下,自然选择是不起作用的。只有纠正了社会财富和特权的不平等现象之后,适者生存的原则才会运行。

当政治家为其或左或右的目的解释自然选择的时候,种族主义者并没有袖手旁观。达尔文原著的副标题"生存竞争中种族的保存",受到了种族主义者的热烈欢迎。达尔文甚至做了这样的解释:"人种之间也有差异,就像有着密切亲缘关系的物种之间存在差异一样。"正因为如此,在《物种起源》一书出版二十年后,才会有一位名叫马歇尔的英国评论家,恬不知耻地说出了他的一些同代人想说而不敢说的话。他写道:

毫无疑问,英国种族的扩张对全世界都是有利的。(但是,)如果英国的下层阶级迅速增长,超过道德和素质都较优越的阶级,那么,不仅英格兰本土的人口素质将遭到破坏,而且美国和澳大利亚的英国后裔也不会像现在这样聪明。再者,如果英国人口的增长赶不上中国人,那个无精打采的种族将会蹂躏地球的许多地方,而本来应当是朝气蓬勃的英国人定居在这些地区将受到威胁。

种族主义和优生学乃是一丘之貉。加尔顿创立一个应用达尔文主义的学派,声称要用"遗传理论、变异理论和自然选择原理"改善人种的适应能力。事实证明,优生学与灭种屠杀相去不远。

就历史渊源而论,纳粹提倡的种族灭绝可以追溯到哈克尔。他是一位生物学家和哲学家,也是达尔文主义在德国的传播人,竭力为德国的种族主义寻找科学依据。哈克尔最著名的主张就是:个体发生学再演了系统发生学。他以为已经找到足够的证据,证明个体发生学,即动物个体从胚胎发育为成年个体的过程,重演了系统发生学,亦即物种从比较原始的形式发育为较高级形式的过程。例如,婴儿的鼻子扁平,通体无毛,代表了人类进化的原始阶段。这一阶段的典型代表,就是"低级"的蒙古(亚洲)人种。而一种高加索种(白种)幼儿的成长,重演了最终成为展开欧洲高级种族的演化过程。哈克尔主义者认为低能儿童染患唐氏症候群的特征,也代表了一种退化到更为原始演化阶段的现象,因此他们称之为"蒙古症"。过去的生物系学生都在课堂上学过他这一套理论。

哈克尔对所谓"野蛮人"也不乏讥评。他坚持,野蛮人的头骨与尼安德达人极为相似,"像歌德、康德、拉马克或达尔文这类人与野蛮人在智力上的差别,远大于野蛮人与类人猿的差别"。而犹太人,尤其是俄国的犹太人,属于"肮脏而笨拙的"人种,哈克尔认为简直不应列入人类。

哈克尔坚信种族主义的真实性和正确性,并在此基础上形成了他的一元论哲学思想。一元论的前提是所谓日耳曼"种族"的优越性,夸言这一前提已由他们与劣等民族的斗争中所表现出来的强大力量所证实。希特勒拣起一元论的衣钵,不遗余力地推行消灭那些"劣等民族"的策略。

其他一些地方的社会达尔文主义者所受的一元论教育，比起纳粹德国或今日西方世界的新法西斯分子来，甚至有过之而无不及。

诚然，达尔文不应为那些用他的名义所犯下的历史罪恶负责。用萧伯纳的俏皮话来说，达尔文不过是"巧遇别有用心者"而已。达尔文在临终前已经认识到，他的思想被人滥用了。在《物种起源》一书出版以后，达尔文在给一位同事的信中，曾经语带幽默地说："我偶尔在曼彻斯特的报纸上读到一篇讽刺短文，文中说我已经证明强权即公理。因此，拿破仑是公理，骗子也是公理。"

尽管如此，每一个人、每一个科学家还是应当问一句："适者生存说"是否真是一种自然法则？或者进而问一问：这究竟能否称得上科学？

公认检验思想究竟是科学或者纯属空想办法，就科学理论必须能接受反证。在一般情况下，应能设计出一种实验、研究计划或观察方案。如果实验或观察结果与某一理论的预测不一致，那么这种理论就应当是错误的。

科学哲学家波珀的检验法曾经驳倒了原创论，但他却不认为适用于进化论。他指出，达尔文主义是解释一种历史过程——地球生命史的尝试。因为历史是无法重演的（例如，我们无法设计一种检验方法来了解罗马王朝垮台的理论原因），所以波珀觉得，试图判别历史真伪的一切努力，都不过是一种判断或信念而已。

但是,确实可以也已经有人用一些检验方法来判定达尔文理论可能有误。其中成功的检验方法是共同祖先假说。

对一种理论最强有力的检验是它的预见性。波珀坚持,一种理论如果只能解释已知的事实,那么充其量也只不过是一种历史解释而已。波珀无疑是正确的。但什么是科学呢?大多数科学家都认为,一种能够预测尚未观察到现象的理论也是科学。这样的科学理论可以反证。如果预测的事情不可能发生,或者根本不存在,或者结果与理论的预测并不一致,那么这种理论的错误也可以改正。反之,证实预言的新发现若是持续增加,这一理论也就愈益逼近真理。

依照这一个看法,共同祖先现象是科学理论。达尔文设想,人类和猿猴是由一个共同的祖先遗传下来的,这一观点曾使他的许多同代人怒不可遏。当达尔文于1833年首次草草写下他的遗传思想时,还没有发现任何与智人不同的骨骼。因此他的理论即使不致使人瞠目结舌,至少也像神话故事一样离奇。达尔文预言,如果发现此类化石,它们一定会介于猿猴和人类之间。第一个"遗失的环节"发现于达尔文的理论正式发表前两年,即1857年。新发现的智人亚种尼安德特人看上去确实有点像猿猴。当其头骨和部分骨骼首次在波昂的一次德国科学会议上展出时,有人怀疑它不属于真正的人类,也有人认为不过是一种反常现象。然而,地质学家莱伊尔发现,

"新观察到的猿人骨骼与正常标准人类结构的差别，并不是一种偶然的或随机的畸形。如果变异法则正合乎进化论者（如达尔文）的要求，那么这种差别是意料中事"。

如果把"实验"一词定义为检验某种假说的过程，那么为了验证某种预测而进行的项目或探索就是一种实验。从发现尼安德特人至今，在欧、美、亚各洲都有过许多对人类和前人类化石"露西"的发现，这些无一例外地都是一种实验。总之，达尔文的预言已经充分被证实了；因为从解剖学的角度而言，每发现一个较老的化石，都愈来愈接近于猿猴。露西代表一种小型的人类，学名称为南方古猿，生存于300万年前，已能像现代人一样直立行走，其头骨骼比较进化。但最近几十年来，已可利用更精密的技术来检验共同祖先的遗传原理。进化透过脱氧核糖核酸的变化，而脱氧核糖核酸又显示了不同种之间在生物化学和形态学方面的区别。组织比较是医师检查捐器官者的血液是否适合病人的一种方法，同时也是一种测度种之间区别的方法。两个种的亲缘关系愈密切，细胞的免疫结构就愈相似。分子生物学不仅可以用来估计种间的相关程度，而且可以用来测度两具种从共同祖先开始分化究竟经历了多久。

免疫分析和分子分析，已经廓清了人类、类人猿和猴子三者之间的关系。黑猩猩是人类的近亲；这两种从700万年以前的共同祖先开始分道扬镳。大猩猩开始从共同祖先分化出去的时间,还要往前推200万年。其他类人猿在时间和亲缘关系上与人类相距更远,更不要说猴子了。

根据达尔文的共同祖先理论,可以推断出一个同样的模式,而且已经在大量生命形式的无数次研究中得到了证实。根据比较解剖学,发现一种两亿年前可能属于温血爬虫类的两足动物,是登和鸟类的共同祖先,爬虫类和哺乳类之间,则有一种类似于哺乳类的爬虫类兽孔类作为联系的纽带。25000万年前,兽孔类曾主宰地球。

种群之间的联系可以追溯到遥远的远古时代,最后都归结到细菌。细菌是人类至今所知最老的化石,已在三十多亿年的古老化石中发现细菌的显微残骸。曾经存在过的所有生命都源于同一种原始生命形式的推想,在DNA中得到了戏剧性的证实。用化学语言来说,各种生物的生命过程都是一样的。

达尔文对基因或DNA还一无所知,所以他的想法十分不同凡响。直到克里克和沃森在50年代破解了DNA分子的共同语言,重新发现了19世纪后期孟德尔关于基因的研究之后,达尔文在百余年前提出的生命皆有共同祖先的预言,才得到了令人信服的证实。

这样看来,灭绝现象没有达尔文想得那么简单。以恐龙为例,如果达尔文关于生物为生存环境而竞争的设想是正确的,那么物种形成的速率将如他所料,与物种的灭绝达到完全的平衡。但是恐龙却在短时间内突然消失了;迄今为止,从未在比马斯特里奇白垩新的地层中发现过恐龙化石。是哺乳动物杀死了恐龙?几乎没有人真的这样想过。当时的哺乳动物都很小,它们的生活环境与霸王龙或角龙之类并不相扰,当然也无力挫败那些庞然大物。

所以我们该探究的是生物与其环境之间的相互作用,而不是生存竞争。根据化石纪录和动物的选择性繁殖,达尔文深知生物的演化是非常缓慢的。生物个体在生命期限内不能发生大的变化。比如说,一种生物无法因为气候日趋干旱而变成骆驼,只有在经历了许多代的干旱之后,生物才能忍受缺水的环境生存下来,或者形成某种防止失水的功能,并且无法办到的物种拥有某种繁殖的优势。在这一过程中,无疑会有某些生物个体灭绝。因为即使是现实环境中连续发生的缓慢变化,对生物的适应能力而言,也太迅速了。

但是,依事实看来,地质纪录也反映出两种相当不同的演化速率。有一段时间是平静时期;在这一段时间内,大多数物种保持不变,演化形成的新物种与灭绝的物种数量大致达到平衡。但是也有一些时期,物种形成速度极快,或者生物的灭绝更快。这些事件并不是同时发生的。首先,历史上存在着诸如恐龙灭绝那样的大规模生物灭绝事件,然后是一个间歇期。这时期生物按照马尔萨斯的说法,像兔子一样成倍地增长。然后分化形成新的物种。有时演化速度之快,谓之"爆炸"实非夸大其词。

如果我们注意到环境可能与上述生物演化形式有关的变化,那就会发现一种显而易见的有趣联系。快速的环境变化,必将加速生物灭绝的速率,使后者超过物种的形成速度。因为任何生物通过演化而适应环境变化的速度有限。在这种情况下,旧种属的灭绝与新种属形成所引起的竞争风马牛不相及,达尔文却反过来强调生物之间的相互作用,这显然是错误的。

　　有鉴于此,环境变化速率理应处于生物灭绝公式的核心地位。环境变化速率愈快,生物灭绝的速率也愈快。沿着这条线索思考,近一个世纪来,古生物学家四处挖掘所发现的奇珍异兽大规模灭绝,很可能是由环境的剧烈变化引起的。如果有一种灾变能够证明对这种或那种生物灭绝现象的解释是正确的,那么达尔文的"规律"就从根本上发生了动摇。如果我们不能透过鉴定古生物遗骸和现代物种的研究,预言何种生物将幸存,何种生物将灭绝,那么适者生存又有什么意义呢?

　　预测结果是对适者生存说的最后检验。我们或许可以说,适应能力是判断幸存者的标准,适应能力决定生物个体适应环境的程度。从这个看法,我们甚至可以预言哪一种农作物具备从一场为时短暂的旱灾中幸存下来的能力。但是如果环境发生灾难性变化,我们能不能预言哪一种具备最快的适应能力? 即使我们能够猜度未来灾变的情况,又能否预言即将产生的环境情况呢? 现在没有食草蛇类的小动物,因为根本不存在食草的蛇类。如果假设有一场灾变使啮齿动物和昆虫急剧减少,我们根据蛇的适应能力,仍难以预言它们能否靠藻类幸存下去,也无法预言经过几代的演化,它们能否有机会创造出一种环境而不致灭绝。

由此可见,适者生存规律可能并没有意义。因为它根据幸存者来定义适应能力,而没有独立的标准作为预言的基础。为一种那么邪恶的学说提供"科学"基础的所谓"自然律",可能也是伪证。如果大多数物种的灭绝是由灾变引起的,那么决定生物生死存亡的将是机遇而不是优越性。诚然,控制生物演化全部过程的是机遇,而非从劣等种族向优等种族的缓慢长征。可是达尔文的这种演化思想,在维多利亚时代是有口皆碑的,而且已经深深地根植在西方人的思想里。

简评

本文作者许靖华教授在地质学、海洋学、地球物理学、环境科学等领域均卓有建树。作为科学家,许靖华教授涉猎广泛。作为作家,他的作品有科普著作、自传、小说,等等,涉及了自然科学、哲学历史、社会人生、东西方文化等诸多方面。除了学术成就外,科普作品也风靡世界。《达尔文的错误》一篇即别具一格,影响巨大。

1842年,是欧洲文明史上重要的年份。这一年马克思、恩格斯的《共产党宣言》问世;达尔文第一次写出《物种起源》的简要提纲。《物种起源》是达尔文论述生物进化的重要著作,1859年11月,达尔文经过20多年研究,终于写成科学巨著《物种起源》。该书大概是19世纪最具争议的著作,虽然其中的观点大多数为当今的科学界普遍接受。在该书中,达尔文首次提出了进化论的观点。他使用的是自己在1830年代环球科学考察中积累的资料,试图证明物种的演化是通过自然选择(天择)和人工选择(人择)的方式实现的。事实上,达尔文的进化论经过大力的传播,逐渐被广泛接受,以至有口皆碑,"被奉为自然规律"。恩格斯曾经将"达尔文的进化论"与"能量守恒和转换定律""细胞学说"并称为19世纪的三大发现。马克思也曾经这样评价《物种起源》:"达尔文的著作非常有意义,这本书我可以用来当作历史上的阶级斗争的自然科学根据。"但是,随着时间的推移和科学研究的深入,一方面,达尔文学说逐渐被有些人推向极端,成为进行种族扩张、种族灭绝、弱肉强食的恶性竞争的理论依据;另一方面,它本身的理论体系的严密性也受到怀疑。《达尔文的错误》一文就是对"进化论"提出挑战的重要文章。

概括起来说,因为进化论一直以来为人们广泛接受,于是有人将其推向极端,强调人类社会也是"适者生存",于是弱肉强食的种族扩张,以致法西斯提倡的种族灭绝也就有了所谓的"理论依据"。两次世界大战之后,许多知识分子开始批判"社会达尔文"主义,并进而对达尔文的进化论提出质疑。据《报刊文摘》1986年11月25日报道,国际著名地质学家,瑞士籍华裔学者许靖华教授,应上海市地质学会和同济大学海洋地质系邀请作学术报告时指出,达尔文的进化论有三个不可忽视的错误:1.他把地质史上生物的大规模灭绝当作地质记录不完善的表现,误认为生物进化论是一个均匀、缓慢过程。现在已查明,物种灭绝实际上是在相当短暂的时间里一下子发生的。2.他把人类的社会现象用到生物物种的进化上去,设想物种的发展与人口一样,也是随时间按几何级数增长的。但是,化石记录表明,物种增长实际上表现为对数图形。3.他把生物竞争当作物种灭绝的原因。现在已经查明,物种灭绝是由于自然环境的突变,生物进化不是"适应者存"而是"幸运者存"。与这三种看法相近似,本文的结论就是如此:"由此可见,适者生存规律可能并没有意义。因为它根据幸存者来定义适应能力,而没有独立的标准作为预言的基础。为一种那么邪恶的学说提供"科学"基础的所谓"自然律",可能也是伪证。如果大多数物种的灭绝是由灾变引起的,那么决定生物生死存亡的将是机遇而不是优越性。诚然,控制生物演化全部过程的是机遇,而非从劣等种族向优等种族的缓慢长征。"

达尔文的《物种起源》建立在生物繁殖过多、生存竞争、优胜劣汰及适者生存的理论上。从达尔文公开出版《物种起源》一书起,反对的论调从未停止。据芝加哥大学科学史博士普罗温从世界各国所搜集的著名生物演化论者的资料显示,在1882年达尔文去世的时候,相信生物演化另有其他机制的人,比相信天择说的人多出一倍以上,现代以来的学者,反对、评价的论文也不断公开发表。这里略举出几例:德国人类胚胎学家布莱赫施密特的《人的生命之始》指出:书中以详尽的研究资料证明人的胎儿一直是人的结构,否定了进化论的最大证据之一:重演律。美国生物化学家贝希的《达尔文的黑盒子》说:书中多处从生命结构的复杂精密性否定了进化论。英国葛瑞姆、汉卡克的《上帝的指纹》告诉人们:这绝不是什么神学书,讲述的是考古学家经过大量实地考察的科学发现。瑞姆踏遍中南美和埃及的古老土地,以一种全新而大胆的视角回溯人类文明史,以上下数千年,纵横数万里的气势提出了无数令人震惊的问题。该书译成12种文字畅销全世界。新西兰遗传学家麦可·但顿的《出现危机的理论:进化论》,书中尖锐地指出:"达尔文的进化论是二十世纪最大的谎言。"菲力普·强森的《审判达尔文》,书中做了这样的总结:"化石向我们展示的都是突然出现的某种有机体,没有逐步进化的任何痕迹……这些有机体一旦出现,基本上就不再变了,哪怕过了几百万年,不管气候和环境如何变化。如果达尔文的理论成立,这些条件本应该引起物种的巨大变化。"考古学家克莱默和汤姆森《考古学禁区》在书中列举了500个确凿的与进化论相悖的事例,那是几万、几十万、几百万甚至几亿年前的人类文明遗迹。从中可以看到:进化时间表是挑选时间的结果,如果排列全面的考古学发现,结果足以否定进化论。……

　　进化论只是一种假设理论,达尔文希望将来能发现确凿的证据,来证明他的进化论是对的,可是禁得起检验的证据至今也没有找到,而且进化论的理论与事实也出入太大,论证模棱两可,结论也无法重复。后来的学者是把进化论当作一种科学的信仰继承下来的。所以,许靖华博士在本文的结尾说:"由此可见,适者生存规律可能并没有意义。因为它根据幸存者来定义适应能力,而没有独立的标准作为预言的基础。为一种那么邪恶的学说提供'科学'基础的所谓'自然律',可能也是伪证。如果大多数物种的灭绝是由灾变引起的,那么决定生物生死存亡的将是机遇而不是优越性。诚然,控制生物演化全部过程的是机遇,而非从劣等种族向优等种族的缓慢长征。可是达尔文的这种演化思想,在维多利亚时代是有口皆碑的,而且已经深深地根植在西方人的思想里。"我们不应忽略的事实是,经历了两次世界大战以后,许多知识分子开始批判"社会达尔文主义",并进一步对达尔文进化论提出质疑。许靖华先生的《达尔文的错误》就是打破进化论的迷信,并发出挑战的一篇有影响的文章。

东

西人教育不同

◇梁漱溟

本文选自《我生有涯意无尽——梁漱溟人生的艺术》(太白文艺出版社2013年版)。

梁漱溟(1893—1988),蒙古族,原名焕鼎,字寿铭。曾用笔名寿名、瘦民、漱溟,后以漱溟行世。原籍广西桂林,生于北京。中国著名的思想家、哲学家、教育家、社会活动家、国学大师、爱国民主人士,主要研究人生问题和社会问题,毕业于直

十年岁杪,藉年假之暇,赶山西讲演之约,新年一月四日,在省垣阳曲小学为各小学校教职员诸君谈话如此。《教育杂志》主者李石岑先生来征文,仓卒无以应,姑即以此录奉。稿为陈仲瑜君笔记。

记得辜鸿铭先生在他所作批评东西文化的一本书所谓《春秋大义》里边说到西方人教育的不同。他说:西洋人入学读书所学的一则曰知识,再则曰知识,三则曰知识,中国人入学读书所学的是君子之道。这话说得很有趣,并且多少有些对处。虽然我们从前那种教人作八股文章算得教人以君子之道否,还是问题;然而那些材料——《论语》《孟子》《大学》《中庸》——则是讲的君子之道。无论如何,中国

人的教育，总可以说是偏乎这么一种意向的。而西洋人所以教人的，除近来教育上的见解不计外，以前的办法尽是教给人许多知识：什么天上几多星，地球怎样转，……现在我们办学校是仿自西洋，所有讲的许多功课都是几十年前中国所没有，全不曾以此教人的；而中国书上那些道理也仿佛为西洋教育所不提及。此两方教育各有其偏重之点是很明的。大约可以说，中国人的教育偏着在情志的一边，例如孝悌……之教；西洋人的教育偏着知的一边，例如诸自然科学……之教。这种教育的不同，盖由于两方文化的路径根本异趣；他只是两方整个文化不同所表现出之一端。此要看我的《东西文化及其哲学》便知。昨天到督署即谈到此。有人很排斥偏知的教育；有人主张二者不应偏废。这不可偏废自然是完全的合理的教育所必要。

我们人一生下来就要往前生活；生活中第一需要的便是知识。即如摆在眼前的这许多东西，哪个是可吃，那个是不可吃，哪是滋养，哪是有毒……都需要知道；否则，你将怎么去吃或不吃呢？若都能知道，即为具有这一方面的知识，然后这一小方面的生活才对付的下去。吾人生活各方面都要各有其知识或学术才行；学问即知识之精细确实贯串成套者。知识或学问，也可出于自家的创造——由个人经验推理而得；也可以从旁人指教而来——前人所创造的教给后人。但知识或学问，除一部分纯理科学如数理论理而外，大多是必假经验才得成就的；如果不

隶法政专门学校。1917 年被聘为北京大学哲学系讲师，主讲印度哲学，1922 年发表《东西文化及其哲学》，提出东西文化比较观。1924 年辞去北京大学教职，先后到山东、河南从事"乡村建设"，自办教育。梁漱溟受泰州学派的影响，在中国发起过乡村建设运动，并取得可以借鉴的经验。1980 年后，先后出任中华人民共和国宪法修改委员会委员，中国孔子研究会顾问，中国文化书院院务委员会主席，中国文化书院发展基金会主席等职。一生著述颇丰，存有《中国文化要义》《东西文化及其哲学》《东方学术概观》《印度哲学概论》《唯识述义》《中国人》《朝话》《漱溟卅前文录》《漱溟卅后文录》《读书与做人》与《人心与人生》等。

243

走承受前人所经验而创造的一条路,而单走个人自家的创造一路,那一个人不过几十年,其经验能有几何?待有经验,一个人已要老死了;再来一个人又要从头去经验。这样安得有许多学问产生出来?安得有人类文明的进步?所谓学问,所谓人类文明进步实在是由前人的创造教给后人。如是继续开拓深入才得有的,无论是不假经验的学问,或必假经验的学问都是如此;而必假经验的学问则尤其必要。并且一样一样都要亲自去尝试阅历而后知道如何对付,也未免太苦、太不经济,绝无如是办法。譬如小孩子生下来,当然不要他自去尝试哪个可吃,那个不可吃,而由大人指教给他。所以无论教育的意义如何,知识的授受总不能不居教育上最重要之一端。西洋人照他那文化的路径,知识方面成就的最大,并且容易看得人的生活应当受知识的指导;从苏格拉底一直到杜威的人生思想都是如此。其结果也真能做到各方面的生活都各有其知识,而生活莫不取决于知识,受知识的指导;——对自然界的问题就有诸自然科学为指导,对社会人事的问题就有社会科学为指导,这虽然也应当留心他的错误,然自其对的一面去说,则这种办法确乎是对的。

中国人则不然。从他的脾气,在无论哪一项生活都不喜欢准据于知识;而且照他那文化的路径,于知识方面成就的最鲜,也无可为准据者。其结果几千年到现在,遇着问题——不论大小难易——总是以个人经验、意见、心思、手腕为对付。

即如医学，算是以其专门学问了；而其实在这上边尤其见出他们只靠着个人的经验、意见、心思、手腕去应付一切。中国医生没有他准据的药物学，他只靠着他用药开单的经验所得；他没有他准据的病理学、内科学，他只靠着他临床的阅历所得。由上种种情形互相因果，中国的教育很少是授人以知识，西洋人的教育则多是授人以知识。但人类的生活应当受知识的指导，也没有法子不受知识的指导；没有真正的知识，所用的就只是些不精细不确实未得成熟贯串的东西。所以就这一端而论，不能说不是我们中国人生活之缺点。若问两方教育的得失，则西洋于此为得，中国于此为失。以后我们自然应当鉴于前此之失，而于智慧的启牖，知识的授给加意。好在自从西洋派教育输入，已经往这一边去做了。

情志一面之教育根本与知的一面之教育不同。即如我们上面所说知的教育之所必要，在情志一面则乌有。故其办法亦即不同。知的教育固不仅为知识的授给而且着意智慧的启牖。然实则论如何，知识的授给，终为知的教育最重要之一端；此则与情志的教育截然不同之所在也。智慧的启牖，其办法与情志教育或不相违；至若知识的授给，其办法与情志教育乃全不相应。盖情志是本能，所谓不学而能，不虑而知的，为一个人生来所具有无缺欠者，不同乎知识为生来所不具有；为后天所不能加进去者，不同乎知识悉从后来得来（不论出于自家的创造，或承受前人均为从外面得来的，后进去的）。既然这样，似乎情志既不待教育，亦非可教育者。此殊不然。生活的本身全在情志方面，而知的一边——包括固有的智慧与后天的知识——只是生活之工具。工具弄不好，固然生活不好，生活本身（即情志方面）如果没有弄得妥帖恰好，则工具虽利将无所用之，或转自殆戚，所以情志教育更是根本的。这就是说，怎样要生活本身弄得恰好是第一个问题；生活工具的讲求固是必要，无论如何，不能不居于第二个问题。

所谓教育不但在智慧的启牖和知识的创造授受，尤在调顺本能使生活本身得其恰好。本能虽不待教给，非可教给者，但仍旧可以教育的，并且很需要教育。因为本能极容易搅乱失宜，即生活很难妥帖恰好，所以要调理它得以发育活动到好处；这便是情志的教育所要用的工夫——其工夫与智慧的启牖，或近与知识的教给便大不同。从来中国人的教育很着意于要人得有合理的生活，而极顾虑情志的失宜，从这一点论，自然要算中国的教育为得，而西洋人忽视此点为失。盖西洋教育着意生活的工具，中国教育着意生活本身，各有所得，各有所失也。然中国教育虽以常能着意生活本身故谓为得，却是其方法未尽得宜。盖未能审察情的教育与知的教育之根本不同，常常把教给知识的方法用于情志教育。譬如大家总好以干燥无味的办法，给人以孝悌忠信等教训，如同教给他知识一般。其实这不是知识，不能当作知识去授给他；应当从怎样使他那为这孝悌忠信所从来之根本（本能）得以发育活动，则他自然会孝悌忠信。这种干燥的教训只注入知的一面,而无甚影响于其根本的情意。则生活行事仍旧不能改善合理。人的生活行动在以前大家都以为出于知的方面,纯受知识的支配,所以苏格拉底说知识即道德;谓人只要明白,他做事就对,这种思想,直到如今才由心理学的进步给它一个翻案。原来人的行动不能听命于知识的。

孝悌忠信的教训,差不多即把道德看成知识的事。我们对于本能只能从旁去调理它、顺导它、培养它,不要妨害它、搅乱它,如是而已。譬如孝亲一事,不必告诉他长篇大套的话,只须顺着小孩子爱亲的情趣,使他自由发挥出来便好。爱亲是他自己固有的本能,完全没有听过孝亲的教训的人,即能由此本能而知孝亲;听过许多教训的人,也许因其本能受妨碍而不孝亲。在孔子便不是以干燥之教训给人的。他根本导人以一种生活,而借礼乐去调理情志。但是到后来,孔子的教育不复存在,只剩下这种干燥教训的教育法了。这也是我们以后教育应当知所鉴戒而改正的。还有教育上常喜欢借赏罚为手段,去改善人的生活行为,这是极不对的。赏罚是利用人计较算账的心理而支配他的动作,便使情志不得活动,妨害本能的发挥;强知方面去做主,根本搅乱了生活之顺序。所以这不但是情志的教育所不宜,而且有很坏的影响。因为赏罚而去为善或不作恶的小孩,我以为根本不可教的;能够反抗赏罚的,是其本能力量很强,不受外面的搅乱,倒是很有希望的。

简评

　　梁漱溟先生是现代新儒家的早期代表人物之一,思想文化界对其有"中国最后一位儒家"之称。梁先生早年毕业于直隶法政专门学校。辛亥革命后潜心于佛学。1917 年被聘为北京大学哲学系讲师,主讲印度哲学,1922 年发表《东西文化及其哲学》,提出东西文化比较观。到了 80 年代后期,已九十多岁高龄的梁漱溟老先生仍然著文、演讲,继续宣传复兴中国传统文化的思想。

　　本文为梁漱溟先生 1922 年初,在山西省发表众多讲演之一。梁漱溟先生认为,东西方教育存在根本的差异,中国人传统的教育侧重"情意"教育,例如孝悌之教;而西方人侧重"知识"教育,例如自然科学之教。东西方教育各有得失,应该相互借鉴。但是,近代以来,中国备受列强欺凌。为了民族自救,中国人开始向西方学习,教育模式也全部西方化。对此,梁漱溟尖锐地批评说:"学校制度自从欧美流入中国社会以来,始终未见到何等的成功,倒贻给社会许多的病痛","现在学校教育,是使聪明的人变成愚钝,使有能力的人变为无能力的废物"。在二三十年代的众多演讲和文章之中,梁漱溟先生反复抨击西式现代教育的种种弊端,产生巨大的反响。梁漱溟先生尝试将西方现代化的优点与中国文化的优点融合起来,为此进行了积极可贵的探索。文章从东西方教育方法、教育目的侧重不同等层面,比较了东西方教育的不同,论述了自己的教育观念。

　　演讲一开始,讲到辜鸿铭先生在《春秋大义》一书中说到西方人的教育不同,作了全面的比较。他说:"西洋人入学读书所学的一则曰知识,再则曰知识,三则曰知识,中国人入学读书所学的是君子之道。这话说得很有趣,并且多少有些对处。""此两方教育各有其偏重之点是很明的。大约可以说,中国人的教育偏着在情意的一边,例如孝悌……之教;西洋人的教育偏着知的一边,例如诸自然科学……之教。这种教育的不同,盖由于两方文化的路径根本异趣;他只是两方整个文化不同所表现出之一端。"提纲挈领,把东西方教育的不同清晰地说了出来。从学习的内容来看,西方人学的是知识,而中国人所学的则是君子之道。中国教育重在情意方面,而西方的教育则是偏重于"知"的方面。中西教育的不同究其根源其实是中西文化的不同。西方人注重遵循知识的路径而中国人则更喜欢遵从个人的经验、意见、心思和手腕。其实根本所在就是西方人关注的是生活的工具而中国人关注的则是生活本身。其实,中西方的教育和文化如果能够相互借鉴、相互学习、促进才是最佳的途径。

梁漱溟先生在对比东西方教育时很看重"智慧的启牖"。他说:"我们人一生下来就要往前生活;生活中第一需要的便是知识。即如摆在眼前的这许多东西,哪个是可吃,那个是不可吃,哪是滋养,哪些是有毒,……都需要知道;否则,你将怎么去吃呢?若都能知道,即为具有这一方面的知识,然后这一小方面的生活才对付的下去。"梁漱溟先生的本人接受教育也正是从这里起步的。他生长在北京,其父为开明人士,据传:"梁漱溟的父亲梁济(巨川)曾做过清朝内阁中书、民主部主事。官职不大,口碑却隆。据说有赶驴车的看到他,居然叫出他的名字,请他上来。"出身于官僚家庭的父亲,深感自己幼年所受教育过于严苛,因此对孩子极其宽容,几乎从不以严肃的神情面对孩子,家庭的气氛很是宽松,梁漱溟从小就完全感觉不到任何精神上的压抑。十几岁之后,梁漱溟渐渐有了自己的思想。梁济认为好便给予鼓励,不同意也只是让儿子知道他不同意,从不干涉。许多年后梁漱溟曾感叹说:"除了先父之外,我没有见过旁人的父亲对他的儿子能这样地信任或放任。"因而能得风气之先,成长经历与同辈学者之间,有本质上的不同。梁漱溟先生曾说过:他的自学始于小学时代,在同年龄孩子死背四书五经的时

249

候,他却能津津有味地看着一种课外读物——《启蒙画报》。在中学时代,梁漱溟先生依然不看"正书"而阅读报刊,这在与梁漱溟同辈且齐名的学者中,似乎很难找到这样类似的成长经历。梁漱溟先生在一些回忆文字中,也曾反复申明过。他说:"由于先父对子女采取信任与放宽态度,只以表明自己意见为止,从不加干涉,同时又时刻关心国家前途,与我议论国家大事,这既成全了我的自学,又使我隐然萌露对国家社会的责任感,而鄙视只谋一人一家衣食的'自了汉'生活。这种向上心,促使我自中学起即对人生问题和社会问题追求不已。"可见乃父梁巨川不仅"放任"梁漱溟,更影响着梁漱溟。正因如此,梁漱溟与那些"国学大师"们,走的是截然不同的两条路。他们是先打基础,然后专心问学,梁漱溟则说:"我本来无学问,只是有思想,而思想之来,实来自我的问题,来自我的认真。因为我能认真,乃会有人生问题,乃会有人生思想、人生哲学。"他颠覆了治学之路上的某些铁的定律,不仅使人感到新奇,而且尤其发人深思。

文章的最后把比较"情志"的教育和"知"的教育,借"孝亲一事"表明了自己根本的教育理念:"在孔子便不是以干燥之教训给人的;他根本导人以一种生活。而借礼乐去调理情志。但是到后来,孔子的教育不复存在,只剩下这种干燥教训的教育法了。这也是我们以后教育应当知所鉴戒而改正的。还有教育上常喜欢借赏罚为手段,去改善人的生活行为,这是极不对的。"1987年,在梁漱溟先生95寿诞时,他对为自己编写年谱的李渊庭、阎秉华等人说:儒家孔门之学,反躬修己之学也。孔子故尝自述云:吾十有五有志于学……,——吾人可以看出只在自家生命生活上理会,而不在其外,却又须知自家生命和宇宙天地万物浑然一体而不可分的,是故孔子周游列国,便有"孔席不暇暖"的话。这和梁先生一贯的教育理念是一致的,也蕴含着中西教育上的差异。

怎样才算是知识分子

◇ 殷海光

本文选自殷海光《中国文化的展望》(中国和平出版社1988年版)。殷海光(1919—1969),原名殷福生,湖北省黄冈市团风县人。中国著名逻辑学家、哲学家。曾从师于著名逻辑学家、哲学家金岳霖先生。西南联大毕业后,进入清华大学哲学研究所,并曾在金陵大学(南京大学前身之一)任教。抗日战争爆发后,加入青年

照《时代》周刊(Time)的时代论文所说,得到博士学位的人早已不足看作是知识分子。即今是大学教授也不一定就是知识分子。至于科学家,只在有限制的条件之下才算是知识分子。该刊在两个假定的条件之下来替知识分子下定义:

第一,一个知识分子不止是一个读书多的人。一个知识分子的心灵必须有独立精神和原创能力。他必须为追求观念而追求观念。如霍夫斯泰德(Richard Hofstadter)所说,一个知识分子是为追求观念而生活。勒希(Christopher Lasch)说知识分子乃以思想为生活的人。

第二,知识分子必须是他所在的社会之批评者,

军。1949年到台湾,同年8月,进入台湾大学哲学系任教。1969年病逝,享年50岁。主要作品有:《逻辑学讲话》《中国文化之展望》《生命的意义》《思想与方法》《自由的伦理基础》等。

也是现有价值的反对者。批评他所在的社会而且反对现有的价值,乃是苏格拉底式的任务。

一个人不对流行的意见,现有的风俗习惯,和大家在无意之间认定的价值发生怀疑并且提出批评,那末这个人即令读书很多,也不过是一个活书柜而已。一个"人云亦云"的读书人,至少在心灵方面没有活。

如果依照上列《时代》周刊所举两个条件来界定知识分子,那末不仅中国的知识分子很少,即令在西方世界也是寥寥可数。在现代西方,罗素是十足合于这两个条件的。史迪文逊(Adlai Stevenson)显然是一个知识分子。在中国,就我所知,明朝李卓吾勉强可作代表。自清末严又陵以降的读书人堪称知识分子的似乎不易造一清册。而且,即令有少数读书人在他们的少壮时代合于这两个条件,到了晚年又回头走童年的路,因此不算知识分子。

维斯(Paul Weiss)说,真正的知识分子没有团体,而且没有什么朋友。赫钦士(Robert Hutchins)认为一个知识分子是试行追求真理的人。

这样看来,作一个真正的知识分子是要付出代价的,有时得付出生命的代价。苏格拉底就是一个典型。一个真正的知识分子必须"只问是非,不管一切"。他只对他的思想和见解负责。他根本不考虑一个时候流行的意见,当然更不考虑时尚的口头禅;不考虑别人对他的思想言论的好恶情绪反应;必要时也不考虑他的思想言论所引起的结果是否对他有利。一个知识分子为了真理而与整个时代背离不算稀奇。旁人对他的恭维,他不当作"精神食粮"。旁人对他的诽谤,也不足以动摇他的见解。世间的荣华富贵,不足以夺去他对真理追求的热爱。世间对他的侮辱迫害,他知道这是人间难免的事。依这推论,凡属说话务求迎合流俗的读书人,凡属立言存心哗众取宠的读书人,凡属因不耐寂寞而不能抱持真理到底的读书人,充其量只是读读书的人,并非知识分子。

海耶克说,知识分子既不是一个有原创力的思想家,又不是思想之某一特别部门的专家。典型的知识分子不一定必须有专门的知识,也不一定必须特别有聪明才智来传播观念。一个人之所以够资格叫做知识分子,是因他博学多闻,能说能写,而且他对新观念的接受比一般人来得快。

海耶克的说法没有《时代》周刊的时代论文那么严格。我对这两种说法都采用。依照海耶克的说法,中国文化里的知识分子倒是不少。《时代》周刊的时代论文所界定的知识分子是知识分子的精粹。海耶克所说的知识分子是知识分子的本干。前者是一个社会文化创建的前锋;后者是一个社会文化创建的主力。时至今日,知识分子自成一个占特殊地位的阶层之情形已经近于过去了。今日的知识分子,固然不限于在孔庙里,也不限于在学校里,而是分布在各部门里。因此,我们现在谈文化创建,已经不是狭义的局限于拿笔杆的人的事,而是广义的扩及社会文化的各部门的优秀人物。在一现代化的文化建构上，经济工作者，工业工作者，农业工作者，以至于军事科学工作者，都不可少。可是，在传承上和方便上，以研究学问为专业的人是"搞观念的人"。我在这里所要说的种种是以这类人士为主。当然，这一点也不意含其他方面的工作对文化的创建不重要。

简 评

曾师从于著名逻辑学家、哲学家金岳霖先生的中国著名逻辑学家、哲学家殷海光先生，他受罗素、哈耶克人等影响较多，所撰文章以科学方法、个人主义、民主启蒙精神为基准，被称为台湾自由主义开山人物。在几十年的治学生涯中，一直以介绍西方的形式逻辑和科学方法论到中国为己任，并且毕生热心于现代逻辑的研究、教学和宣传。其原因在于他认为中国文化中认知因素极为缺乏，而这必须依靠西方实证论哲学的输入来补救。他认为，中国传统文化中的认知因素不发达，从根本上说，归因于儒家文化的泛道德主义倾向和中国文化采取的"崇古"价值取向。于是，殷海光大力提倡"认知的独立"，强调"独立思想"。殷海光终身秉持科学民主自由的精神，是一位富有批判精神的自由主义者。在我们这国度里，"知识分子"属于含义极不清楚的概念之一。通常，人们把他们看作是"在学校里读过书的人"，于是文凭、职称就成了衡量是否算作"知识分子"的标准。理解起来倒是简单了，但与其本义却相去甚远了。

1949年到台湾后，殷海光极其关注政治和人民大众。他认为，一个学者如不关心民族的前途，不关心人民疾苦，即使受过最好的教育，也不够格称知识分子。一个有血性的读书人，应始终与人民同呼吸共命运,应有正义感,应敢说真话。殷海光先生在这篇短文中对知识分子的解释正是他这一思想的最简明扼要的表达。一个经典的说法就是:"一个人不对流行的意见,现有的风俗习惯,和大家在无意之间认定的价值发生怀疑并且提出批评,那末,这个人即令读书很多,也不过是一个活书柜而已。一个'人云亦云'的读书人,至少在心灵方面没有活。"陈寅恪有一句名言正是在这个基础上说的,字字千钧:"哪个民族把士给打倒了,这个民族就流氓化、卑鄙化了。"

下面两句话说得清楚、直白:"第一,知识分子不止是一个读书多的人。第二,知识分子必须是他所在的社会之批评者,也是现有价值的反对者。"这是殷海光转述美国《时代》周刊论文所持观点给知识分子下的定义,更进一步的结论是:"如果依照上列《时代》所举两个条件来界定知识分子,那末不仅中国的知识分子很少,即令在西方世界也寥寥可数。"殷海光是如何看待知识分子的? 汪幸福著《殷海光传》记叙了一个有意思的个例。他和胡适被公认为台湾最重要的两位自由主义思想家,他俩的关系却不那么亲密,思想上分歧也很大。胡适在公开场合和私下里,经常批评殷海光是"书呆子"。殷海光对胡适也有较多的看法。他认为,对胡适一生应分开评价,"早期的胡适,无论是新文学运动,还是《独立评论》上的文章,对民主科学的宣扬,甚至《中国哲学史》上卷,都称得上光芒万丈;中期的胡适,包括任驻美大使和北大校长,表现平平,晚期的胡适沦为一个十足的'乡愿',连一个知识分子都不够格,爱热闹,爱人捧,一点硬话不敢讲,一点作为也没有。如果给胡适一生打分的话,早年的胡适可打80分,中年的胡适可得60分,晚年的胡适只有40分。"且不去说殷海光对胡适先生的评价是否恰当,起码他很清楚地告诉我们他心中知识分子的标准。

美国斯坦福大学胡佛研究所高级研究员霍克说:"知识分子是精神生活质量的天然保护者和糟粕的天然批判者,是理想的忠实卫士。

这就是为什么如果他生活在一个有缺陷的世界和文化中,而又忠实于自己的天职的话,他就成不了这个现实的桂冠诗人的缘故。"(见梁从诚主编《现代社会与知识分子》)。中国近代和现代知识分子在近代和现代中国历史的舞台上,曾扮演着新时代催生者的重要角色。其实,作者文中所借用的海耶克的说法,要心平气和得多,海耶克说:"知识分子既不是一个有原创力的思想家,又不是思想之某一特别部门的专家。典型的知识分子不一定必须有专门的知识,也不一定必须特别有聪明才智来传播观念。一个人之所以够资格叫做知识分子,是因他博学多闻,能说能写,而且他对新观念的接受比一般人来得快。"我们应该这样说:知识分子是具有以下四个特征的群体:首先,当然必须接受过完整的高等教育,或者实际上已经达到这样的水平。其次,必须拥有某一专业或某一方面的理论或比较系统的知识,即成为某一方面的专家或学者。第三,不能局限于自己的专业或职位,而应该关注整个社会,至少应关注本专业以外的领域。第四,必须具有批评精神。以此对照,我们对知识分子的标准还值得探讨。

社会总要有些知识分子来累积,保存,传承,进而为知识而传授知识。每个人有而且只有一个"人生"。这一个"人生"很容易被自己浪费或被别人浪费掉,不管是读书人还是奇特的人,无论是自己浪费或被别人浪费掉的"人生",如长江之水无语东流,永不再来了。就知识分子而论,努力于知识和真理的探求是中心的任务。从一个长远的过程和根本的培养来说,一种社会文化还有什么比知识和真理更重要呢?殷海光先生在另一篇文章中说:"当财富太多时,真理就逃走了。当权势临头时,真理就远避了。财富可以购买金山,但买不来一条定律。权势可以使人在它面前谄笑,可以使人在它面前歌颂,可以使人在它面前屈膝,但是制造不出真理。一切靠权势支持的'真理'都是可疑的。一切从权势里分泌出来的'真理'更属可疑。权势可以毁灭人的身体,但是毁灭不了真理。有而且只有这样的真理才是值得我们追求的。古往今来，献身追求真理的人，常能和寂寞为友。"就像维斯所说："真正的知识分子没有团体，而且也没什么朋友。"仅此当然远远不够，还必须加上赫钦士的看法：一个知识分子是试行追求真理的人。的确如此，真正的知识分子在任何国家都是走在社会最前列的先进群体。如果知识分子一旦失去"良知"，就会失去全社会的尊重，但是，最终付出更大代价的必然是整个社会。

想象力：大学存在的理由

◇[英]怀特海

本文选自《现代西方资产阶级教育思想流派论著选》（王承绪译，人民教育出版社1980年版，题目为编者所加）。阿弗烈·诺夫·怀特海（1861—1947）英国数学家、哲学家和教育理论家。他出生于英国的肯特郡，在美国马萨诸塞州剑桥逝世。1880年，他考入剑桥大学三一学院。1887年和1905年，他分别获得硕士和博士

大学是教育机构，也是研究机构，但大学存在的主要原因既不能从它向学生传授纯粹知识方面，也不能从它为院系成员提供纯粹研究机会方面去寻找。

因为，这两种职能也可以在花费巨额开支的学校之外的地方，以较低的费用得以实行。书本的费用不高，学徒制也为人熟知。就传授纯粹的知识而言，由于15世纪印刷术的普及，大学已不再有存在的理由了。然而，建立大学的主要推动力却正是自那以后产生的，而近来这种推动力还更为增强了。

大学存在的理由在于，它联合青年人和老年人共同对学问进行富有想象的研究，以保持知识和火

热的生活之间的联系。大学传授知识,但它是富有想象力地传授知识。至少,这就是大学对社会应履行的职责。一所大学若做不到这一点,它就没有理由存在下去。充满活力的气氛产生于富有想象的思考和知识的改造。在此,一件事实将不再是纯粹的事实,因为它被赋予了全部的可能性。记忆不再是一种负担,因为它如同我们梦境中的诗人和我们的目标设计师一样富有生机。

　　想象与事实不能分离。想象是探明事实的一种方式,它的作用在于,引出适应于事实的一般原则(正如事实的存在一样),并对符合这些原则的各种可能性进行理智考察。它能使人建构一种新世界的理智的远见,并以提出令人满意的目标来永葆生活的热情。

　　青年人是富于想象的,如果通过训练使想象力得到增强,这种想象的活力大都能保持终生。世界的悲剧在于,那些富于想象力的人经验不足,而那些富有经验的人又贫于想象。蠢人们凭想象行事而缺乏知识,学究们又凭知识行事而缺乏想象。大学的任务就是要将想象力和经验融为一体。

　　在想象充满青春活力的时期,对想象力的最初训练无须考虑当前行为的后果。不偏不倚的思维习惯,是不可能在细致而微、因循守旧的日常工作中获得的,而正是靠这种习惯,我们得以从一般原则的派生物中看到各种范例性观念的变化。不管是对,还是错,你尽可能自由思考,自由地去欣赏大自然的千

学位。1885—1911年任教于剑桥大学,1924—1937年任教于哈佛大学。他与伯特兰·罗素合著的《数学原理》标志着人类逻辑思维的巨大进步,是永久性的伟大学术著作之一。同时也创立了20世纪最庞大的形而上学体系是"过程哲学"(又称历程哲学)的创始人。1927年,怀特海受邀在爱丁堡大学的季福讲座演说。1929年讲稿出版为《历程与实在》一书,为历程哲学奠基,是对西方学的重大贡献。1933年出版的《观念之历险》对怀特海形而上学的主要见解作了摘要,是他最后也最可读的一本著作。

姿百态,而不必害怕冒险。

大学造就我们文明的知识先驱:牧师、律师、政治家、医生、科学家和文人、学者。大学一直是引导人们面对他们时代的混乱的思想之家。清教徒的先辈离开英格兰,按其宗教信念建立了一个社会:他们较早的行动之一就是在以其母国观念命名的坎布里奇建立了哈佛大学,很多清教徒都在这所大学得到了培养。今天的商业活动正如以往其他职业的活动所有过的那样,需要同样的富有理智的想象力。大学就是这种曾为欧洲民族的进步提供这种智慧的机构。

在中世纪早期,大学的起源是不清楚的,几乎不引人注目。它们是逐渐而自然地发展起来的。但大学的存在是欧洲人在许多活动领域的生活持续、飞速发展的原因。由于大学的作用,行动的探险与思想的探险得以统一。我们不可能预测这种机构必然会取得成功。即使现在,有时,对它们是如何在令人困惑的人类一切事务中成功地发挥作用的,仍感到难以理解。当然,大学的工作也有许多失败,但是,如果以一种深远的历史观点来看,大学的成就是明显的,而且几乎是一贯的。意大利、法国、德国、荷兰、苏格兰、英格兰和美国的文化史都证明了大学的这种影响。"文化史"一词,我主要不是用来指学者们的生活,我是以此来显示那些给法国、德国和其他国家带来了各种类型的人类成就的那些人的生命活力,这种成就加上他们对生活的激情,构成了我们爱国主义的基础。我们是乐意成为这种社会的一个成员的。

人类更深入一步的各种努力遇到了极大的困难。这一困境,在现时代,恶化的可能性已大为增加。在一个大机构中,作为新手的年轻人,必须服从命令,照章行事……这样的工作就是一种强化训练,它传授知识,造就忍耐的性格,并且,这是处于新手阶段的年轻人仅有的工作……

其结果是职业后期所需的重要素质很容易在早期被践踏。这仅是更多的一般事实的一个事例,即所需的良好技术只能通过那些易于摧残心智活力的训练去获得,而这种心智活动本应是要指导技术性技能的。这是教育中重要的事实,也是大多数困难的症结所在。

大学为诸如现代商业或传统一类的智力化职业做准备的方式在于增进对作为职业基础的各种一般原则的富于想象的思考。这样,学生才能带着他们在将具体事务与一般原则相联系的过程中已经践行过的想象,进入其技术学徒制阶段。具体事务也就获得了意义,并例证了被赋予的那种意义的原则。因此,一个人要受到适当的训练,应期望通过具体的事例和必需的习惯去获得想象的训练,而不是单凭经验去做苦工。

为此,一所大学的特有功能就是运用想象力去获得知识。若不是为了这种重要的想象力,也就没有理由说为什么商业人员和其他职业的人不应该随心所欲地一点一滴地收集事实。大学是富有想象力的,否则就不是大学(至少毫无用处)。

想象力是一种"传染病"。它不可能用尺量,用秤称,然后,再由大学教师分发给学生。它只有通过其成员自身也具有丰富想象力的大学进行交流传递。讲到这一点,我无非在重复一个最古老的观点。两千多年前,古人就用一枝代代相传的火炬来象征学问。这个燃烧的火炬就是我所讲的想象力。组织大学的全部艺术在于提供教育的是由其学问闪耀着想象力的大学教师,这是大学教育的问题之一;除非我们小心谨慎,否则,我们如此引以为豪的大学近来在学生数量和活动的多样化方面的巨大发展,都将由于我们对这一问题的错误处置而未能产生正确的结果。

想象力和学问的结合需要悠闲自在、无拘无束、无忧无虑的气氛,需要多种多样的经验,需要同那些在观点上和智力训练上不相同的心智相互激发。还需要在促进知识的发展时,为周围社会的成就而自豪的兴奋和自信。想象力不可能一劳永逸地获得,然后永远保存在冰柜里让其以固定的数量定期增长。学习和富有想象的生活是一种生存方式,而不是一件商品。

你要教师有想象力吗?那么让他们对正处在一生中最有朝气、最富有想象力时期的青年人产生思想上的共鸣,此时理智正进入这些青年人成熟的训练中。让研究人员在可塑、开放、富有活力的心智面前展示自己,让青年学生在与充满智力探险的心智的接触中,圆满地通过他们的理智获取阶段。教育是对生活的探险的训练,研究就是智力的探险,而大学应该成为年轻人和年长者共同进行探险的故乡。成功的教育在其所传授的知识中必须具有一定的新颖性。要么知识本身是新的,要么具有某些适用于新时代新世界的新颖性。知识并不比活鱼更好保存。你可以讲古老的真理、传授古老的知识,但你必须设法使知识(如它本来的那样)像刚从海里抓上来的鲜鱼,带着它即时的新鲜,呈现给学生。

学者的职责是唤醒智慧和美的生活,这种生活若不是学者们的苦心孤诣,在过去就丧失了。一个进步的社会有赖于三个群体:学者、发现者和发明者。社会的进步也基于以下的事实:受过教育的人是由每一个略有学问、略有发现和略有发明的人构成。我这里所用的"发现"一词,是指有关高度概括之真理这一类知识的增长;"发明"一词指有关一般真理按即时需要以特定方式加以运用而形成的这一类知识的增长。很明显,这三个群体是融为一体的,那些从事实际事务的人,就他们为社会的进步做出贡献而言也可以称为发明者。不过,任何人都有其自身职能和自身特定需要的局限性。对一个国家来说,重要的是各种进步因素要紧密联合在一起。这种联合可以使学习影响市场,而市场又可调整学习。大学是将各种进步因素融合起来以形成有效发展之工具的主要机构,当然,它并不是唯一的机构。

不过,今天进步快的国家都是那些大学兴旺发达的国家,这是事实。

简评

1880 年,阿弗烈·诺夫·怀特海考入剑桥大学三一学院,主攻数学。课余,他经常阅读和讨论文学、哲学、政治、宗教等著作。1887 年和 1905 年,他分别获得硕士和博士学位。他在母校剑桥大学任教达 25 年,从 1885—1911 年,主要从事教学、著述和一些政治活动。 1924—1937 年任教于美国哈佛大学。他与伯特兰·罗素合著的《数学原理》标志着人类逻辑思维的巨大进步,是永久性的伟大学术著作之一。同时也创立了 20 世纪最庞大的形而上学体系。怀特海是 19—20 世纪杰出的数学家和哲学家,同时也是西方三大教育学家之一。《教育的目的》是他的代表作。由 7 篇文章组成,其中相当的篇幅谈到了大学及大学教育。他认为,大学的扩张是当代社会生活的一个显著特征。所有的国家都分享了这一运动。大学造就我们文明的知识先驱:律师、政治家、医生、科学家和文人学者。大学一直是引导人们面对他们时代的混乱的思想之家。作者在阐述教育的目的时开宗明义:"……在教育发展史上,最引人注意的现象是,一些学校在某个时期充满天才创造的活力,后来却迂腐而墨守成规。其原因就在于,这些学校深受这种呆滞思想的束缚和影响。囿于这种思想的教育,不仅毫无价值,还极其有害。除了在知识蓬勃发展的少数时期外,过去的教育完全受这种呆滞教育的影响。"想象力的缺乏是作者非常关注的。在此基础之上,本文《想象力:大学存在的理由》更加集中、全面、深刻地阐述了这个问题,主要集中在大学教育中。

"大学是教育机构,也是研究机构,但大学存在的主要原因既不能从它向学生传授纯粹知识方面，也不能从它为院系成员提供纯粹研究机会方面去寻找。……大学存在的理由在于，它联合青年人和老年人共同对学问进行富有想象的研究，以保持知识和火热的生活之间的联系。"怀特海认为：大学存在的理由是它把年轻人和老年人联合在一起，对学术展开充满想象力的探索，从而在知识和生命热情之间架起桥梁。大学之所以存在，主要原因并不在于仅仅向学生们传播知识，也不在于仅向教师们提供研究机会。"教育是对生活的探险的训练，研究就是智力的探险，而大学应该成为年轻人和年长者共同进行探险的故乡。"他强调的是大学存在的理由：它使青年和老年人融为一体，对学术进行充满想象力的探索。从而在知识和追求生命的热情之间架起桥梁。大学确实传授知识，但它以充满想象力的方式传授知识。一所大学若不能发挥这种作用，它便失去了存在的价值。这种充满想象力的探索会产生令人兴奋的环境氛围，知识在这种环境氛围中发生变化。就是在今天，大学的这两个功能更应该用更加经济的方式来实现。人类的悲剧在于，那些富于想象力的人缺少经验，而那些有经验的人则想象力贫乏。愚人没有知识却凭想象力办事；书呆子缺乏想象力但凭知识办事。而大学的任务就是将想象力和经验融为一体。关键是找到二者之间的平衡点。

同样的道理，社会的进步也基于以下的事实：受过教育的人是由每一个略有学问、略有发现和略有发明的人构成。大学的责任，是将想象力和经验完美地结合起来。我们的祖先将知识比喻成一个代代相传的火炬，这个点燃的火炬其实就是想象力。大学组织的全部艺术，就是供应一支用想象力点燃学问的教师队伍。"为此，一所大学的特有功能就是运用想象力去获得知识。若不是为了这种重要的想象力，也就没有理由说为什么商业人员和其他职业的人不应该随心所欲地一点一滴地收集事实。大学是富有想象力的，否则就不是大学（至少毫无用处）。……想象力是一种'传染病'。它不可能用尺量,用秤称,然后,再由大学教师分发给学生。它只有通过其成员自身也具有丰富想象力的大学进行交流传递。讲到这一点,我无非在重复一个最古老的观点。两千多年前,古人就用一枝代代相传的火炬来象征学问。这个燃烧的火炬就是我所讲的想象力。"我们绝不能认为,大学以创新思想的形式生产的产品只能通过发表署有作者姓名的论文和著作来衡量。他们创造性的思想须要通过讲演或个别讨论的形式,在与学生直接交流中得到阐发。牛津大学自诞生之日起,几百年来她造就了一批批的学者,他们对学术知识进行充满想象力的探索。哈佛大学——清教徒运动时期的有代表性的大学。17世纪和18世纪美国新英格兰的清教徒们是最富有想象力的人,他们克制外向的表达,害怕形体美的象征意义;但某种程度上,他们在内心深处苦苦地思考着人类理智想象出来的精神世界的真理。在那个时代,信奉清教的教师们一定是充满想象力的,他们造就了那些举世闻名的伟人。

怀特海认为,想象力和知识的融合通常需要一些闲暇,需要摆脱束缚之后的自由,需要从烦恼中解脱出来,需要各种不同的经历,需要其他智者不同观点和不同才识的激发。这让我们再次想到了亚里士多德的这句话:科学产生的条件有三个——闲暇、自由、好奇心。那就是:"想象力和学问的结合需要悠闲自在、无拘无束、无忧无虑的气氛,需要多种多样的经验,需要同那些在观点上和智力训练上不相同的心智相互激发。还需要在促进知识的发展时,为周围社会的成就而自豪的兴奋和自信。想象力不可能一劳永逸地获得,然后永远保存在冰柜里让其以固定的数量定期增长。学习和富有想象的生活是一种生存方式,而不是一件商品。"

我们今天的大学,承担起了这样的责任了吗?我们今天的大学有足够的想象力吗?这值得所有的人尤其是大学教育工作者深思。

怎样才配称做现代学生

◇ 蔡元培

一般很可爱的青年男女，住着男女同学的学校，就可以算作现代学生么？或者能读点外国文的书，说几句外国语；或者能够"信口开河"地谈什么……什么主义和什么什么……文学，也配称作现代学生么？我看，这些都是表面的或次要的问题。我以为至少要具备下列三个条件，才配称作现代学生。

（一）狮子样的体力

我国自来把读书的人叫作文人，本是因为他们所习的是为文事的缘故，不料久而久之这"文人"两个字和"文弱的人"四个字竟发生了连带的关系。古

本文选自胡适、鲁迅等《民国语文》（长安出版社2011年版，本文原载《现代学生》1930年第1卷第1期）。蔡元培（1868—1940）字鹤卿，又字仲申、民友、子民，并曾化名蔡振、周子余，汉族，浙江绍兴山阴县（今浙江绍兴）人，原籍浙江诸暨。革命家、教育家、政治家、民主进步人士、国民党中央执委、国民政府委员兼监察

院院长、中华民国首任教育总长。1916年至1927年任北京大学校长，革新北大开"学术"与"自由"之风；1920年至1930年，蔡元培同时兼任中法大学校长。1940年病逝于香港。

时文士于礼、乐、书、数之外，尚须学习射、御，未尝不寓武于文。不料到后来，被一些野心帝王专以文字章句愚弄天下儒生，鄙弃武事，把知识阶级的体力继续不断地摧残下去，流毒至今，一般读书人所应有的健康，大都被毁剥了。羸弱父母，哪能生出康强的儿女！先天上既虞不足，而学校教育，又未能十分注意体格的训练，后天也就大有缺陷。所以现时我国的男女青年的体格，虽略较二十年前的书生稍有进步，但比起东、西洋学生壮健活泼、生机勃茂的样子来，相差真不可以道里计。新近有一位留学西洋多年而回国不久的朋友对我说，他刚从外洋回到上海的时候，在马路上走，简直不敢抬头，因为看见一般孱弱已极、毫无生气的中国男女，不禁发生恐惧和惭愧的感觉。这位朋友的话，并不是随便邪说。任何人刚从外国回到中国国境，怕都不免有同样的印象。这虽是就普通的中国人观察，但是学校里的学生也好不了许多。先有健全的身体，然后有健全的思想事业，这句话无论何人都是承认的，所以学生体力的增进，实在是今日办教育的生死关键。

现今欲求增进中国学生的体力，唯有提倡运动一法。中国废科举，办学校，虽已历时二十余年之久，对于体育一项的设备，太不注意。甚至一个学校连操场、球场都没有，至于健身房、游泳池等等关于体育上的设备，更说不上了。运动机会既因无"用武地"而减少，所以往往有聪慧勤学的学生，只因体力衰弱的缘故，纵使不患肺病、神经衰弱病及其它病症而青年夭折，也要受精力不强、活动力减少的影响，不能出其所学贡献于社会，前途希望和幸福就从此断送，这是何等可悲痛的事！

今日的学生，便是明日的社会中坚、国家柱石，这样病夫式或准病夫式的学生，焉能担得起异日社会国家的重责！又焉能与外国赳赳武夫的学生争长比短！就拿本年日本举行的第九届远东运动会而论，我国运动员的成绩比起日本来，几于处处落人之后。较可取巧的足球，日本学生已成我劲敌。至于最费体力的田径赛，则完全没有我国学生的地位，这又是何等可羞耻的事！

体力的增进，并非一蹴而就。试观东、西洋学生，自小学以至大学，无一日不在锻炼陶冶之中。所以他们的青年，无不嗜好运动，兴趣盎然。一闻赛球，群起而趋。这种习惯的养成，良非易事。而健全国民的基础，乃以确立。这种情形，在初入其国的，尝误认为一种狂癖；观察稍久，方知其影响国本之大。这是我们所应憬然猛省的。

外人因我国度庞大而不自振作，特赠以"睡狮"的怪号。青年们！醒来吧！赶快回复你的"狮子样的体力"，好与世界健儿一较好身手，并且以健全的体力，去运用思想，创造事业！

（二）猴子样的敏捷

"敏捷"的意思，简单说起来就是"快"。在这二十世纪的时代做人,总得要做个"快人"才行。譬如赛跑或游泳一样,快的居前,不快的便要落后,这是无可避免的结果。我们中国的文化,在两千年前,便已发展到与现今的中国文化程度距离不远。那时欧洲大陆还是蛮人横行的时代。而美洲尚草莽未辟,更不用说。然而今日又怎样呢?欧洲文化的灿烂,吾人既已瞠乎其后,而美洲则更发展迅速。美利坚合众国立国至今不过一百五十四年,其政治、经济的一切发展,竟有"后来居上"之势。这又是什么缘故呢?这固然是美国的环境好,适于建设。而美国人的举动敏捷,也是他们成功迅速的一个最大原因。吾人试游于美国的都市,汽车、街车等等的风驰电掣不算,就是在大街两旁道上走路的人,也都是迈步直前,绝少左顾右盼、姗姗行迟,像中国人所常有的样子。再到他们的工厂或办事房中去参观,他们也是快手快脚的各忙各的事体。至于学校里的学生,无论在讲堂上、操场上、图书馆里、实验室里,一切行动态度,总是敏捷异常,活泼得很。所以他们能够在一个短时期内,学得多,做得多。将来的成就也自然的多起来了。掉转头来看看我国的情形,一般人是行动迟缓,姑置勿论;就是学校里的学生,读书做事,也大半有一些不灵敏。所以在初中毕业的学生,国文不能畅所欲言;在大学里毕业的学生,未必能看外国文的书籍。这不是由于他们的脑筋迟钝,实在是由于习惯成自然。所以出了学校以后,做起事来,仍旧不能紧张,依然"从容不迫"地做下去。西洋人可以一天做完的事，中国人非两天或三天不能做完。在效率上相差得这样多，所成就的事体，自然也就不可同日而语了。

关于这种迟缓的不敏捷的行动，我说是一种习惯，而且这种习惯是由青年时代养成的，并不是没有什么事实上的根据。我们可以用华侨子弟和留学生来做证明：在欧美生长的中国小孩，行动的敏捷，固足与外国小孩相颉颃；而一般留学生，初到外国的时候，总感觉得处处落人之后，走路没有人家快，做事没有人家快，读书没有人家快，在课堂上抄笔记也没有人家写得快、记得多，苦不堪言。但在这样环境中吃得苦头太多了以后，自然而然的一切行动也就渐渐的会变快了。所以留学生回国后一切行动，总比普通一般人要敏捷些。等到他们在百事迟钝的中国环境里住的时间稍为长久一点，他们的迟缓的老脾气，或者也会重新发作的。就拿与人约会或赴宴会做例子，在欧美住过几年的人，初回国的时候，大都是很肯遵守时间，按时而到；后来觉得自己到了，他人迟到，也是于事无益，呆坐着等人，还白白糟蹋了宝贵的时间，不如还是从俗罢。但是这种习惯的误事和不便，是人人所引为遗憾的。尤其是我们的青年人，应当积极纠正的。

青年们呀！现在已经是二十世纪的新时代了！这个时代的特征就是"快"。你看布满了各国大陆的铁道、浮遍了各国海洋的船舰、肉眼可看见的有线电的电线、不可见的无线电的电浪、可以横渡大西洋而远征南北极的飞机、城市地面上驰骋着的街车与汽车、地面下隧道中通行的火车与电车，以及工厂、农场、公事房、家庭中所有的一切机器，哪一件不是为要想达到"快"的目的而设的。况且凡百科学，无不日新月异的在那里增加发明。我们纵不能自己发明，也得要迎头赶上去、学上去，这都是非快不为功的。

据进化论的昭示，我们人类由猿猴进化而来。却是人类在这比较安舒的环境中，行动渐次变得迟钝，反比猴子略逊一筹，而中国人的怠惰程度更特别的高。以开化最早的资格，现反远居人后，这是多么惭愧的事！现在我们的青年，如要想对于求学、做事两方面力振颓风，则非学"猴子样的敏捷"，急起直追不可！

（三）骆驼样的精神

在中国四万万同胞中，各人所负责任的重大，恐怕要算青年学生首屈一指了！就中国现时所处的可怜地位和可悲的命运而论，我们几乎可以说：凡是可摆脱这种地位、挽回这种命运的事情和责任，直接或间接都是要落在学生们的双肩上。

第一是对于学术上的责任：做学生的第一件事就要读书。读书从浅近方面说，是要增加个人的知识和能力，预备在社会上做一个有用的人材；从远大的方面说，是要精研学理，对于社会国家和人类作最有价值的贡献。这种责任是何等的重大！读者要知道一个民族或国家要在世界上立得住脚——而且要光荣地立住——是要以学术为基础的。尤其是在这竞争剧烈的二十世纪，更要倚靠学术。所以学术昌明的国家，没有不强盛的；反之，学术幼稚和知识蒙昧的民族，没有不贫弱的。德意志便是一个好例证：德人在欧战时力抗群强，能力固已可惊；大败以后，不到十年而又重列于第一等国之林，这岂不是由于他们的科学程度特别优越而建设力强所致么？我们中国人在世界上原来是很有贡献的——如发明指南针、印刷术、火药之类——所以现时国力虽不充足，而仍为谈世界文化者所重视。不过经过两千年专制的锢蔽，学术遂致落伍。试问在现代的学术界，我们中国人对于人类幸福有贡献的究竟有几个人呢？无怪人家渐渐看不起我们了。我们以后要想雪去被人轻视的耻辱，恢复我们固有的光荣，只有从学术方面努力，提高我们的科学知识，更进一步对世界作出新的贡献，这些都是不能不首先属望于一般青年学生的。

第二是对于国家的责任：中国今日，外则强邻四逼，已沦于次殖民地的地位；内则政治紊乱，民穷财匮，国家的前途实在太危险了。今后想摆脱列强的羁绊，则非急图取消不平等条约不可。想把国民经济现状改良，使国家能享独立、自由、富厚的生活，则非使国内政治能上轨道不可。昔范仲淹为秀才时，便以天下为己任，果然有志竟成。现在的学生们，又安可不以国家为己任啊!

第三是对于社会的责任:先有好政治而后有好社会,或先有好社会而后有好政治? 这个问题用不着什么争论,其实二者是相互影响的,所以学生对于社会也是负有对于政治同等的责任。我们中国的社会,是一个很老的社会,一切组织形式及风俗习惯,大都陈旧不堪,违反现代精神而应当改良。这也是要希望学生们努力实行的。因为一般年纪大一点的旧人物,有时纵然看得出,想得到,而因濡染太久的缘故,很少能彻底改革的。所以关于改良未来的社会一层,青年所负的责任也是很大的。

以上所说的各种责任都放在学生们的身上,未免太重一些。不过生在这时的中国学生,是无法避免这些责任的。若不学着"骆驼样的精神"来"任重道远",又有什么办法呢?

除开上述三种基本条件而外,再加以"崇好美术的素养",和"自爱""爱人"的美德,便配称作现代学生而无愧了。

简评

《怎样才配做一个现代学生》是上个世纪初,蔡元培先生对学生提出的几点要求,文中所列民国时期"现代学生"的条件,近一个世纪过去了,今天的"现代学生"又做得如何呢? 这几点要求不仅仍然有其一定的科学道理,而且在今天的学校教育中,看来依然还有一定的价值。

蔡元培先生早年参加反清朝帝制的斗争,民国初年主持制定了中国近代高等教育的第一个法令——《大学令》。之后,蔡元培数度赴德国和法国留学、考察,研究哲学、文学、美学、心理学和文化史,为他致力于改革封建教育奠定思想理论基础,对于改革中国传统教育,尤其是高等教育,蔡元培先生是青史留名的。著名的教育家杜威就这样说过:

"把全世界各国大学校长比较一下，牛津、剑桥、巴黎、哈佛、哥伦比亚等大学的校长之中，他们有的在某一学科确有成就；但是以一个校长的身份而能领导那个大学，并对那个民族、一个时代起到转折作用的，除了蔡元培，恐怕还找不出第二个。"作为教育家的大学校长，蔡元培的教育模式新颖，不拘一格，认为教育是国家兴旺之根本，是国家富强之根基。教育思想灵活，兼容并包，不因学术争议而排斥，广泛吸收各家所长。"教育者，养成人格之事业也。"他主张教育应注重学生，反对呆板僵化。他还提倡美育、健康教育、人格教育等新的教育观念。总之，教育的一切以培养高素质的人才为最终目的。《怎样才配称做现代学生》就是蔡元培先生这一思想的充分体现。

学生是国家的未来和希望，正因为如此，对于学生，人们总是会寄予很多希望，提出很多要求，作为一个时代教育战线上的领军人物的蔡元培先生，会站得更高、看得更远。本文所罗列民国当时的"现代学生的条件"，虽然是一个老生常谈的问题，但是，无疑会对整个教育界产生轰动的效应。人才的标准是要能够担负国家和社会的责任：教育的主旨是"养成人格"，只有这样才能实现教育的最高境界，体现教育的理想。蔡元培先生认为：学生们在学校里，一要养成科学的头脑。这就是说，凡事要考求其所以然，要穷究其因果关系，那他的头脑才算经过一番科学的训练；二要养成劳动的能力。要打破"劳力"和"劳心"的成见；三是要提倡艺术的兴趣，以增进精神，增加兴趣——艺术的兴趣，由此才能得到身心的陶冶，并且内化为一种精神的力量。蔡元培先生还认为，至少要具备下列三个形象的条件，才配称做现代学生：狮子样的体力、猴子样的敏捷、骆驼样的精神。还说："除开上述三种基本条件而外，再加以'崇好美术的素养'，和'自爱'、'爱人'的美德，便配称做现代学生而无愧了。"对上述三个条件他进一步说：1. 狮子样的体力。"先有健全的身体，然后有健全的思想和事业"，"所以学生体力的增进，实

怎样才配称做现代学生

在是今日办教育的生死关键。""今日的学生,便是明日的社会中坚,国家柱石,这样病夫式或准病夫式的学生,焉能担得起异日社会国家的重责!又焉能与外国赳赳武夫的学生争长比短!……" 2. 猴子样的敏捷。"敏捷"的意思,简单说起来就是"快"。在这二十世纪的时代做人,总得要做个"快人"才行。譬如赛跑或游泳一样,快的居前,不快的便要落后,这是无可避免的结果。……现在我们的青年,如要想对于求学、做事两方面,力振颓风,则非学"猴子样的敏捷",急起直追不可! 3. 骆驼样的精神。就"骆驼样的精神"而言,对于学生来说,要承担起三个方面的责任:

(1)对于学术上的责任。蔡先生说:"要知道一个民族或国家要在世界上立得住脚,——而且要光荣的立住,——是要以学术为基础的。尤其是,在这竞争剧烈的二十世纪,更要倚靠学术。所以,学术昌明的国家,没有不强盛的;反之,学术幼稚和知识蒙昧的民族,没有不贫弱的。……正如哈佛大学校长萨默斯 2002 年 5 月 14 日在北京和北大学生交谈时说:"学术研究很重要,她是一个大学生存的基础,但是学者们也应该关注国家、社会的经济体制,勇于承担对社会的责任。""一名大学毕业生最需要的是有自己的思想,有思考问题的力。……从各个领域最成功人士身上我们可以看到,他们的共同点是善于思考,从而能比别人有更多的发现,而其中最重要的又是思维的严谨和创新。"

(2)对于国家的责任。他以范仲淹的事例号召青年要"以天下为己任"。

(3)对于社会的责任。蔡元培先生认为,学生对于社会也是负有对于政治同等的责任。

在本文中,东西方教育思想的融合,水乳交融,阐述得深刻而又生动!

太阳下的风景
——沈从文与我

◇ 黄永玉

从十二岁出来，在外头生活了将近四十五年，才觉得我们那个县城实在是太小了。不过，在天涯海角，我都为它骄傲，它就应该是那么小，那么精致而严密，那么结实。它也实在是太美了，以至以后的几十年我到哪里也觉得还是我自己的故乡好；原来，有时候，还以为可能是自己的偏见。最近两次听到新西兰的老人艾黎说："中国有两个最美的小城，第一是湖南凤凰，第二是福建的长汀……"他是以一个在中国生活了将近六十年的老朋友说这番话的，我真是感激而高兴。

我那个城，在湘西靠贵州省的山洼里。城一半在起伏的小山坡上，有一些峡谷，一些古老的森林和

本文选自黄永玉散文集《太阳下的风景》（生活·读书·新知三联书店 1998 年版）。黄永玉，画家。笔名黄杏槟、黄牛、牛夫子。1924 年 7 月 9 日出生在湖南省常德县（今常德市鼎城区），祖籍为湖南省的凤凰县城。土家族人。现为中央美术学院教授，曾任版画系主任及中国美协副主席。美术代表作品：中国第一张生肖邮票：

猴票。《黄永玉木刻集》《猫头鹰》《这些忧郁的碎屑》《沿着塞纳河到翡冷翠》。著作有黄永玉作品系列:《永玉六记》《黄永玉大画水浒》《老婆呀,不要哭》《一路唱回故乡》《吴世茫论坛》《太阳下的风景》《这些忧郁的碎屑》《沿着塞纳河到翡冷翠》《火里凤凰》《比我老的老头》《从万荷堂到玉氏山房》《永不回来的风景》《无愁河上的浪荡汉子》等。

草地,用一道精致的石头城墙上上下下地绣起一个圈来圈住。圈外头仍然那么好看,有一座大桥,桥上层叠着二十四间住家的房子,晴天里晾着红红绿绿的衣服,桥中间是一条有瓦顶棚的小街,卖着奇奇怪怪的东西。桥下游的河流拐了一个弯,有学问的设计师在拐弯的地方使尽了本事,盖了一座万寿宫,宫外左侧还点缀一座小白塔。于是,成天就能在桥上欣赏好看的倒影。

城里城外都是密密的、暗蓝色的参天大树,街上红石板青石板铺的路,路底有下水道,蔷薇、木香、狗脚梅、橘柚,诸多花果树木往往从家家户户的白墙里探出枝条来。关起门,下雨的时候,能听到穿生牛皮钉鞋的过路人丁丁丁地从门口走过。还能听到庙檐四角的"铁马"风铃丁丁当当的声音。下雪的时候,尤其动人,因为经常一落即有二尺来厚。

最近我在家乡听到一位苗族老人这么说,打从县城对面的"累烧坡"半山下来,就能听到城里"哄哄哄"的市声,闻到油炸粑粑的香味。实际上那距离还在六七里之遥。

城里多清泉,泉水从山岩石缝里渗透出来,古老的祖先就着石壁挖了一眼一眼壁炉似的竖穹,人们用新竹子做成的长勺从里头将水舀起来。年代久远,泉水四周长满了羊齿植物,映得周围一片绿,想起宋人赞美柳永的话"有井水处必有柳词",我想,好诗好词总是应该在这种地方长出来才好。

我爸爸在县里的男小学做校长,妈妈在女小学做校长。妈妈和爸爸都是在师范学校学音乐美术的,不知道什么时候爸爸用他在当地颇有名气的拿手杰作通草刻花作品去参加了一次"巴拿马赛会"(天晓得是一次什么博览会),得了个铜牌奖,很使他生了一次大气(他原冀得到一块大金牌的)。虽然口味太高,这个铜牌奖毕竟使他增长了怀才不遇的骄傲快感。这个人一直是自得其乐的。他按得一手极复杂的大和弦风琴,常常闭着眼睛品尝音乐给他的其它东西换不来的快感。以后的许多潦倒失业的时光,他都是靠风琴里的和弦与闭着的眼睛度过的。我的祖母不爱听那些声音,尤其不爱看我爸爸那副"与世无争随遇而安"的神气,所以一经过噪刮的风琴旁边时就嘟嘟囔囔,说这个家就是让这部风琴弄败的。可是这风琴却是当时本县惟一的新事物。

妈妈一心一意还在做她的女学校校长,也兼美术和音乐课。从专业上说,她比爸爸差多了,但人很能干,精力尤其旺盛。每个月都能从上海北京收到许多美术音乐教材。她教的舞蹈是很出色而大胆的,记得因为舞蹈是否有伤风化的问题和当地的行政长官狠狠地干过几仗,而都是以胜利告终。她第一个剪短发,第一个穿短裙,也鼓励她的学生这么做。在当时的确是颇有胆识的。

看过几次电影,《早春二月》那些歌,那间学校,那几位老师,那几株桃花李花,多么像我们过去的生活!

再过一段时候,爸爸妈妈的生活就寥落了,从外头回来的年轻人代替了他们。他们消沉、难过，以为是某些个人对不起他们。他们不明白这就是历史的规律，后浪推前浪啊！不久，爸爸到外地谋生去了，留下祖母和妈妈支撑着摇摇欲坠的自古相传的"古椿书屋"。每到月底，企盼着从外头寄回来的一点点打发日子的生活费。

有一天傍晚，我正在孔庙前文星街和一群孩子进行一场简直像真的厮杀的游戏，忽然一个孩子告诉我，你们家来了个北京客人！

我从来没亲眼见过北京客人。我们家有许许多多北京、上海的照片，那都是我的亲戚们寄回来让大人们觉得有意思的东西，对孩子来说，它又不是糖，不是玩意，看看也就忘了。这一次来的是真人，那可不是个随随便便的事。

这个人和祖母围着火炉膛在矮凳上坐着，轻言细语地说着话，回头看见了我。

"这是老大吗?"那个人问。

"是呀！"祖母说，"底下还有四个咧！真是旺丁不旺财啊！"

"喂！"我问，"你是北京来的吗?"

"怎么那样口气？叫二表叔！"祖母说，"是你的从文表叔！"

我笑了，在他周围看了一圈，平平常常，穿了件灰布长衫。

"嗯……你坐过火车和轮船?"

他点点头。

"那好!"我说完马上冲出门去,继续我的战斗。一切一切都那么淡漠了。

几年以后,我将小学毕业,妈妈叫我到四十五里外的外婆家去告穷,给骂了一顿,倒也在外婆家住了一个多月。有一天,一个中学生和我谈了一些很深奥的问题,我一点也不懂,但我即将小学毕业,不能在这个中学生面前丢人,硬着头皮装着对答如流的口气问他,是不是知道从凤凰到北京要坐几次轮船和几次火车?

他好像也不太懂,这教我非常快乐。于是我又问他知不知道北京的沈从文? 他是我爸爸的表弟,我的表叔。

"知道! 他是个文学家,写过许多书,我有他的书,好极了,都是凤凰口气,都是凤凰事情,你要不要看? 我有,我就给你拿去!"

他借的一本书叫做《八骏图》,我看了半天也不懂,"怎么搞的? 见过这个人,又不认得他的书? 写些什么狗皮嘮糟的事? 老子一点也不明白⋯⋯"我把书还给那个中学生。

"怎么样?"

"唔、唔、唔。"

许多年过去了。

我流浪在福建德化山区里,在一家小瓷器作坊里做小工。我还不明白世界上有一种叫做工资的东西,所以老板给我水平极差的三顿伙食已经十分满足。有一天,老板说我的头发长得已经很不像话,简直像个犯人的时候,居然给了我一块钱。我高高兴兴地去理了一个"分头",剩下的七角钱在书店买了一本《昆明冬景》。

我是冲着"沈从文"三个字去买的。钻进阁楼上又看了半天,仍然是一点意思也不懂。这我可真火了。我怎么可以一点也不懂呢?就这么七角钱?你还是我表叔,我怎么一点也不明白你在说些什么呢?七角钱,你知不知道我这七角钱要派多少用场?知不知道我日子多不好过?我可怜的七角钱……

德化的跳蚤很多,摆一脸盆水在床板底下,身上哪里痒就朝哪里抓一把,然后狠狠往床下一摔,第二天,黑压压一盆底跳蚤。

德化出竹笋,柱子般粗一根,山民一人抬一根进城卖掉买盐回家。我们买来剁成丁子,抓两把米煮成一锅清粥,几个小孩一口气喝得精光,既不饱,也不补人,肚子给胀了半天,胀完了,和没有吃过一样。半年多,我大腿跟小腿都肿了起来,脸也肿了;但人也长大了……

我是在学校跟一位姓吴的老师学的木刻,我那时是很自命不凡的,认为既然刻了木刻,就算是有了一个很好的倾向了。听说金华和丽水的一个木刻组织出现,就连忙把自己攒下来的一点钱寄去,算是入了正道,就更是自命不凡起来,而且还就地收了两个门徒。

甚惋惜的是,那两位好友其中之一给拉了壮丁,一个的媳妇给保长奸污受屈,我给他俩报了仇,就悄悄地离开了那个值得回忆的地方,不能再回去了。

在另一个地方遇见了一对夫妇,他们善心地收留我,把我当作自己的孩子一样照顾,这个家真是田园诗一样善良和优美。我就住在他们收藏极丰富的书房里,那些书为我所有,我贪婪地吞嚼那些广阔的知识。两夫妇给我文化上的指引,照顾我受过伤的心灵,深怕伤害了我极敏感的自尊心,总是小心地用商量的口气推荐给我系统性的书本。

"你可不可以看一下威尔斯的《世界史纲》,你掌握了这一类型的各种知识,就会有一个全局的头脑。你还可以看看他写书的方法……"

"我觉得你读一点中外的历史、文化史,你就会觉得读起别的书来更有本领,更会吸收……"

"……莱伊尔的《普通地质学》和达尔文《在贝尔格军舰上的报告书》之类的书,像文学一样有趣,一个自然科学家首先是个文学家这多好!是不是?"

"……波特莱尔是个了不起的诗人,多聪明机智,是不是?但他的精神上是有病的,一个诗人如果又聪明能干,精神又健康多好!"

"不要光看故事,你不是闲人;如果你要写故事,你怎么能只做受感动的人呢?要抓住使人感动的许许多多的艺术规律,你才能够干艺术工作。你一定做得到……"

将近两年,院子的红梅花开了两次,我背着自己做的帆布行囊远远地走了,从此没有再回到那个温暖的家去。他们家的两个小孩都已长大成人,而且在通信中知道还添了一个美丽的女孩。这都是将近四十年前的往事了。我默祷那些活着的和不在人世的善良的人过得好,好人迟早总是有好报的,遗憾的是,世上的许多好人总是等不到那一天……

在两位好人家里的两年,我过去短短的少年时光所读的书本一下子都觉醒了,都活跃起来。生活变得那么有意思,几乎是,生活里每一样事物,书本里都写过,都歌颂或诅咒过。每一本书都有另一本书做它的基础,那么一本一本串联起来,自古到今,成为庞大的有系统的宝藏。

以后,我拥有一个小小的书库,其中收集了从文表叔的几乎全部的著作。我不仅明白了他书中说过的话,他是那么深度地了解故乡土地和人民的感情,也反映出他青少年时代储存的细腻的观察力和丰富的语言的魅力,对以后创作起过了不起的作用。对一个小学未毕业的人来说,这几乎是奇迹;而且坚信,人是可以创造奇迹的。

抗日战争胜利后我只身来到上海,生活困难得相当可以了,幸好有几位前辈和好友的帮助和鼓舞,正如伊壁鸠鲁说过的"欢乐的贫困是美事",工作还干得颇为起劲。先是在一个出版社的宿舍跟一个朋友住在一起,然后住到一座庙里,然后又在一家中学教音乐和美术课。那地方在上海的郊区,每到周末,我就带着一些刻好的木刻和油画到上海去,给几位能容忍我当时年轻的狂放作风的老人和朋友们去欣赏。记得曾经有过一次要把油画给一位前辈看看的时候，才发现不小心早已把油画遗落在公共汽车上了。生活穷困，不少前辈总是一手接过我的木刻稿子一手就交出了私人垫的预支稿费。记得一位先生在一篇文章里写过这样的话，"大上海这么大，黄永玉这么小"，天晓得我那时才二十一岁。

我已经和表叔沈从文开始通信。他的毛笔蝇头行草是很著名的，我收藏了将近三十年的来信，好几大捆，可惜在令人心疼的前些日子，都散失了。有关传统艺术系统知识和欣赏知识，大部分是他给我的。那一段时间，他用了许多精力在研究传统艺术，因此我也沾了不少的光。他为我打开了历史的窗子，使我有机会沐浴着祖国伟大传统艺术的光耀。在一九四六年或是一九四七年，他有过一篇长文章谈我的父母和我的行状，与其说是我的有趣的家世，不如说是我们乡土知识分子在大的历史变革中的写照。表面上，这文章有如山峦上抑扬的牧笛与江流上浮游的船歌相呼应的小协奏，实质上，这文章道尽了旧时代小知识分子、小山城相互依存的哀哀欲绝的悲惨命运。我在傍晚的大上海的马路上买到了这张报纸，就着街灯，一遍又一遍地读着，眼泪湿了报纸，热闹的街肆中没有任何过路的人打扰我，谁也不知道这哭着的孩子正读着他自己的故事。

朋友中，有一个是他的学生，我们来往得密切，大家虽穷，但都各有一套整脚的西装穿在身上。记得他那套是白帆布的，显得颇有精神。他一边写文章一边教书,而文章又那么好,使我着迷到了极点。人也像他的文章那么洒脱,简直是浑身的巧思。于是我们从"霞飞路"来回地绕圈,话没说完,又从头绕起。和他同屋的是一个报社的夜班编辑,我就睡在那具夜里永远没有主人的铁架床上。床年久失修,中间凹得像口锅子。据我的朋友说,我窝在里面,甜蜜得像个婴儿。

那时候我们多年轻,多自负,时间和精力像希望一样永远用不完。我和他时常要提到的自然是"沈公"。我以为,最了解最敬爱他的应该是我这位朋友。如果由他写一篇有关"沈公"的文章,是再合适也没有的了。

在写作上,他文章里流动着从文表叔的血型,在文字功夫上他的用功使当时大上海许多老人都十分惊叹。我真是为他骄傲。所以我后来不管远走到哪里,常常用他的文章去比较我当时读到的另一些文章是不是蹩脚?

在香港,我呆了将近六年。在那里欢庆祖国的解放。与从文表叔写过许许多多的信。解放后,他是第一个要我回北京参加工作的人。不久,我和梅溪背着一架相机和满满一皮挎包的钞票上北京来探望从文表叔和婶婶以及两个小表弟了。那时他的编制还在北京大学,而人已在革命大学学习。记得婶婶在高师附中教书,两个表弟则在小学上学。

我们呢!年轻到了家,各穿着一套咔叽布衣服,充满了简单的童稚的高兴。见到民警也务必上前问一声好,热烈地握手。

表叔的家在沙滩中老胡同宿舍。一位叫石妈妈的保姆料理家务。我们发现在北方每天三餐要吃这么多面食而惊奇不止。

我是一个从来不会深思的懒汉。因为"革大"在西郊,表叔几乎是"全托",周一上学,周末回来,一边吃饭一边说笑话,大家有一场欢乐的聚会。好久我才听说,表叔在"革大"的学习,是一段非常奇妙的日子。他被派定要扭秧歌,要过组织生活。有时凭自己的一时高兴,带了一套精致的小茶具去请人喝茶时,却受到一顿奚落。他一定有很多作为一个老作家面对新事物有所不知、有所彷徨困惑的东西,为将要舍弃几十年所熟悉用惯的东西而深感惋惜痛苦。他热爱这个崭新的世界,从工作中他正确地估计到将有一番开拓式的轰轰烈烈、旷古未有的文化大发展,这与他素来的工作方式很对胃口。他热爱祖国的土地和人民,但新的社会新的观念对于他这个人能有多少了解?这需要多么细致地分析研究而谁又能把精力花在这么微小的个人哀乐上呢?在这个大时代里多少重要的工作正等着人做的时候……

在那一段日子里,从文表叔和婶婶一点也没有让我看出在生活中所发生的重大的变化。他们亲切地为我介绍当时还健在的写过《玉君》的杨振声先生,写过《莫须有先生坐飞机以后》的废名先生,至今生气勃勃、老当益壮的朱光潜光生、冯至先生。记得这些先生当时都住在一个大院子里。

两个表弟那时候还戴着红领巾,我们四人经过卖冰棍摊子时,他们还客气地做出少先队员从来不嗜好冰棍的样子,使我至今记忆犹新。现在他们的孩子已经跟当时的爸爸一般大了,真令人唏嘘……

我们在北京住了两个月不到就返回香港,通信中知道表叔已在"革大"毕业,并在历史博物馆开始新的工作。

两年后,我和梅溪就带着七个月大的孩子坐火车回到北京。

那是北方的二月天气。火车站还在大前门东边,车停下来,一个孤独的老人站在月台上迎接我们。我们让幼小的婴儿知道:"这就是表爷爷啊!"

从南方来,我们当时又太年轻,什么都不懂,只用一条小小的薄棉绒毯子包裹着孩子,两只小光脚板露在外边,在广东,这原是很习见的做法,却吓得老人大叫起来:

"赶快包上,要不然到家连小脚板也冻掉了……"

从文表叔十八岁的时候也是从前门车站下的车,他说他走出车站看见高耸的大前门时几乎吓坏了!

"啊!北京,我要来征服你了……"

时间一晃,半个世纪过去了。

比他晚了十年,我已经二十八岁才来到北京。

时间是一九五三年二月。

我们坐着古老的马车回到另一个新家,北新桥大头条十一号,他们已离开沙滩中老胡同两年多了。在那里,我们寄居下来。

从文表叔一家老是游徙不定。在旧社会他写过许多小说,照一位评论家的话说"叠起来有两个等身齐"。那么,他该有足够的钱去买一套四合院的住屋了,没有;他只是把一些钱买古董文物,一下子玉器,一下子宋元旧锦、明式家具……精精光。买成习惯,送也成习惯,全搬到一些博物馆和图书馆去。有时连收条也没打一个。人知道他无所谓,索性捐赠者的姓名也省却了。

现在租住下的房子很快也要给迁走的。所以住得很匆忙,很不安定,但因为我们到来,他就制造一副长住的气氛,免得我们年轻的远客惶惑不安。晚上,他陪着我刻木刻,看刀子在木板上运行,逐渐变成一幅画。他为此而兴奋,轻声地念叨一些鼓励的话……

他的工作是为展品写标签,无须乎用太多的脑子。但我为他那精密之极的脑子搁下来不用而深深惋惜。我多么地不了解他,问他为什么不写小说;粗鲁的逼迫有时使他生气。

一位我们多年尊敬的、住在中南海的同志写了一封信给他,愿意为他的工作顺利出一点力气。我从旁观察,他为这封回信几乎考虑了三四年,事后恐怕始终没有写成。凡事他总是想得太过朴素,以至许多年的话不知从何谈起。

保姆石妈妈的心灵的确像块石头。她老是强调

289

从文表叔爱吃熟猪头肉夹冷馒头。实际上这是一种利用老人某种虚荣心的鼓励，而省了她自己做饭做菜的麻烦。从文表叔从来是一位精通可口饭菜的行家，但他总是以省事为宜，过分的吃食是浪费时间。每次回家小手绢里的确经常胀鼓鼓地包着不少猪头肉。

几十年来，他从未主动上馆子吃过一顿饭，没有这个习惯。当他得意地提到有限的几次宴会时——徐志摩、陆小曼结婚时算一次，郁达夫请他吃过一次什么饭算一次，另一次是他自己结婚。我没有听过这方面再多的回忆。那些日子距今，实际上已有半个世纪。

借用他自己的话说：

"美，总不免有时叫人伤心……"

什么力量使他把湘西山民的朴素情操保持得这么顽强，真是难以相信，对他自己却早已习以为常。

我在中央美术学院教学的工作一定，很快地找到了住处，是在北京东城靠城边的一个名叫大雅宝的胡同，宿舍很大，一共三进院子。头一间房子是李苦禅夫妇和他的岳母，第二间是董希文一家，第三间是张仃夫妇。然后是第二个院子，第一家是我们，第二家是柳维和，第三家是程尚仁。再是第三个院子，第一家是李可染，第二家是范志超，第三家是袁迈，第四家是彦涵，接着就是后门了。院子大约有大大小小三十多个孩子。一来我们是刚从香港回来的，行动和样子都有点古怪，引起他们的兴趣；再就是平时我喜欢跟孩子一道，所以我每天要有一部分时间跟他们在一起。我带他们一道玩，排着队，打着扎上一条小花手绢的旗帜上公园去。现在，这些孩子都长大了，经历过不少美丽和忧伤的日子。直到现在，我们还保持了很亲密的关系。

我搬家不久，从文表叔很快也搬了家，恰好和我们相距不远，他们有三间房，朝南都是窗子，卧室北窗有一棵枣树横着，映着蓝天，真是令人难忘。

儿子渐渐长大了，每隔几天三个人就到爷爷家去一趟。爷爷有一具专装食物的古代金漆柜子，儿子一到就公然地面对柜子站着，直到爷爷从柜子里取出点什么大家吃吃为止。令人丧气的是，吃完东西的儿子马上就嚷着回家，为了做说服工作每一次都要花很多工夫。

从文表叔满屋满床的画册书本，并以大字报的形式把参考用的纸条条和画页都粘在墙上。他容忍世界上最噜苏的客人的马拉松访问，尤其仿佛深怕他们告辞，时间越长，越热情越精神的劲头使我不解，因为和我对待生熟朋友的情况竟如此相似。

有关于民族工艺美术及其他史学艺术的著作一本本出来了，天晓得他用什么时间写出来的。

婶婶像一位高明的司机，对付这么一部结构很特殊的机器，任何情况都能驾驶在正常的生活轨道上，真是神奇之至。两个人几乎是两个星球上来的，他们却巧妙地走在一道来了。没有婶婶，很难想象生活会变成什么样子，又要严格，又要容忍。她除了承担全家运行着的命运之外，还要温柔耐心引导这长年不驯的山民老艺术家走常人的道路。因为从文表叔从来坚信自己比任何平常人更平常，所以形成一个几十年无休无止的学术性的争论。婶婶很喜欢听我讲一些有趣的事和笑话，往往笑得直不起身。这里有一个秘密，作为从文表叔文章首席审查者，她经常为他改正许多错别字。婶婶一家姐妹的书法都是非常精彩的，但她谦虚到了腼腆的程度，面对着称赞往往像是身体十分不好受起来，使人简直不忍心再提起这件事。

那时候，《新观察》杂志办得正起劲，编辑部的朋友约我为一篇文章赶着刻一幅木刻插图。那时候年轻，一晚上就交了卷。发表了，自己也感觉弄得太仓促，不好看。为这幅插图，表叔特地来家里找我，狠狠地批了我一顿：

"你看看，这像什么？怎么能够这样浪费生命？你已经三十岁了。没有想象，没有技巧，看不到工作的庄严！准备就这样下去？……好，我走了……"

这给我的打击是很大的。我真感觉羞耻。将近三十年，好像昨天说的一样，我总是提心吊胆想到这些话，虽然我已经五十六岁了。

在从文表叔家，常常碰到一些老人：金岳霖先生、巴金先生、李健吾先生、朱光潜先生、曹禺先生和卞之琳先生。他们相互间的关系温存得很，亲切地谈着话，吃着客人带来的糖食。印象较深的是巴老伯（家里总那么称呼巴金先生），他带了一包鸡蛋糕来,两个老人面对面坐着吃这些东西,缺了牙的腮帮动得很滑稽,一面低声地品评这东西不如另一家的好。巴先生住在上海,好些时候才能来北京一次,看这位在文学上早已敛羽的老朋友。

金岳霖先生的到来往往会使全家沸腾的。他一点也不像在世纪初留学英国的洋学生,而更像哪一家煤厂的会计老伙计。长长的棉袍,扎了腿的棉裤,尤其怪异的是头上戴的罗宋帽加了个自制的马粪纸帽檐,里头还贴着红纸,用一根粗麻绳绕在脑后捆起来。金先生是从文表叔的前辈,表弟们都叫他"金爷爷"。这位哲学家来家时不谈哲学,却从怀里掏出几个其大无匹的苹果来和表弟家里的苹果比赛,看谁的大(当然就留下来了)。或者和表弟妹们大讲福尔摩斯。老人们的记忆力真是惊人,信口说出的典故和数字,外行几乎不大相信其中的准确性。

表叔自己记性也非常好,但谈论现代科学所引用的数字明显地不准确,虽然是聊天,孩子们却很认真,抓着辫子就不放手,说爷爷今天讲的数字很多相似。表叔自己有时发觉了也会笑起来说:"怎么我今天讲的全是'七'字?"(七十辆车皮,七万件文物,七百名干部调来搞文物,七个省市……)

"文化大革命"时,那些"管"他的人员要他背毛主席语录,他也是一筹莫展。

我说他有非凡的记忆力,所有和他接触过的年轻朋友是无有不佩服的。他曾为我开过一项学术研究的一百多个书目,注明了出处和卷数以及大约页数。

他给中央美院讲过古代丝绸锦缎课,除了随带的珍贵古丝绸锦缎原件之外,几乎是空手而至,站在讲台上把近百的分期的断代信口讲出来。

他那么热衷于文物,我知道,那就离开他曾经朝夕相处近四十年的小说生涯越来越远了。解放后出版的一本《沈从文小说选集》序言中有一句话:

"我和我的读者都行将老去。"

听起来真令人伤感……

有一年我在森林,我把森林的生活告诉他,不久就收到他一封毛笔蝇头行草的长信,他给我三点自己的经验:

一、充满爱去对待人民和土地。二、摔倒了,赶快爬起来往前走,莫欣赏摔倒的地方耽误事,莫停下来哀叹。三、永远地、永远地拥抱自己的工作不放。

这几十年来,我都尝试着这么做。

有时候,他也讲俏皮话——

"有些人真奇怪。一辈子写小说,写得好是应该的,不奇怪;写得不好倒真叫人奇怪。"

写小说,他真是太认真了,十次、二十次地改。文字音节上,用法上,一而再的变换写法,薄薄的一篇文章,改三百回根本不算一回事。

"文化大革命"开始了。

我们两家是颠簸在波浪滔天的大海中的两只小船,相距那么远,各有各的波浪。但我们总还是找得到巧妙的机会见面。使我惊奇的是,从文表叔非常坚强洒脱，每天接受批斗之外，很称职地打扫天安门左边的历史博物馆的女厕所（对年纪大的老人比较放心）。

真是人人熟悉的一段漫长的经历。

我的爱人也变了另一个样，过去从学校到学校，没有离开过家门，连老鼠也害怕的人，居然帮着几家朋友处理起家务来了。表叔一生几十年收藏的心爱的书、家具，满堆在院子里任人践踏，日晒雨淋。由我爱人一个决心，论斤地处理掉了。骑着自行车，这家料理，那家帮忙，简直是一反常态，锻炼得很了不起的精明能干，把几家人的担子全挑在肩膀上，过了这么些年。

我们一有机会就偷偷地见面。也有大半年没有见面的时候，但消息总是非常灵通的。

生活变化多端，有一个规律常常使我产生信仰似的尊敬。那就是真正的痛苦是说不出口的，且往往不愿说。比如，在战场上，身旁的战友突然死去，有谁口头细致地对人描述过这些亲身的经历，那个逐渐走近死亡的战友的痛苦煎熬的过程？这几乎是不可能的。描述总有个情感能承受的极限。它不牵涉到描述才能问题。

聪明的莱辛把这个道理在艺术理论范畴里阐述得很透彻（见《拉奥孔》），但有一点我还在考虑，照他说：

"为什么拉奥孔在雕刻里不哀号，而在诗里却哀号？"又说：

"为什么诗不受上文的局限？"

依我看，莱辛和他列举的诸般中外诗人是不是经历过痛苦的极限的生活？我不知道；知道了，肯不肯写到头，那又是一回事。用现实生活印证，雕塑和诗的描写深广度应该是一致的。

从文表叔一家和我们一家在那段年代的生活，我就不想说得太多了。因为这不仅仅是我们两家的事。在太具体、太现实的"考验"面前，往往我们的生活变得非常抽象，只靠一点点脆弱的信念活下去，既富于哲理，也极端蒙昧。

不久，从文表叔就下乡了。走之前，他把他积留下来的一点点现金，分给所有的孩子们，我们也得到一份。这真是一个悲壮的骊歌。他已经相信，再也不可能回到多年生活过的京华了。

他走得非常糊涂，到了湖北咸宁，才清醒过来，原来机关动员下乡的几十个人，最后成为下乡现实的就只老弱病三个人。几乎是给一种什么迷药糊里糊涂弄到咸宁去的。真用得上"仿徨"两个字。那么大的机关只来一个老高知和另外二老弱病，简直不成气候。吊儿郎当，谁也不去理会他。他也管不着任何人。

幸好，我说幸好是婶婶早三个月已跟着另一个较齐整的机构到了咸宁，从文表叔作为"家属"被"托"在这个有点慈善性质的机构里，过了许多离奇的日子。在这多雨泥泞遍地的地方，他写信给我时，居然说：

"……这儿荷花真好,你若来……"

天晓得! 我虽然也在另一个倒霉的地方,倒真想找个机会到他那儿去看一场荷花……

在这场"文化大革命"中,他的确是受到锻炼,性格上撒开了,"七十而从心所欲,不逾矩",派他看菜园子,"……牛比较老实,一轰就走;猪不行,狡诈之极,外像极笨,走得飞快。貌似走了,却冷不防又从身后包抄转来,……"还提到史学家唐兰先生在嘉鱼大江边码头守砖,钱锺书先生荣任管仓库钥匙工作,吴世昌先生又如何如何……每封信充满了欢乐情趣,简直令人嫉妒。为那些没有下去的人深感惋惜。

这段时间,仅凭记忆,写下了《中国服饰史》稿的补充材料。还为我的家世写了一个近两万余字的"楔子"。《中国服饰史》充满着灿烂的文采、严密的逻辑性以及美学价值,以社会学、历史唯物主义的角度阐明艺术的发展和历史趋势(这部巨型图录性的著作得到中央领导同志的关注,不久恐将问世)。那个"楔子",从文表叔如果在咸宁多呆上五年,就会连接成一部几十万字的长篇小说,当然,留下那个"楔子"就已经很好,我宁愿世界没有这部未完成的小说,也不希望从文表叔在咸宁多呆上一天。在那种强作欢悦的忧郁生活中,对一位具有细腻心地的老年人说来,是不适宜维持过久的。

咸宁有个地方也叫双溪,当然跟金华的那个双溪是两码事,从文表叔呆在那里不少日子了。我几次想在信上提一提李清照的词《武陵春》:"……闻说双溪春尚好,也拟泛轻舟。只恐双溪舴艋舟,载不动、许多愁。"都深感自己可耻的残忍。这不是诗情大发的时候!

几年之后,我们全家在北京站为表叔举行一个充满温暖的归来仪式。"楔子"不必继续写下去了,"要爷爷,不要'红楼梦'!"(孩子们把那部未完成的小说代号为"红楼梦"),能够健康地回来,比一切都好。

原来的三间房子已经变成一间,当然,比一切都没有要好得多。回忆前几年的生活,谁不珍惜眼前的日子呢?

再过半年,婶婶作为退休也回来了,从文表叔得到一些关心,在另一条两里远的胡同里,为他们增加了一个房间。要知道,当时关心人的人,自己的生活也是颇不稳定的,所以这种微薄的照顾是颇显得具有相濡以沫的道义的勇气和美感的。于是,表叔婶一家就有了一块"飞地"了,像以前的东巴基斯坦和西巴基斯坦一样。从文表叔在原来剩下的那间房间里为所欲为,写他的有关服饰史和其他一些专题性的文章,会见他那批无止无休的不认识的客人。把那小小的房间搅得天翻地覆,无一处不是书,不是图片,不是零零碎碎的纸条。任何人不能移动,乱中有致,心里明白,物我混为一体。床已经不是睡觉的床,一半堆随手应用的图书。桌子只有稍微用肘子推一推才有地方写字。夜晚,书躺在躺椅上,从文表叔就躺在躺椅上的书上。这一切都极好,十分自然。恩格斯说过:"……除了真实的细节之外,还应注意典型环境的典型性格……"在这里,创作的三个重要元素都具备了。

不管是冬天或夏天的下午五点钟,认识这位"飞地"总督的人,都有机会见到他提着一个南方的带盖的竹篮子,兴冲冲地到他的另一个"飞地"去。他必须到婶婶那边去吃晚饭,并把明早和中午的两餐饭带回去。

冬天尚可,夏天天气热,他屋子特别闷热,带回去的两顿饭很容易变馊的。我们担心他吃了会害病。他说:

"我有办法!"

"什么办法?"因为我们家里也颇想学习保存食物的先进办法。

"我先吃两片消炎片。"

……

……

从文表叔许许多多回忆,都像是用花朵装点过的,充满了友谊的芬芳。他不像我,我永远学不像他,我有时用很大的感情去咒骂、去痛恨一些混蛋。他是非分明,有泾渭,但更多的是容忍和原谅。所以他能写那么好的小说。我不行,忿怒起来,连稿纸也撕了,扔在地上践踏也不解气。但我们都是故乡水土养大的子弟。

十八岁那年,他来到北京找他的舅舅——我的祖父。那位老人家当时在帮熊希龄搞香山慈幼院的基本建设工作,住在香山,论照顾,恐怕也没有多大的能力。从文表叔据说就住在城中的湖南会馆面西的一间十分潮湿长年有霉味的小亭子间里。到冬天,那当然是更加凉快透顶的了。

下着大雪,没有炉子,身上只两件夹衣,正用旧棉絮裹住双腿,双手发肿、流着鼻血在写他的小说。

敲门进来的是一位清瘦个子而穿着不十分讲究的、下巴略尖而眯缝着眼睛的中年人。

"找谁?"

"请问,沈从文先生住在哪里?"

"我就是。"

"哎呀……你就是沈从文……你原来这么小。……我是郁达夫,我看过你的文章,好好地写下去……我还会再来看你。……"

听到公寓大厨房炒菜打锅边,知道快开饭了。"你可吃包饭?"

"不。"

邀去附近吃了顿饭,内有葱炒羊肉片,结账时,一共约一元七角多,饭后两人又回到那个小小住处谈谈。

郁达夫走了,留下他的一条浅灰色羊毛围巾和吃饭后五元钞票找回的三元二毛几分钱。表叔俯在桌上哭了起来。

……

……

从文表叔有时也画画,那是一种极有韵致的妙物,但竟然不承认那是正式的作品,很快地收藏起来,但有时又很豪爽地告诉我,哪一天找一些好纸给你画些画。我知道,这种允诺是不容易兑现的。他自然是极懂画的,他提到某些画、某些工艺品高妙之处,我用了许多年才醒悟过来。

他也谈音乐,我怀疑这七个音符组合的常识他清不清楚。但是明显地他理解音乐的深度用文学的语言却阐述得非常透彻。

"音乐、时间和空间的关系。"

他也常常说,如果有人告诉他一些作曲的方法,一定写得出非常好听的音乐来。这一点,我特别相信,那是毫无疑问的。但我的孩子却偷偷地笑爷爷吹牛,他们说:自然咯! 如果上帝给我肌肉和力气,我就会成为大力士。

孩子们不懂的是,即使有了肌肉和力气的大力士,也不一定是个杰出的智慧的大力士。

……

……

契诃夫说过写小说的极好的话:

"好与坏都不要叫出声来。"

这几乎是搞文学的基本规律和诀窍,也标志了文学的深广度和难度。

从文表叔的书里从来没有——美丽呀! 雄伟呀! 壮观呀! 幽雅呀! 悲伤呀! ……这些词藻的泛滥,但在他的文章里,你都能感觉到它们的恰如其分的存在。

他的一篇小说《丈夫》，我的一位从事文学几十年的，和从文表叔没有见过面的前辈，十多年前读到之后，深受感动，他说：

"……这篇小说真像普希金说过的，'伟大的俄罗斯的悲哀。'"……

……

……

跟表叔的第三次见面是最令人难忘的了。经历的生活是如此漫长、如此浓郁，那么彩色斑斓；谁也没有料到，而恰好就把我们这两代表亲拴在一根小小的文化绳子上，像两只可笑的蚂蚱，在崎岖的道路上做着一种逗人的跳跃。

我们那个小小山城不知由于什么原因，常常令孩子们产生奔赴他乡的献身的幻想。从历史角度看来，这既不协调且充满悲凉，以至表叔和我都是在十二三岁时背着小小包袱，顺着小河，穿过洞庭去"翻阅另一本大书"的。

一九七九年十二月三十一日

简评

因家境贫苦，黄永玉先生 12 岁就外出谋生，流落到安徽、福建山区的小瓷作坊做童工，后来辗转到上海、台湾和香港。16 岁开始就跨进了社会这个大课堂。或许是天赋再加上长期的发奋努力，只有不完整初中学历的黄永玉，不仅以包括神奇"猴票"的画作闻名中外，还兼擅书法，通晓散文、自由诗和小说创作，所以被视为"大家"和"奇才。"多年来，相继出版了散文集《太阳下的风景》《火里凤凰》《比我老的老头》和诗集《一路唱回故乡》以及自传体小说《无愁河上的浪荡汉子》等多部作品。尤其是，散文和小说笔调深沉，语言诙谐，寓意深刻，嬉笑怒骂皆成文章。

　　黄永玉先生特殊的生活经历，使自己走上了自学美术、文学，进而为一代"鬼才"的道路。他初中刚读了两年就在抗战的烽火中打破了求学梦，告别湘西那个美丽的小城。不得不辍学到社会上四处闯荡，不但走遍了半个福建省，还到过江西、安徽、广州、上海、台湾、香港。为了生活，这期间，他当过瓷场的小工，在码头上干过苦力，在中小学任过教员，在剧团搞过舞美，在报社当过编辑，还干过电影编剧。他的特殊的生活经历，再一次说明了"社会是最大的学校，兴趣是最好的老师，生存是最强的动力。"正是凭借这种精神，黄永玉不仅在版画、国画、油画、漫画、雕塑方面均有高深造诣，而且还是位才情不俗的诗人和作家，出版的诗集曾一举夺得《诗刊》年度创作一等奖，写的散文、游记既有诗一般优美的语言，又充满智慧的哲理。自传体长篇小说《无愁河的浪荡汉子》则边写边在湖南大型刊物《芙蓉》上连载。《无愁河的浪荡汉子》是一部体量巨大的文学创作，是作者漂泊一生的人生传记，计划写作三部。上世纪40年代即已动笔，历经动荡的岁月，几次停辍，至作者八十多岁始得以续写，经过一个甲子的磨砺和雕琢，在九十高龄的时候，黄永玉先生终于将这部充满灵性和人生历练的长篇小说第一部分创作完成。据有关资料介绍，老人正以极大的热情继续认真地写下去。

　　认真读他的书，用心赏他的画，再听在各种不同的场合与不同人物谈话，神奇的色彩褪去后，人们就会看到一个真实的黄永玉，那就是：深厚渊博的学识、卓尔不群的才情、耿直倔强的性格、睿智风趣的谈吐和笔耕不辍的勤奋。

　　本文写的表叔沈从文，大他22岁，1902年在湘西凤凰出生，1928年后到上海、武汉、青岛、北京等地大学任教，并创作小说近300万字。作品中《边城》《长河》《从文自传》《湘行散记》等均为名作，文学成就可谓辉煌。1980年，美国哥伦比亚大学尊称沈从文为"中国当代最伟大的在世作家。"沈从文、黄永玉这两个湘西凤凰小城的孩子,"在外头生活了将近四五十年,才觉得我们那个县城实在是太小了。不过,在天涯海角,我都为它而骄傲,它就应该那么小,那么精致而严密,那么结实。"黄永玉两次听到新西兰老人路易·艾黎说:"中国有两个最美的小城,第一是湖南凤凰,第二是福建的长汀"。"我真是感激而高兴"。可见一腔赤子之情! 他们的文字与画笔,为我们从不同的角度解了湘西文化提供了一条美丽的通道。甚至,可以毫不夸张地说,他们都在成就"湘西神话"的同时,也最大限度地实现了自我的人生价值。"人们不仅仅是喜欢黄永玉,可能还夹杂了其它的社会审美心理。"一位美学专家说。在这个世界上,能让黄永玉心悦诚服的人并不多。但在为数不多的几个人中,沈从文无疑排在最前面。多年来在黄永玉的写作和交往中,我们听他提得最多、语气颇为恭敬的,总是少不了沈从文。(虽然有人对黄永玉和表叔沈从文之间的关系夹杂着世俗的世态炎凉之非议——笔者)1982 年,黄永玉带着八十岁的沈从文一起回凤凰,住在位于白羊岭的黄家。这是沈从文的最后一次故乡行。六年后,沈从文去世,骨灰送回故乡,安葬在凤凰城郊一处幽静山谷。沈从文墓地的一块石碑上,镌刻黄永玉题写的一句话:"一个士兵,要不战死沙场,便是回到故乡。"回到故乡的沈从文,永远融进了太阳下的风景。

黄永玉的长文《太阳下的风景》是一篇产生了广泛影响的记人散文。黄永玉很善于讲故事,他不仅记叙了幼时与表叔相见,少年时的对表叔崇拜以及成年以后所受到的鼓励、教诲,还以很细腻的笔触,记录了自己漂泊闯荡的经历,沈从文初到北京的困窘、与其他作家的交往等等,并把沈从文的多才多艺展示在字里行间,一个生活化的沈从文跃然纸上。在大量的叙写沈从文的作品中,可以说是写得最好的一篇。或许是心有灵犀,沈从文经常和人讲起黄永玉,他这样说:"黄永玉这个人很聪明,画画写文章靠的是自学,他的风格很独特,变化也多。"1979 年岁末，黄永玉完成了长篇散文《太阳下的风景》，文章中结尾的一段话，总是让人产生丰富的想象，感触良多："我们那个小小山城不知由于什么原因，常常令孩子们产生奔赴他乡的献身的幻想。从历史角度看来，这既不协调且充满悲凉，以致表叔和我都是在十二三岁时背着小小包袱，顺着小河，穿过洞庭去'翻阅另一本大书'的。"黄永玉把沈从文的人生写得那么丰富多彩，把沈从文的形象勾画得那么感人，想必他在沈从文身上看到了自己的影子。他写沈从文，其实在某种程度上也是写自己。读者通过沈从文、黄永玉的生活经历也读到了那个美丽的湘西小城。

　　但是，两人有很大不同。沈从文可以说是黄永玉精神上的太阳，沈从文的"足迹"一直在引导着他。沈从文到达北京之后，就基本上确定了未来的生活道路，并且在几年之后，以自己的才华引起了徐志摩、胡适等重要人物的青睐，从而，一个湘西"乡下人"，在以留学欧美知识分子为主体的"京派文人"中占据了重要的一席之地。而他的表侄黄永玉则不同，虽然也沿着他的道路外出漂泊闯荡，多年的漂泊、动荡、坎坷，并没有改变他对故乡的依恋。由于时代、年龄、机遇和性格的差异，他还不像沈从文那样，一开始就有一种既定目标。他比沈从文的漂泊更为频繁，眼中的世界也更为广泛。漂泊中，不同的文学样式、艺术样式，都曾吸引过他，有的也就成了他谋生的手段。正是在一次次滚爬摔打之后，他变得更加成熟起来。在性情上，在适应能力上，他也许比沈从文更适合漂泊。难以想象，没有年青时代的漂泊，会有后来的黄永玉。漂泊让他把这个世界看个透，把世态炎凉看个透。漂泊也让他看到了处世的种种方式、技巧，把他磨炼得更加适应于一个复杂的社会。在一个动荡不安的世纪，在错综复杂的人际面前，他显然要比沈从文更为沉着老练，面对复杂的社会和人，更为应付裕如，同时另有一种"野气"。"他不像我，我永远学不像他，我有时用很大的感情去咒骂、去痛恨一些混蛋。他是非分明,有泾渭,但更多的是容忍和原谅。所以他能写那么多的小说。我不行,忿怒起来,连稿纸也撕了,扔在地上践踏也不解气。"黄永玉曾多次这样将自己和沈从文表叔进行比较。性格差异如此之大的叔侄两人的共同的经历和交往,在《太阳下的风景》一文中述说得栩栩如生,半个多世纪的坎坷,如一幅多彩的生动画卷展现在读者面前。黄永玉还是一个感情丰富的人。他浪迹天涯却情系乡梓。他惦记着养育了他的这方山水,惦记着家乡的吊脚楼和石板小街。他在散文《太阳下的风景》中写道:"无论我走到天涯海角,我都为它骄傲。它实在太美了,以至以后的几十年,不论我走到哪里,也会觉得还是我自己的家好……"。

在黄永玉的记忆中,家乡就是不落的太阳。

后　记

　　散文,在中国文学史上是与诗、词鼎足而三的重要文体,有着崇高的地位。唐宋以来的古代散文已经被人们奉为经典自不待言,近代以来特别是自"五四"以来的近百年时间里,优秀的散文作品无论在内容构成或是思想情致方面,都可与古代经典比肩。近年来,写作散文的作家越来越多,喜爱阅读散文的读者也越来越多,应运而生的散文集也林林总总地呈现于读者面前。我总觉得散文的选本和阅读方式还存在一些不足之处,特别是对近百年来的散文作品没能很好地梳理和总结,尤其对年轻人来说,缺少必要的指导。于是,我产生了一个较为大胆的想法:梳理一下近百年来的散文精品,对作品及其作者做一些简单的介绍和分析,为读者更好地阅读现当代经典散文提供一个可供选择的读本,也希望通过这样的撷选和推广,能使一部分作品在历史长河的淘漉中留存下来,成为后来人的经典。而这,也是选文和出版的主要动机。

　　在撷选本丛书的作品时,我着眼于选择那些叙述内容真实、表现手法质朴、能真实地记录作者现实生活的思想和感情轨迹之作。所选散文的作者中,著名学者、知名教授、有成就有社会影响的作家占相当的比重,他们的散文,或含蕴深厚,意境优美深邃;或摇曳多姿,情思高蹈浩瀚,无论芸芸众生,峥嵘岁月,抑或江河湖海,大地山川,或灵动飘逸,或凝练深刻,或趣味灵动,或高雅蕴藉……本丛书所选入的散文大多无愧于这样的评价。因此,一册在手,与经典同行,就能与作者进行思想交流,就能以丰富的知识启迪智慧,以睿智的思想陶冶情操,从而在读者的心灵里打开一个情趣盎然而又诗意充沛的境界。在生活节奏日益加快、人们性情渐趋浮躁的今天,我们非常需要这样的阅读。

读书给社会和个人带来的影响都是不可估量的。"一个人的精神发育史,应该是一个人的阅读史。"同样的道理,一个民族的精神境界,在很大程度上取决于全民族的阅读水平;一个国家谁在看书,看什么样的书,决定了这个国家的未来。国际阅读学会曾在一份报告中指出:阅读能力的高低,直接影响到一个国家和民族的未来。具体说来,阅读经典,可以强化文化认同,凝聚国家民心,振奋民族精神;可以提高公民素质,淳化社会风气,建构核心价值观。阅读经典,是接受教育、发展智力、获得知识信息的最根本途径,是人类社会特有的文化传播活动。

基于上面的认识,我编写了《现当代经典散文品读》。本丛书的编纂和作品的入选,是编者这个特定的人在特定的时期对特定作品的看法和眼光,代表着个人的审美体验,不要求读者一定要认同编者的看法,更不能代表作者的原意。因此,对本丛书编写过程中产生的一些想法做一个简略的归纳,供读者朋友参阅。

一、鉴于丛书的容量,首先面临一个不容回避的问题,即是如何在浩瀚的散文中遴选出既恰当又是读者喜闻乐见的作品来?毫无疑问,作为旨在拓宽阅读领域和提升阅读效果的散文读本,唯一的标准,那就是作品本身。真正意义上的阅读,是读者和写作者的心灵对话,一如心仪的挚友,在山间道旁的谈文论道,读者需要的恰恰是不拘任何形式的"随意性"。我们尊重阅读是"很个人"的提法,更何况强调开卷有益的阅读本身,更无须过于条理化、理论化,阅读者的追求也并非一种文学样式的全部、一种文学流派的前世今生、一个作家创作上的成败得失。

二、丛书的编撰体例,每篇散文都附有"作者简介"和"简评"两个部分的内容。了解作者的相关资料,是阅读前的必要准备;简评部分的文字则尽可能地拓宽阅读的视野,是阅读的引申、提炼,两者结合起来,从而建构起一个有机统一且有益于阅读的抓手。比如,读梁思成先生的散文《千篇一律与千变万化——音乐、绘画、建筑之间的通感》,一般读者可能对作者笔下的建筑领域里一些专业问题不是十分了解,"作者简介"和"简评"则对梁思成先生作为古典建筑领域里的顶级专家和教育家所从事的工作大体上予以介绍,为阅读做了必要的铺垫。文本虽是梁思成先生写中国古典建筑的散文,但作者拳拳赤子之心在字里行间很自然地得以升华,也就很容易引起阅读过程中的强烈共鸣,作者笔下的中国建筑艺术给读者带来的心灵上的冲击是难以忘怀的。

三、丛书共分10册:(1)华丽的思维;(2)悠远的回响;(3)精彩的远方;(4)文化的清泉;(5)诗意的栖居;(6)理性的精神;(7)心灵的顾盼;(8)且观且珍惜;(9)现实浇灌理想;(10)岁月摇曳诗情。每个分册写在前面的一段文字,是编者阅读经典的心灵感悟和情感抒发,不能简单地等同于对入选散文的解读,更不能先入为主地影响读者的阅读。

四、选入的散文,内容上可能涉及一些至今尚无定论的思想学术、科学文化等方面的内容,有的尚在研究、探讨之中;有的虽有了比较统一的看法,但也不一定就是最终的结论;有的观点虽然在现实中影响比较广泛,但也不可避免地存在一定的分歧,等等。编者力争在简评文字中尽可能地向读者介绍有代表性、较为流行的观点。即便如此,也未必就可以视为最权威的看法,倒是衷心希望读者阅读时,在认真分析、品味的基础上有自己的比较、鉴别,尽可能地接近比较科学的解读。有兴趣的时候,读者不妨就文中反映出的某些问题,进行深入的研究性阅读,带着这种"问题意识",一定会使阅读欣赏的效果得以增强,阅读欣赏的水平得以提高。比如,读瑞士华裔作家许靖华先生的散文《达尔文的错误》。文中传达了一些不同于传统观点的信息而了解对"进化论"提出挑战的代表作品,无疑对阅读是有帮助的。

五、丛书所选入的近三百篇散文中,绝大部分篇目,由于作者观察生活的特殊视角和独到的眼光,加之作者渊博的知识和雅致的文笔,将读者在现实生活中熟悉的或不熟悉的、遇到的或未曾遇到的人和事,叙述得饶有情致,有巨大的吸引力。但是,世易时移,不要说20世纪早期的作家,即使是与我们同时代的作者,文中所持的看法也并不见得百分之百地为今天的读者所接受。见仁见智,读者在品读之后有不同于作者的看法是很自然的事。比如,读李欧梵先生的《美丽的"中国城"——唐人街随笔》,不可避免地会对作者的观点产生不同看法。再比如,读毕飞宇先生的散文《人类的动物园》。从根本上说,工业文明的社会发展,为满足自己的需要,人类修建了动物园,但是,动物园的出现不是简单地把动物关起来了事,还折射出种种社会问题、人与自然的关系问题等。

六、每一个作家都生活在特定的社会环境中,每一个作家的作品和现实生活都有着千丝万缕的联系,我们能够从每一个作家的作品中读出他们现实的生活记录,感受他们跳动的思想脉搏,尤其是那些在现当代文学史上有一定地位、影响的作家,我们通过他们的作品,不仅能够读出作者其人,还能够从他们充满生命力的文字中,去瞻仰他们在文学史上留给后人的那渐行渐远的背影。比如,读季羡林先生的《赋得永久的悔》。我们看到的是作者用大量的篇幅,回忆了孩提时代吃的东西。为什么一想起母亲就讲起吃的东西呢?原因很简单,民以食为天,穷人家一直过着吃不饱的日子,因此对吃过的东西特别是好吃的东西,留下的记忆当然最难忘。再比如,读五四时期著名女作家石评梅的散文《墓畔哀歌》。面对这个在人生的凄风苦雨中痴守残梦的柔弱女子,谁能说清楚她那样泣血坟茔、奉献了全部的青春年华,且沉浸在对死者的哀悼之中难以自拔是一种幸福,抑或是一种不幸?今天的读者聆听到作者"墓畔哀歌"的时候,自然会联想到民国时期的"才女"形象以及她那逼人的才华。

七、文学源于生活,反过来文学又是对现实生活的阐述和暗示。

所以,阅读一个作家的作品,不能脱离其特定的生活环境。通过阅读,读者可以从不同的侧面感知不同时代作者笔下的现实生活,从而达到了解社会、体悟人生、历练品格、升华灵魂的阅读效果。比如,我们读钟敬文《西湖的雪景——献给许多不能与我共欣赏的朋友》、胡适《九年的家乡教育》、蒙田《与书本交往》、杰克·伦敦《热爱生命》、叶广芩《离家的时候》、宗璞《哭小弟》、刘小枫《苦难的记忆——为奥斯维辛集中营解放四十五周年而作》,等等。只要我们潜下心来,一定会有多方面的感知和启迪。

每一本书的问世都有一定的机缘。本丛书之编撰要追溯到20年前,当时,编者在一所高中教语文,由于教学的需要,为学生奉献了校本教材《诗文鉴赏》。之后,随工作辗转,当年的校本教材也屡次修订增补,才有了今天的《现当代经典散文品读》。其间,安徽师范大学出版社曾为作者提供诸多帮助;时任社长的汪鹏生先生,从策划到出版,均做了大量的工作。北京大学哲学系教授朱良志先生拨冗赐序,为本书增色添彩。在此,一并向上述帮助过我的人致以最真挚的谢忱!

徐宏杰

于淮南八公山下　2018年5月